JAN-PHILIPP
SENDKER

gemeinsam mit Lorie Karnath
und Jonathan Sendker

DAS GEHEIMNIS
DES ALTEN
MÖNCHES

Märchen und Fabeln
aus Burma

WILHELM HEYNE VERLAG
MÜNCHEN

Sollte diese Publikation Links auf Webseiten Dritter enthalten, so über-nehmen wir für deren Inhalte keine Haftung, da wir uns diese nicht zu eigen machen, sondern lediglich auf deren Stand zum Zeitpunkt der Erstveröffentlichung verweisen.

Verlagsgruppe Random House FSC©N001967

Deutsche Taschenbuchausgabe 07/2019
Copyright © 2017 by Karl Blessing Verlag und © 2019 dieser Ausgabe
by Wilhelm Heyne Verlag, München,
in der Verlagsgruppe Random House GmbH,
Neumarkter Straße 28, 81673 München
Umschlaggestaltung: Geviert Grafik & Typografie, München
Satz: Leingärtner, Nabburg
Druck und Bindung: GGP Media GmbH, Pößneck
Printed in Germany
Alle Rechte vorbehalten
ISBN 978-3-453-42291-9

www.heyne.de

Für unsere Eltern

VORWORT

ဒို ဒါန်း

Als die amerikanische Autorin Lorie Karnath an mich herantrat und fragte, ob wir nicht gemeinsam ein Buch über burmesische Märchen, Fabeln und Parabeln schreiben sollten, war ich sofort interessiert.

Ich hatte die ehemalige britische Kolonie seit 1995 mehrere Dutzend Male bereist, zunächst als Journalist, aber schon bald als Schriftsteller, und bei den Recherchen für meine Romane *Das Herzenhören* und *Herzenstimmen* waren mir immer wieder Geschichten aus dem Reich der Märchen und Legenden zugetragen worden. Sie weckten meine Neugierde, weil es oft bewegende Erzählungen waren, die von dem mythologischen Reichtum der verschiedenen Völker Burmas berichteten, von der Spiritualität der Menschen und davon, wie tief das buddhistische Denken die Gesellschaft über Jahrtausende geprägt hat. Mönche und das Klosterleben spielen in vielen dieser Geschichten eine wichtige Rolle, ebenso der fest verwurzelte Glaube an die Wiedergeburt. Immer wieder wunderte ich mich, wie oft darin Menschen starben und dann in einer neuen Reinkarnation zurückkehrten, um Gutes zu tun oder Unheil anzurichten.

Andere Erzählungen waren so fremd, so skurril und kamen

ohne eine sich mir erschließende Moral aus, sodass ich sie gar nicht einordnen konnte. Wieder andere erinnerten mich an die Märchen meiner Kindheit, nur dass hier Affen, Tiger, Elefanten und Krokodile die Fantasiewelt bevölkern anstelle von Igeln, Eseln oder Gänsen. Die Lehren, die sie vermitteln wollen, ähneln denen der Gebrüder Grimm oder Hans Christian Andersens, und ich verstand, wie sehr sich alle Kulturen der Welt in ihren Mythen aus dem universellen Fundus menschlicher Weisheit bedienen.

Lorie Karnath ist mit dem Land und seinen Menschen nicht weniger vertraut als ich. Sie ist in den frühen Neunzigerjahren zum ersten Mal dort gewesen, einer Zeit, in der die Militärregierung jeden Fremden misstrauisch beäugte, das Reisen viel beschwerlicher war als heute und sie sich oft noch auf Ochsenkarren oder Pferdekutschen fortbewegen musste. Seither hat sie Burma, seine Geschichte und Kultur, auf vielen Fahrten in die verschiedenen Provinzen ausgiebig erkundet und sich dabei intensiv mit den Legenden und Sagen des Landes beschäftigt. Lorie hat bereits mehrere Essays und ein Buch über Burma veröffentlicht.

Mein Sohn Jonathan hielt sich in der Zeit, als die Idee zu diesem Buch entstand, in Nyaung Shwe auf, einer kleinen Stadt am Ufer des Inle-See in den Shan-Staaten, wo er gemeinsam mit einem Freund als Freiwilliger in zwei Waisenhäusern Englisch unterrichtete. Er hatte sogleich Lust mitzuarbeiten, und zusammen mit Janek Mattheus begab er sich auf die Suche nach weiteren Geschichten. In den fünf Monaten, die sie in Burma verbrachten, hörten sie sich bei den Nachbarn um, besuchten Schulen, Klöster und Restaurants und kehrten mit prall gefüllten Notizbüchern zurück.

Bei weiteren Recherchen haben wir in den Buchläden Yangons nach alten, vergriffenen Märchenbänden gesucht und in zerfledderten Schulbüchern Fabeln und Märchen entdeckt.

So ist dieses Buch das Ergebnis einer Teamarbeit. Jeder von uns hat Geschichten gesammelt und dann die schönsten von ihnen aufgeschrieben, ich habe sie editiert und das Buch mit einer Einleitung und einem Nachwort versehen. Dabei habe ich mich bemüht, meinen beiden Koautoren ihre eigene Erzählstimme zu lassen, sodass sich die Texte in Stil, Tempo und Länge unterscheiden.

Nicht selten haben wir verschiedene Varianten derselben Geschichte gehört und uns dann für eine entschieden oder sie zu einer Version zusammengefügt. Häufiger bekamen wir ein Märchen ohne Titel erzählt und konnten trotz mehrfachen Nachfragens nicht herausfinden, wie es heißt. Für diese Geschichten haben wir uns Titel ausgedacht.

Unser Vorhaben, die Märchen und Fabeln in Kapitel wie »Liebe«, »Neid« oder »Glaube« zu gliedern, haben wir schnell aufgegeben. Dafür sind sie zu vielschichtig, zu unterschiedlich; es wäre eine artifizielle Ordnung gewesen, die den Geschichten unrecht getan hätte.

Manche von ihnen werden Sie zum Schmunzeln bringen, andere werden Ihnen zu Herzen gehen, Sie irritieren oder nachdenklich stimmen.

In jedem Fall sind die folgenden Seiten eine Reise in eine andere, zuweilen fremd anmutende und dann auch wieder vertraute Welt. Als Autoren haben wir dabei gelernt, dass uns Menschen bei allen kulturellen und historischen Unterschieden, bei aller Exotik und Fremdheit, doch viel mehr verbindet als trennt.

Jan-Philipp Sendker, im April 2017

MEIN BURMA

မိတ်ဆက်စာ

Jan-Philipp Sendker

Als ich das erste Mal vom Zauber Burmas hörte, von seiner Schönheit, seinen freundlichen Menschen, ihrer Spiritualität und ihrem Aberglauben, saß ich umgeben von Trümmern an einer Straßenecke in Kobe. Ein verheerendes Erdbeben hatte die Metropole verwüstet, ich war, zusammen mit dem amerikanischen Fotografen Greg Davis, als Asienkorrespondent des *stern* in Japan unterwegs, um über die Naturkatastrophe zu berichten. Es brannten noch zahllose Feuer in der Stadt, Rauchsäulen stiegen aus den Trümmern empor, Menschen irrten durch die Straßen auf der Suche nach vermissten Familienangehörigen. Wir waren beide völlig erschöpft und gezeichnet von den Erlebnissen der vergangenen Tage. Ich brauchte dringend eine Pause.

Greg war kurz zuvor in Burma gewesen. Vielleicht sehnten wir uns inmitten all der Zerstörung, inmitten von Leid und Tod, nach etwas Trost. Vielleicht wollte er uns in diesem Moment einfach ein wenig ablenken mit einer Geschichte über andere Leben. Jedenfalls begann Greg unvermittelt von Burma zu erzählen. Ein Land, wie er es, der als Fotograf schon in der halben Welt unterwegs gewesen war, noch nicht gesehen hatte. Unberührt von unserer westlichen Konsumgesellschaft, Bewohner, die dem fremden Besucher voller Neugierde und Gastfreundschaft begegneten, kaum Autos, kaum Telefone, südostasiatische Dörfer, Städte und Landschaften wie vor fünfzig oder hundert Jahren. In meinen Ohren klang das wie eine Art Shangri-La, und irgendwann entstand in jenen Stunden mein dringlicher Wunsch, nach Burma zu reisen.

Es war nicht leicht, den *stern* davon zu überzeugen, mich dorthin zu schicken. Damals interessierte sich kein Mensch für die ehemalige britische Kolonie. Nach einem Militärputsch hatte eine Junta aus Generälen 1962 die Macht übernommen und das einst prosperierende Land durch Inkompetenz, Korruption und Misswirtschaft in den Ruin getrieben. Die Oppositionsführerin Aung San Suu Kyi stand unter Hausarrest, Tausende von politischen Gefangenen saßen in Gefängnissen, Proteste von Studenten hatte das Militär 1988 blutig niedergeschlagen, mehrere Tausend Menschen waren dabei ums Leben gekommen. Der Westen reagierte mit Sanktionen. Burma, das auf Befehl der Diktatoren neuerdings Myanmar hieß, war politisch und wirtschaftlich isoliert.

Auch auf der touristischen Weltkarte spielte es keine Rolle. Jahrzehntelang gab es, wenn überhaupt, nur ein Visum für sieben Tage, eine zu kurze Zeitspanne, um ein Land von der Größe Frankreichs zu bereisen. Aber die Regierung hatte 1996 zum Jahr des Tourismus ausgerufen, und ich wollte eine Reportage darüber schreiben, wie sich das weltabgewandte Burma auf den erhofften Besucheransturm vorbereitete.

Der Flug von Bangkok nach Yangon dauerte rund eine Stunde, und ich merkte schon kurz nach meiner Ankunft, dass ich in dieser Zeit um mindestens fünfzig Jahre zurück in die Vergangenheit gereist war.

Auf dem Rollfeld stand kein anderes Flugzeug. Das einstöckige Terminal hatte die Größe eines kleinen Supermarktes. Der Bus, der uns vom Flugzeug zur Ankunftshalle bringen sollte, stand verloren auf dem Rollfeld, eine Tür hing schief in ihren Scharnieren. Das Fahrzeug war kaputt.

Das Gepäckband auch.

Vor dem Ausgang warteten vielleicht zwei Dutzend Taxifahrer auf die wenigen Passagiere. Sie alle trugen weiße Hemden und Longyis, eine Art burmesischen Wickelrock, und lächelten freundlich. Einer von ihnen griff nach meinem Koffer, den ich ihm widerwillig gab. Er führte mich zu seinem Wagen, einem alten, verbeulten Toyota ohne Armaturenbrett. Beim dritten Versuch sprang der Motor an.

Wir fuhren langsam in die Stadt. Es gab kaum Autos oder Ampeln, die meisten Menschen gingen zu Fuß, Kinder spielten auf den Straßen, in Höfen und Gassen brannten Feuer, es wurde gekocht. Es gab keine Werbung, keine Neonreklamen, keine Hochhäuser, nur wenige Geschäfte. Unser Weg führte an alten Teakvillen, Klöstern und Pagoden vorbei. Nichts deutete auf die Welt, aus der ich kam und die doch nur eine Flugstunde entfernt lag. Irgendwann war ich so verwirrt, dass ich den Fahrer fragte, ob es einen McDonald's in der Stadt gäbe.

Er dachte lange nach. Dann drehte er sich um und fragte höflich: »Ist der Herr vielleicht Schotte?«

Wir fuhren an der berühmten Shwedagon-Pagode vorbei, die in der Abendsonne golden glänzte, der Fahrer nahm kurz die Hände vom Lenkrad und verneigte sich.

Es war heiß und feucht. Mit Temperaturen um die 40 Grad Celsius ist der Mai der wärmste Monat in Burma. Mir lief der Schweiß Stirn und Nacken hinunter, das Hemd klebte mir am Körper. Ich fragte, ob sein Wagen eine Belüftung oder gar Klimaanlage besäße. Ja, selbstverständlich. Ob er sie vielleicht anstellen könnte? Nein, sie war kaputt, bedauerlicherweise.

Irgendwann hielten wir vor einem alten Hotel aus der britischen Kolonialzeit, in dem angeblich bereits George Orwell übernachtet hatte. Es war früher Abend, die Straßen waren voller Menschen, vor vielen Häusern saßen Männer und Frauen auf Hockern und Schemeln, tranken Tee, fächelten sich Luft zu, redeten, lachten. Ich brachte schnell meinen Koffer aufs Zimmer und wollte nichts lieber, als diese fremde, seltsame Stadt erkunden.

Wo immer ich hinkam, empfingen mich die Blicke der Passanten: überrascht, freundlich, neugierig. Hin und wieder wurde ich angesprochen, zumeist von älteren Herren: »Where are you from, Sir?«, wollten sie wissen. Ihr Akzent klang britisch oder indisch.

Ich vermutete, dass sie mir irgendwelche nutzlosen Dinge verkaufen wollten, erwiderte knapp »Germany« und ging weiter, bis ich bemerkte, dass es kaum etwas zu kaufen gab. Die Herren waren nur an einer kleinen Konversation interessiert, erfreut, einen Ausländer zu sehen, mit dem sie Englisch sprechen konnten.

Plötzlich vernahm ich ein lautes, knallendes Geräusch, und es wurde dunkel. Stromausfall. Ein, wie ich schnell lernen sollte, tägliches Ärgernis. Aber die Menschen waren daran gewöhnt und vorbereitet, sie zündeten Kerzen an. Heute springen in diesen Momenten überall Generatoren an, und ihr dumpfes Dröhnen füllt die Straßen, doch damals gab es die Geräte kaum. Innerhalb weniger Minuten war das ganze

Viertel nur von Kerzen beleuchtet. Sie standen auf Fenster-
bänken, Stufen, Gehwegen und den Tischen der Teehäuser
und tauchten die Stadt in ein magisches Licht. Da keine
Autos fuhren und es keine Elektrizität gab, vernahm ich kaum
andere Geräusche als die menschliche Stimme. Gelächter.
Flüstern. Kindergeschrei. Gesang.

Es war der Gesang, der mich am meisten überraschte, und
ich folgte den Tönen. Wo immer sie mich hinführten, ob in
eine Toreinfahrt, einen Hinterhof oder an das Ufer eines
Flusses, entdeckte ich dasselbe Bild: Ein junges Paar saß bei-
einander, und der Mann sang der Frau Lieder vor. Später
sollte ich erfahren, dass das eine burmesische Tradition ist für
frischverliebte Paare.

Ich dachte voller Dankbarkeit an Greg.

Am nächsten Tag wanderte ich ziellos und schwitzend durch
die Stadt. Nach einer Weile entdeckte ich über einem Haus-
eingang eine vom Regen ausgewaschene Schrift: »Bagan
book store – english books«.

Da ich kein Burmesisch sprach und niemanden in der
Stadt kannte, hoffte ich auf einen ersten Kontakt und betrat
den Laden.

Er war klein, keine zwanzig Quadratmeter, in Holzrega-
len, die aussahen wie selbst gebaut, stapelten sich alte Bücher
fast bis unter die Decke. In der Mitte des Raums hockte ein
alter Mann an einem flachen Tisch, über ihm drehte sich
träge ein Ventilator. Er trug einen verblichenen Longyi und
ein zerlöchertes, weißes Unterhemd. Er blickte auf und fragte,
was ich wollte.

Mich mal umschauen, erwiderte ich.

Er nickte und widmete sich wieder seiner Arbeit. Vor ihm

lag aufgeschlagen ein Buch in erbärmlichem Zustand. Die Seiten zerfleddert und voller Löcher. Daneben standen zwei kleine Töpfe, einer war voller winziger Papierschnipsel, der andere enthielt Klebstoff. Der alte Buchhändler fischte mit einer Pinzette einen Schnipsel aus einem der Behälter, tunkte ihn in den Leim und klebte ihn auf eines der Löcher auf der Buchseite. Dann nahm er einen schwarzen Stift und eine Lupe und zog sorgfältig den fehlenden Buchstaben nach. Das Buch war mindestens dreihundert Seiten dick, und er war erst am Anfang. Auf seiner Stirn standen dünne Schweißperlen, die er sich immer wieder mit einem Lappen abwischte. Im Laden war es noch heißer als auf der Straße.

Auf dem Fußboden lagen mehrere Stapel Bücher, alle in ähnlich schlechtem Zustand.

Ich schaute mich in den Regalen um. Dort standen ein paar Dutzend abgegriffene Taschenbücher, Urlaubslektüre, die ihm vermutlich Reisende hinterlassen hatten. Den meisten Platz nahmen Bücher über Burma ein, über die Geschichte und Kultur des Landes, seine Traditionen, seine Kunst, seine Tiere und Pflanzen.

»Suchen Sie etwas Bestimmtes?«

»Nein«, erwiderte ich.

»Sind Sie das erste Mal hier?« Er sprach perfektes Englisch mit britischem Akzent.

»Ja. Woher sprechen Sie so gut Englisch?«, erkundigte ich mich.

»Das habe ich von den Engländern gelernt.« Als er mein Erstaunen bemerkte, fügte er hinzu: »Aber das ist schon lange her.«

Ich betrachtete die aufgeschlagenen Seiten vor ihm. »Was machen Sie da, wenn ich fragen darf?«

»Ich restauriere ein Buch.«

»Wie lange brauchen Sie für einen Band?«

»Zwei bis drei Monate«, erwiderte er.

Ich nickte. Die Hitze ermüdete mich, und ich fragte, ob ich mich für einen Moment setzen dürfte. Er zog einen Hocker heran. Eine Weile beobachtete ich ihn stumm bei der Arbeit.

»Möchten Sie etwas trinken?«, fragte er unvermittelt.

»Sehr gern.«

Der alte Buchhändler erhob sich und verschwand in einem Raum am Ende des Ladens. Kurz darauf kehrte er mit einer Thermoskanne Tee und zwei Bechern zurück. Wir begannen vorsichtig ein Gespräch, unterbrochen von langen Pausen, das sich über die folgenden Tage fortsetzte. Jeden Nachmittag ging ich bei ihm vorbei und blieb bei jedem Besuch etwas länger, während er mir vom Schicksal seiner Familie berichtete. Sie hatten früher zu den Wohlhabenden und Gebildeten im Land gehört. Nach dem Militärputsch 1962 und der anschließenden Diktatur hatten sie alles verloren – bis auf die Bücher. »Soldaten interessieren sich nur selten für Literatur«, sagte er mit einem kurzen Lächeln. »Glücklicherweise.«

Um die Bücher vor dem Verfall zu bewahren, restaurierte er sie, kopierte und band sie und verkaufte diese Kopien an einige der seltenen Touristen, Diplomaten oder Geschäftsleute, die es in jenen Jahren nach Burma verschlug. Aber eigentlich fühlte er sich mehr wie der Hüter eines Schatzes, den er für die folgenden Generationen bewahren wollte. Er deutete auf ein kleines Mädchen, das auf der Straße spielte, hin und wieder durch den Laden rannte und in der dahinterliegenden Wohnung verschwand. Es war seine Enkelin.

»Wenn ich mich nicht um die Bücher kümmere, wird sie nie in der Lage sein, sie zu lesen.«

Je länger wir uns unterhielten, je mehr ich durch Yangon streifte, umso intensiver begann ich mich für sein Land und dessen Geschichte zu interessieren.

Als es an der Zeit war, weiter in den Norden zu reisen, überreichte er mir zum Abschied ein Geschenk. Ein Buch, das er selber restauriert, kopiert und gebunden hatte. Ich sei ein ausgesprochen neugieriger Mensch und hätte so viele Fragen über Burma, auf einige von ihnen würde ich in diesem Buch Antworten finden.

Ich war dankbar und gerührt. Vorsichtig schlug ich die ersten Seiten auf. »The Soul of a People«, Die Seele eines Volkes, lautete der Titel. Publiziert in London 1902. Als Korrespondent hatte ich normalerweise nicht die Zeit, Bücher zu lesen, die vor hundert Jahren erschienen waren. Ein wenig enttäuscht klappte ich es wieder zu.

»Herzlichen Dank«, sagte ich. »Aber es ist ja schon ein bisschen alt.«

Er legte nachdenklich die Stirn in Falten, als wäre ihm diese Tatsache noch gar nicht aufgefallen. »Das stimmt«, antwortete er nach einer Pause. »Aber es macht nichts. Die Seele eines Volkes ändert sich nicht so schnell.«

Am späten Nachmittag stand ich mit Hunderten von anderen Reisenden am Hauptbahnhof von Yangon, einem imposanten Gebäude aus den Fünfzigerjahren, erbaut in traditionellem burmesischen Stil. Ich wollte mit der Bahn ins gut sechshundert Kilometer entfernte Mandalay reisen. Der »Nachtzug nach Mandalay« klang verheißungsvoll und romantisch, er sollte laut Fahrplan vierzehn Stunden brau-

chen. Eher sechzehn, hatte mich der Buchhändler gewarnt.
Oder achtzehn. Oder vierundzwanzig. Je nach Zustand der
Strecke, den Launen des Wetters und diversen anderen schwer
zu kalkulierenden Faktoren.

Wir verließen den Bahnhof pünktlich am frühen Abend,
und die ersten zwei, drei Stunden gehörten zu den schönsten, die ich je in einem Zug verbracht habe. Wir rumpelten
mit zwanzig, dreißig Kilometern pro Stunde, oft aber auch
in Schrittgeschwindigkeit, über die Schienen. Warme Luft
wehte durch die offenen Fenster herein. Fliegende Händler
liefen nebenher, sprangen auf, gingen durch die Waggons
und verkauften Currys, Tee oder Suppen in Plastiktüten,
Obst, Kekse, Wasser. Irgendwann sprangen sie einfach wieder ab.

Draußen zog eine asiatische Bilderbuchlandschaft vorbei.
Reisfelder, kleine Flüsse, Kinder, die auf Wasserbüffeln ritten.
Hinter Palmen ging die Sonne unter.

Es war die ideale Geschwindigkeit für die menschlichen
Sinne. Ich hörte die Stimmen der spielenden Kinder. Der
Geruch von brennenden Lagerfeuern, auf denen Abendessen
zubereitet wurde, zog durch die Waggons. Näherten wir uns
einem Fluss, kühlte die Luft ab, nur einen Hauch und doch
spürbar.

Aber dann wurde es dunkel, und es gab nichts mehr zu sehen. Die Holzbank, auf der ich saß, wurde mit jeder Stunde
härter, es blieb unerträglich heiß und feucht. An Schlaf war
nicht zu denken. Nach zehn Stunden war ich völlig erschöpft, nach zwölf Stunden wollte ich nur noch raus aus
dem »Nachtzug nach Mandalay«.

Beim nächsten Halt nahm ich meinen Rucksack und stieg
aus. Im Morgengrauen stand ich auf dem Bahnhof von

Thazi, umgeben von Hunderten schlafenden Menschen, die auf dem Bahnsteig lagen, den Gepäckwagen, den Treppen. Sie warteten auf irgendwelche Anschlusszüge, die irgendwann kommen würden. Zugfahrpläne, so sollte ich lernen, sind in Burma nur sehr grobe Anhaltspunkte.

Vor dem Bahnhof stand einer dieser weißen Toyotas, die oft als Taxi dienten. Darin lag ein Mann und schlief. Ein paar Meter weiter hatte bereits ein Imbiss geöffnet, über einem Feuer hing ein Kessel, die ersten Kunden hockten müde auf Schemeln und schlürften ihren Tee. Ich setzte mich zu ihnen, bestellte einen burmesischen Tee und wartete, bis der Fahrer erwachte.

Er brachte mich Stunden später nach Kalaw. Von einem australischen Diplomaten hatte ich in Yangon zwei Kontaktnamen bekommen. Ich sollte nach Vater Angelo und Tommy fragen, jeder im Ort würde sie kennen.

Vater Angelo war weit über achtzig, ein italienischer Missionar, der seit Jahrzehnten in Burma lebte. Er führte mich zu Tommy Ezdani. Vor mir stand ein kleiner Mann, um die fünfzig Jahre alt und von fast zierlicher Gestalt, der mich mit neugierigen Augen musterte. Auf dem Kopf trug er, zu einer Art Turban gebunden, ein gelbes Badehandtuch. Er bemerkte meine Irritation und erklärte amüsiert, dass dies der Kopfschmuck der Pa-O sei, einer ethnischen Minderheit, die in den Shan-Staaten lebt. Er sei gerade aus einem ihrer Dörfer zurückgekehrt.

Wir verstanden uns sofort. Er sollte mich in den folgenden Wochen auf verschiedene Exkursionen begleiten, und bis heute vergeht kaum eine Reise, auf der ich ihn nicht in den Shan-Staaten besuche. Tommy war in Kalaw geboren, ist aber Paschtune. Die Engländer als Kolonialherren hatten

20

seinen Großvater aus Afghanistan nach Burma geholt. Schon als Kind begleitete er seinen Vater, einen Arzt, häufig in die umliegenden Dörfer der Pa-O, Palong, der Shan und der Karen, und lernte so von früh auf die Sprachen der verschiedenen ethnischen Minderheiten, die in den Bergen rings um Kalaw leben. Als wir uns kennenlernten, hatte er kurz zuvor eine Hilfsorganisation gegründet, die in den entlegenen Siedlungen Schulen, Brunnen und Brücken baute.

Nach einigen Tagen in Kalaw fragte er mich, ob ich nicht Lust hätte, mit ihm einige der Dörfer zu besuchen, wir würden von Ort zu Ort laufen, dort übernachten und ich könnte so eine ganz andere Seite Burmas kennenlernen.

Auf unserer Wanderung begegneten wir nach einigen Stunden einer Frau, die Tommy offenbar gut kannte. Sie war hager, hatte lange Arme mit großen, kräftigen Händen. Auf dem Rücken trug sie ein großes Bündel Feuerholz, das sie im Wald gesammelt hatte. Die beiden unterhielten sich angeregt, aber während der ganzen Zeit ließ sie mich nicht aus den Augen. Sie musterte mich nicht unfreundlich, eher neugierig, prüfend. Schließlich kam sie auf mich zu und wollte meine Oberarme berühren. Ich trat einen Schritt zurück und fragte Tommy, was sie von mir wollte.

»Sie will dich heiraten.«

Ich blickte ihn verwirrt an.

»Und sie bietet fünf Kühe für dich. Aber ich habe ihr schon gesagt, dass das zu viele sind. Du bist ja schon fünfunddreißig.«

Das war, erklärte er mir, für burmesische Verhältnisse alt. Die durchschnittliche Lebenserwartung betrug nur dreiundfünfzig Jahre.

Aber sie ließ sich nicht beirren. Ich sähe ganz anders aus als die Einheimischen. Sie vermutete, dass ich länger halten würde.

Wir wanderten weiter und erreichten gegen Abend ein Dorf der Pa-O. Für die Bewohner war Tommy ein guter Bekannter. Er hatte vor Kurzem eine Rohrleitung von einer zwei Kilometer entfernt liegenden Wasserquelle ins Dorf legen lassen. Nun gab es wenigstens einen Brunnen, und niemand musste mehr kilometerlang laufen, um auch nur einen Eimer frisches Wasser zu bekommen. Er war mit ihrer Sprache und Kultur vertraut und ein häufiger und gern gesehener Gast. Wir wurden von Kindern begrüßt, die mich mit großen Augen anstarrten. Sie begleiteten uns zum Oberhaupt des Dorfes. Sein Haus war aus altem Teakholz und stand auf Pfählen. Darunter grunzte ein Schwein.

Der Mann und seine Familie begrüßten uns herzlich und luden Tommy und mich ein, über Nacht bei ihnen zu bleiben.

Am Abend hockten wir um ein Feuer, die Familie hatte mir zu Ehren ein Huhn geschlachtet und eine Art Curry zubereitet. Selbstverständlich häuften sich auf meinem Teller die kostbaren Fleischstückchen, niemand wollte etwas essen, bevor ich nicht fertig war. Erst wenn der Gast satt ist, fangen in Burma die Gastgeber an zu essen. Die Dorfältesten waren gekommen, Männer und Frauen, und sie beobachteten neugierig jede meiner Bewegungen. Ich hörte das Feuer knistern und das Flüstern und Kichern von Kindern in der Dunkelheit. Ein Baby wimmerte, beruhigte sich aber schnell wieder. Nicht weit entfernt saß eine ältere Frau, umringt von ein paar Kindern, denen sie flüsternd etwas erzählte. Auch wenn ich kein Wort verstand von dem, was sie sagte, so hatte der melodische Singsang ihrer Stimme doch etwas Magisches.

Ich fragte Tommy, wer die Frau sei und was sie mache. Eine Großmutter, die ihren Enkeln Märchen erzähle, erklärte er mir. Das war in Burma, so lernte ich auf meinen folgenden Reisen, vor allem unter den ethnischen Minderheiten und in den Dörfern noch eine sehr lebendige Tradition.

Ich begann meine Gastgeber auszufragen und dachte irgendwann, es wäre vielleicht interessant, wenn auch sie mir Fragen stellen würden.

Sie berieten sich, und schließlich wollte einer von ihnen wissen, wie lange ich zu ihnen unterwegs gewesen sei. Mit dem Ochsenkarren.

Ich schätzte, wie lange das wohl von Hongkong dauern würde. Ein Jahr? Zwei?

Über ein Jahr, erwiderte ich.

Großes Staunen. Die Frau des Dorfoberhauptes wollte wissen, wie viele Sonnen es bei mir gäbe.

Ich verstand ihre Frage nicht.

Sie rechnete mir vor, dass ich vermutlich drei Jahre meine Felder nicht beackern konnte. Ein Jahr für die Hinreise zu ihnen. Eines für die Rückreise. Damit sich die lange Fahrt auch lohne, würde ich wahrscheinlich ein Jahr bei ihnen bleiben. So eine lange Abwesenheit könnten sie sich niemals leisten. Ganz gleich, wie fleißig sie arbeiteten. Das ginge nur, wenn meine Felder ganz außergewöhnlich ertragreich seien, und das konnte sie sich nur mit mehreren Sonnen erklären, die länger schienen als die zwölf bis vierzehn Stunden, die ihnen vergönnt waren.

Als es an der Zeit war, schlafen zu gehen, zeigten sie mir mein Bett: eine papierdünne Matte auf den Holzbalken. An meinem entsetzten Gesicht mussten sie erkannt haben, dass ich es nicht gewohnt war, auf dem Fußboden zu schlafen. Ohne dass ich etwas sagte, trugen sie Decken und Tücher zusammen und bauten mir eine Matratze. Ich musste mehrmals Probe liegen, und erst als ich darin versank, waren sie zufrieden.

Als wir uns am nächsten Morgen verabschiedeten, hatte sich fast das ganze Dorf versammelt, um uns eine gute Weiterreise zu wünschen. Für mich gab es, wie in Burma üblich, ein Abschiedsgeschenk. Man lässt keinen Freund ziehen, ohne ihm eine kleine Gabe mitzugeben.

Das Oberhaupt des Dorfes überreichte mir einen riesigen Sack prall gefüllt mit schwarzem Tee. Ich trinke gerne Tee, aber die Menge hätte vermutlich bis an mein Lebensende gereicht. Ich bedankte mich höflich und erklärte, dass das vielleicht ein wenig zu viel des Guten für mich sei, ob sie nicht unter Umständen ein kleines Säckchen, einen Beutel vielleicht, hätten.

Das Geschenk sei natürlich nicht nur für mich, sondern für meine ganze Familie, war die Antwort.

Aber ich lebe allein, erwiderte ich. Es dauerte eine Weile, bis Tommy es übersetzt und sich der Umstand unter den Dorfbewohnern herumgesprochen hatte.

»Allein?«, fragten sie verwundert.

Ich nickte.

Noch nie in meinem Leben war ich von so vielen Menschen mit so viel Mitleid angeblickt worden wie in jenem Augenblick.

Allein.

In Burma lebt man nicht allein. Ob Junggeselle oder Witwe, die Menschen leben im Kreise ihrer ausgedehnten Familie. Man muss schon ein ziemlich unangenehmer Charakter sein, erklärte mir Tommy auf dem Rückweg, wenn niemand mit einem leben möchte.

Um die Situation zu entspannen, erzählte ich, dass ich verheiratet sei, dass meine Frau aber noch in New York lebe, um dort ihr Studium zu beenden, und ich in Hongkong, dass ich sie aber, wenn irgend möglich, jeden Abend anriefe. Das sprach sich herum, die Menschen tuschelten, nickten und lächelten wieder entspannter.

»Wirklich jeden Abend?«, vergewisserte sich das Oberhaupt des Dorfes mit zweifelnder Stimme.

Ich nickte.

»Dann musst du aber eine laute Stimme haben.«

Fast genau ein Jahr später kehrte ich zurück nach Kalaw. Tommy fragte mich, ob ich Zeit hätte, wieder mit ihm in das Dorf zu wandern. Er sei seit unserem Besuch häufiger dort gewesen und die Menschen würden jedes Mal nach mir fragen und sich mit Sicherheit sehr freuen, mich wiederzusehen.

Er hatte nicht übertrieben. Kaum hatten wir den Ort erreicht, waren wir auch schon umringt von einer kleinen Menschenmenge. Alle wollten den fremden Freund begrüßen. Für die Kinder hatte ich Luftballons und ein wenig Spielzeug mitgebracht.

Wir wurden wieder eingeladen, über Nacht zu bleiben, doch diesmal war die Stimmung anders. Freudig aufgeregt, fast etwas festlich. Nach dem Essen versammelten sich im Haus des Dorfvorstehers viel mehr Menschen als noch vor einem Jahr, wir nahmen in langen, engen Reihen vor einem Schrank auf dem Fußboden Platz. Man wollte mir ganz offensichtlich etwas Besonderes zeigen. Irgendwann stand der

Gastgeber auf und öffnete feierlich die Schranktüren. Zum Vorschein kam ein Fernseher. Die Militärjunta hatte, wurde mir gesagt, in den Dörfern batteriebetriebene TV-Geräte verteilt, damit sie ihre Propaganda besser verbreiten konnte. Doch die Menschen waren nicht dumm, sie ignorierten die offiziellen Sendungen. Es gab nur einen Staatssender, und der zeigte einmal in der Woche einen Film aus dem Ausland. Durch eine glückliche Fügung sei ich genau an diesem Wochentag zu ihnen gekommen.

In den folgenden fünfundvierzig Minuten sahen wir auf Englisch und ohne Untertitel eine stumpfsinnige Krimiserie aus Amerika. Sie spielte in Los Angeles, und es passierte nicht viel, außer dass fortwährend dicke Straßenkreuzer ineinander krachten, Helikopter explodierten, Menschen andere Menschen erschossen oder erdolchten. Fassungslos starrten die Dorfbewohner auf den Bildschirm, hin und wieder warf mir jemand einen erschrockenen Blick zu. Ich hatte, zumindest äußerlich, ja doch viel Ähnlichkeit mit den Menschen, die sich da ununterbrochen so viel Böses antaten.

Als der Film zu Ende war, erhob sich der Hausherr, stellte das Gerät aus, klappte die Türen wieder zu, drehte sich um und musterte mich sehr lange. Ich wich seinem Blick aus. Betretenes Schweigen im Raum. Er räusperte sich.

»Wenn du möchtest, Jan-Philipp, kannst du gerne bei uns bleiben. Dort, wo du lebst, scheint es ja sehr gefährlich zu sein.«

Ich bin nicht geblieben, aber seitdem sehr oft nach Burma zurückgekehrt. Zunächst als Journalist – zweimal konnte ich die damalige Oppositionsführerin und heutige Regierungschefin Aung San Suu Kyi in ihrem Haus besuchen –, später als Schriftsteller, um für meine in Burma spielenden Romane *Das Herzenhören* und *Herzenstimmen* zu recherchieren. Mit jeder Reise wuchs meine Faszination. Ich sammelte Eindrücke und Geschichten und begann mich für burmesische Märchen, Fabeln und Sagen zu interessieren. Wann immer ich eine Frau sah, die ihren Kindern oder Enkeln Geschichten erzählte, setzte ich mich nach Möglichkeit dazu und ließ sie mir übersetzen. Ich erfuhr, dass auch in ihren Märchen Tiere eine wichtige Rolle spielen, nur sind es hier naturgemäß eher Tiger, Elefanten, Krokodile und Affen.

Auffallend war auch, dass in Burma häufig von der bösen Schwiegermutter die Rede ist. Die teuflische Stiefmutter dagegen hat in burmesischen Märchen keine so große Bedeutung wie bei uns.

Wenn ich Klöster besuchte oder dort übernachtete, fragte ich die Mönche nach buddhistischen Fabeln und Parabeln. Ich hörte viele Geschichten über die Weisheit Buddhas, aber auch darüber, wie schwierig es selbst für Mönche sein kann, diese Lehren im Alltag zu befolgen, wovon unter anderem die Geschichten der beiden Bildhauer erzählt, die sich im Streit totschlagen (S. 87). Oder die des jungen Mönchs, der in »Der lange Weg zur Weisheit« glaubt, sich zwischen Buddha und seinen Eltern entscheiden zu müssen (S. 265).

Jahre später, als ich durch das Land reiste, um für meinen ersten Roman zu recherchieren, beschloss ich, gezielt burmesische Märchen zu sammeln, um vielleicht einige von ihnen im Roman zu erzählen. Und so verbrachte ich mehrere Abende mit Frauen um ein Lagerfeuer sitzend, die mir, etwas verwundert über das Interesse des Fremden, Märchen, Sagen und Fabeln erzählten. Manche erinnerten mich an

Geschichten, wie ich sie aus meiner Kindheit kannte. Das Märchen von Hase und Igel gibt es auch in Burma, nur ist es hier eine langsame Schildkröte, die mit List und Tücke über ein eingebildetes und siegesgewisses Pferd triumphiert.

Es gibt viele Sagen und Legenden, die von der Herkunft der zahlreichen mythischen Figuren, Geister und Götter erzählen.

Zuweilen war ich erschüttert von der Grausamkeit mancher Geschichten, wie in »Die Flut« (S. 186), wo ein ganzes Dorf ein schreckliches Verbrechen begeht und entsetzlich dafür büßen muss. Dann fielen mir »Hänsel und Gretel« ein oder »Der Wolf und die sieben Geißlein«, und ich erinnerte, dass es auch bei den Gebrüdern Grimm alles andere als zimperlich zuging.

Manche Geschichten sind von bestürzender Traurigkeit. So wie das Märchen von »Bruder und Schwester« (S. 184), in dem zwei Geschwister verhungern und noch heute als Vögel einsam durch das Land fliegen auf der Suche nacheinander.

Ich musste an die Märchen von Hans Christian Andersen denken, besonders an das Schicksal vom »Mädchen mit den Schwefelhölzchen«, dessen Armut und Einsamkeit mich als Kind immer wieder aufs Neue zu Tränen gerührt hatte.

Während der Arbeit am *Herzenhören* entschloss ich mich, die wunderschöne Liebesgeschichte von der Prinzessin, dem Prinzen und dem Krokodil in das Buch aufzunehmen. Sie war mir an einem Lagerfeuer von mehreren Frauen erzählt worden. Die Hauptfigur des Romans, Tin Win, ein Burmese, der in den 1940er-Jahren von seiner Familie nach New York geschickt wurde und dort lange blieb, erzählt in *Herzenhören* seiner kleinen Tochter Julia burmesische Märchen, und diese

Geschichte ist ihr die liebste. Tin Wins Frau, eine Amerikanerin kann mit den Legenden aus der Heimat ihres Mannes überhaupt nichts anfangen. Sie seien bizarr und verworren, ohne jede Moral und für Kinder völlig ungeeignet, behauptet sie. Julia hingegen liebt diese Mythen und die Fabelwelten, die so anders sind als jene Erzählungen, die sie von ihrer Mutter hört. Eine kleine Auswahl aus Tin Wins Fundus findet sich in diesem Band.

Es geht um die großen Themen der Menschheit: Liebe. Glaube. Gier. Vertrauen. Verrat. Vergebung.

Der oder das Gute gewinnt nicht immer. Aus manchen Geschichten spricht ein tiefer Fatalismus, aus anderen wiederum die Hoffnung auf Gerechtigkeit und die magische Kraft der Liebe.

Sie erlauben uns einen Blick in eine fremde, manchmal auch exotische Gedanken- und Glaubenswelt, die uns wenige Seiten später in ihrer Menschlichkeit auch wieder auf wunderbare Weise ganz vertraut ist.

Die Menschen in Burma abergläubisch zu nennen wäre irreführend. Aberglaube klingt nach Hokuspokus, naiver Leichtgläubigkeit oder kindlicher Unvernunft.

Für die meisten Menschen in Burma ist es jedoch eine absolute Selbstverständlichkeit, dass die Sterne Einfluss auf unser Leben haben, dass es Daten und Tage gibt, die Glück bringen, und andere, in denen das Unheil zu Hause ist. Sie würden gar nicht verstehen, wie man daran zweifeln kann. Es gehört so selbstverständlich zu ihrem Alltag und ihrer Sicht auf die Welt, dass es weder einer Erklärung noch der Erwähnung bedarf. Ich habe bei meinen Erkundungen immer mal wieder Menschen gefragt, ob sie abergläubisch seien. Die haben das tief überzeugt verneint, gar weit von sich gewiesen, um mir im nächsten Moment von einem Nat, einem Geist zu berichten, der in einem Baum in ihrem Garten wohnt und jeden Morgen von ihnen Opfergaben bekommt. Oder von ihrem letzten Besuch beim Astrologen.

Während meiner ersten Reise nach Yangon fuhr mich ein junger Mann durch die Stadt in einem kaum verkehrstüchtigen Auto, dessen Lenkrad sich auf der rechten Seite befand, obgleich im Land Rechtsverkehr herrschte, was das Überholen zu einer äußerst schwierigen, um nicht zu sagen lebensgefährlichen Angelegenheit machte. Er erzählte mir, dass der Verkehr vor vielen Jahren, auf Anraten eines Astrologen, über Nacht von links auf rechts umgestellt worden sei. Es klang nicht so, als fände er das sonderlich bemerkenswert.

Am Armaturenbrett seines Wagens klebte das Schwarz-Weiß-Foto einer jungen Frau mit einem Säugling im Arm. Ich fragte neugierig, wer das sei. Er lächelte stolz und erklärte, es wären seine Frau und seine kleine Tochter. Sie sei vier Monate alt, aber leider würde er sie viel zu selten sehen, da er gezwungen sei, sehr viel zu arbeiten. Er habe hohe Schulden, die er abzahlen müsse.

Ich war verwundert, dass ein so junger Mann schon Gläubiger hatte, und erkundigte mich, ob er sich für das Auto hatte verschulden müssen.

Nein, erzählte er, für die Geburt seiner Tochter. Ein Astrologe hatte den besten Tag, ja sogar die günstigste Stunde für ihre Geburt errechnet, und um nichts dem Zufall zu überlassen, hatten sie sich für einen Kaiserschnitt entschieden. Und der war sehr, sehr teuer.

Für mich war das der Beginn einer Reise in eine mir

30

gänzlich unvertraute Welt, bevölkert von Geistern und Gespenstern, Dämonen und anderen geheimnisvollen Erscheinungen. Eine Welt voll rätselhafter Rituale und magischer Zahlenkombinationen, in der ein Astrologe, ein Geisterbeschwörer oder ein Medium nicht selten das letzte Wort hat.

Beispiele für den Aberglauben fand ich täglich und oft in völlig unerwarteten Momenten. Einmal war ich mit einem burmesischen Freund auf dem Land unterwegs, und wir quälten uns über eine der notorisch schlechten Straßen voller Schlaglöcher. Plötzlich verwandelte sich diese Straße in eine zweispurige Autobahn mit perfektem Belag, Markierungen und Mittelstreifen. Kurz darauf war der Spuk wieder vorbei, und wir wurden wie gewohnt heftig durchgeschüttelt. Ich fragte verwirrt, warum die Strecke plötzlich in so gutem Zustand gewesen sei. Mein Freund erklärte mir, dass ein Astrologe dem für den Bezirk verantwortlichen Militärkommandanten empfohlen hatte, etwas zu bauen, um die Sterne günstig zu stimmen. Andernfalls bestünde die Gefahr der Degradierung. Es musste ein Objekt sein, das der Allgemeinheit diene, mit Verkehr in Verbindung stehe und auch mit den Zahlen vier und fünf. Darauf befahl der General den Bau dieser vierspurigen Straße mit einer Länge von genau fünfhundert Metern.

Ich wollte wissen, ob es etwas genutzt habe.

Mein Freund zuckte mit den Schultern. Zumindest sei der Kommandant noch im Amt.

Während dieser Fahrt erzählte er mir von diversen politischen Entscheidungen, die auf den Ratschlägen von Astrologen beruhten. Den Tag und die Uhrzeit für die Feier zur

Unabhängigkeit hatte zur Konsterniertheit der Briten ein Sternendeuter festgelegt: Sie musste am 4. Januar 1948 um vier Uhr zwanzig in der Früh stattfinden. Viel Glück haben diese Zahlen dem Land, das zu den ärmsten in der Region zählt, bisher allerdings nicht gebracht.

Die schweren politischen Unruhen in den Jahren 1987/88 hatten ebenfalls ein Astrologe und ein ihm höriger General – in diesem Fall Ne Win, der mächtigste Mann im Land – ausgelöst. Damals waren über Nacht die 25-, 35- und 75-Kyat Banknoten für ungültig erklärt und durch 90- und 45-Scheine ersetzt worden. Ein Sternendeuter hatte dem Diktator angeblich Unheil prophezeit, nur seine Glückszahl Neun könne das Schicksal positiv beeinflussen. Die brachte Ne Win dann in größtmöglicher Zahl in Umlauf. Weil er den Leuten nicht gestattete, ihre nun wertlosen Kyat-Scheine in die neuen 90- oder 45-Noten umzutauschen und deshalb viele Menschen ihre Ersparnisse verloren, kam es zu heftigen Protesten, die das Militär blutig niederschlug.

Angeblich ging selbst die offizielle Umbenennung des Landes von Burma in Myanmar auf den Rat eines Astrologen zurück. Bekannt gegeben wurde sie an einem 27. (2 + 7 = 9) Mai.

Jahre später verkündete die Junta völlig überraschend, im Landesinneren eine neue Hauptstadt namens Naypyidaw errichten zu wollen. Innerhalb weniger Jahre wurde in dem armen Land für Hunderte von Millionen US-Dollar ein neuer Regierungssitz aus dem Boden gestampft. Die Generäle haben nie öffentlich plausibel erklärt, warum es plötzlich statt Yangons einer neuen Hauptstadt bedurfte. Angeblich liegt auch hier der Grund in den Prophezeiungen eines Astrologen. Er hatte den Machthabern dringend geraten umzuziehen, sonst drohe ihnen und dem Land eine Katastrophe. Auch das Datum und die Uhrzeit für den Beginn des Umzugs hatte er festgelegt: den 6. November um 6 Uhr 37.

Während meiner Recherchen für den Roman *Das Herzenhören* beschloss ich, einen Astrologen in Kalaw aufzusuchen. Auf meinen Reisen hatte ich oft genug erlebt, welche Rolle die Astrologie im Leben der Burmesen spielt, und nun wollte ich, um später darüber schreiben zu können, selber erleben, was bei einem Besuch geschieht.

In Kalaw, erzählte mir mein Freund Winston, lebe ein sehr angesehener Astrologe, zu dem Menschen von weit her kämen, um nach Rat in allen möglichen Lebenslagen zu fragen. Ob Brautpaare zueinander passten, oder was die besten, weil Glück bringenden Daten für eine Hochzeit waren, der günstigste Tag für einen Umzug oder eine Reise – angeblich könne er die Sterne deuten wie nur wenige andere.

Wir machten uns auf den Weg. Bis zu diesem Tag hatte ich kein großes Interesse an Horoskopen und Astrologie gehabt. Ich las hin und wieder mein Horoskop in Zeitschriften; wenn es positiv war, glaubte ich dran, wenn es negativ ausfiel, hielt ich es für unsinnigen Aberglauben. Ich hatte nie eine Kartenleserin oder eine Wahrsagerin aufgesucht, noch hatte mich das je interessiert. Wenn Menschen von Freunden berichteten, denen etwas vorausgesagt worden war, was dann auch eintraf, hatte ich diese Geschichten belächelt und ihnen keinen Glauben geschenkt.

Winston führte mich zu einem alten Haus aus Teakholz, das auf Pfählen stand. Wir stiegen eine wackelige Treppe hoch, deren ausgetretene Stufen von den vielen Besuchern erzählten, die über die Jahre hier gewesen waren. Uns begrüßte ein alter Mann mit weißem, kurz geschorenem Haar. Er trug ein verschlissenes Unterhemd und einen Longyi und bot uns einen Platz auf dem Fußboden an. Wir hockten uns hin, und mein Blick wanderte durch den Raum. An den Holzwänden hingen zwei Poster, die in burmesischen Schriftzeichen etwas über die verschiedenen Himmelskörper erklärten, dazwischen ein paar Kalenderblätter mit diversen Alpenansichten. In einem Regal steckten alte, zerfledderte Hefte und Bücher, vor ihm auf dem Holzboden lag eine kleine Tafel. Er schenkte Tee ein und wollte wissen, warum wir gekommen waren. Da es mir mehr um die Atmosphäre und die Zeremonie ging als um seine Aussagen, stellte ich ihm ohne viel Nachzudenken einige arglose Fragen über meine Vergangenheit und meine Zukunft. Er wollte meinen Geburtsort, die genaue Uhrzeit, den Tag und das Jahr wissen, machte sich Notizen, zog einige der zerschlissenen Bücher zu Rate und begann in aller Ruhe, auf der Tafel zu schreiben. Es vergingen einige Minuten, in denen er rechnete, Zahlenkombinationen aufschrieb, sie mit einem alten Tuch wieder wegwischte, neue hinzufügte. Schließlich schaute er auf und fing an zu erzählen. Seine ersten Sätze zu meiner Person waren recht allgemein, aber alle richtig. Ich wurde neugierig und erklärte ihm, dass ich Journalist wäre, aber nun an einem Roman schrieb und in Zukunft nur noch als Schriftsteller arbeiten wollte.

Der Astrologe prophezeite mir einen großen Erfolg, ich solle mir überhaupt keine Sorgen machen.

Das freute mich natürlich, aber aus einer Laune heraus oder um ihn als Schwindler zu entlarven, gab ich ihm den Geburtsort, das Datum und die Uhrzeit eines kleinen Mädchens aus der Verwandtschaft, das an einer seltenen Augenkrankheit litt.

Er bat um etwas Geduld und begann wieder mit seinen mir so fremden Kalkulationen. Irgendwann legte er die Tafel weg und sagte: »Das Kind wird seinen Eltern Sorgen bereiten.«

Das ist nicht unüblich, dachte ich mir, zumindest im Westen. Ob er da etwas präziser sein könnte?

»Gesundheitliche Sorgen.«

Ich war kurz irritiert. Aber viele Kinder werden krank. Geht es vielleicht etwas genauer?

Er begann wieder zu rechnen, Hefte zu Rate zu ziehen. Schließlich blickte er mich ernst an. »Gesundheitliche Probleme im Kopf.«

Mir wurde unwohl. »Geht es noch genauer?«, fragte ich leise.

Noch einmal begann er mit seinen rätselhaften Berechnungen.

»In den Augen.«

Am Ende saß ich zutiefst erschrocken vor ihm. Es gab keine Möglichkeit, dass dieser alte Mann in den Bergen der Shan-Staaten etwas über die Krankheit dieses Kindes wissen konnte. Und trotzdem war es so.

Warum? Woher nahm er sein Wissen? Zufall oder Glück konnten es nicht gewesen sein, dafür waren seine Angaben viel zu detailliert. Was sonst?

Bis heute habe ich keine Erklärung dafür. Ich kann nicht sagen, dass ich seither an Astrologie glaube, sonst müsste ich vor jeder wichtigen Entscheidung den Sternendeuter in Kalaw um Rat fragen. Aber ich kann nach dem Erlebnis auch nicht so tun, als hätte es nicht stattgefunden, und behaupten, ich würde nicht daran glauben. Es gibt, das habe ich auf meinen Reisen in Burma gelernt, rätselhafte Dinge zwischen Himmel und Erde, die wir nicht verstehen, zu denen aber manche Menschen mehr Zugang haben als andere. Oder wie es U Ba in meinem Roman *Das Herzenhören* ausdrückt: »Nicht alles, was man erklären kann, ist wahr, und nicht alles, was wahr ist, kann man erklären.«

Ich war neugierig geworden und habe seither zahlreiche Astrologen, Wahrsager und Geisterbeschwörer in Burma aufgesucht, aber nie wieder jemanden getroffen, der mir auch nur annähernd mit der gleichen Präzision Auskunft geben konnte.

Eine besondere Rolle im Leben vieler Burmesen spielen die Nats. Sie lernte ich gleich auf meiner ersten Reise kennen, während einer Autofahrt in strömendem Regen in der Nähe Bagans.

Ich rumpelte in einem gemieteten Auto über eine Land-straße in der Nähe der alten Tempelstadt, als der Fahrer plötzlich vor einem ausladenden Banyan-Baum in der Nähe einer Pagode anhielt. Er nahm einen Kranz frischer Jasmin-blüten, den er kurz zuvor während einer Pause in einem Tee-haus gekauft hatte, stieg aus und ging zu dem Baum. Der Regen trommelte gegen die Windschutzscheibe und auf das Blechdach. Doch ich war zu neugierig geworden und folgte ihm. Der verwachsene Stamm mit seinen Wucherungen und Verästelungen hatte einen Durchmesser von mehreren Me-tern, zwischen zwei Teilen des Stamms stand ein Altar, be-schützt von einem kleinen Wellblechdach. Darunter befand sich die aus Holz geschnitzte und mit viel Blattgold über-zogene Skulptur eines Fabelwesens. Es trug ein prunkvol-les Kostüm und eine Art Krone mit einer langen Spitze.

Umringt war es von kleinen und großen Tellern, auf denen sich Bananen, Kokosnüsse, Bonbons, Kekse und Zigaretten stapelten.

Mein Fahrer legte den kleinen weiß-grünen Kranz dazu. Hier, in diesem Baum, erklärte er mir, lebe ein in der ganzen Gegend berühmter Nat. Jedes Mal, wenn er den Baum passiere, bringe er ihm eine kleine Opfergabe, damit der Nat für eine sichere und unfallfreie Fahrt sorgen würde.

Nat?, fragte ich, unsicher, ob ich ihn richtig verstanden hatte.

Er konnte kaum glauben, dass ich noch nichts davon gehört hatte. Die wären doch überall. Es gab Geister für das Wasser, die Bäume, die Luft. Viele Flüsse, Häuser, Pagoden, Dörfer, auch einzelne Häuser hätten ihre eigenen Schutzgeister. Außerdem gab es eine Liste von 37 namentlich bekannten Hauptnats, die im ganzen Land bekannt waren und auf unzähligen Festivals verehrt und gefeiert wurden. Die meisten von ihnen, erzählte mir mein Fahrer, waren früher Menschen gewesen, die eines gewaltsamen Todes gestorben seien. Sie hatten sich für andere geopfert oder waren vom Teufel, von Nebenbuhlern, Dieben oder anderen Bösewichten ermordet worden und anschließend in den Olymp der Nats aufgestiegen. Es wäre grob fahrlässig, ihnen nicht regelmäßig Opfergaben zu bringen.

Viele Jahre später wurde ich in einem Dorf zu einer alten Frau geführt, von der es hieß, sie könne mit Nats in Verbindung treten und sie um Beistand in allen möglichen Lebenslagen bitten. Auf der Treppe vor ihrem Haus saßen bereits Kunden und warteten. Eine Frau mit ihrer Tochter, die wissen wollte, ob die Geister helfen könnten, einen Bräutigam für die junge Frau zu finden, ein Mann, der Rat bei einem

Streit mit seinem Nachbarn suchte. Nach einer guten halben Stunde kamen wir an die Reihe. Die Frau begrüßte uns erstaunt – ein Ausländer hätte noch nie Rat bei ihr gesucht – und bat uns hinein. Der Raum wirkte wie eine sonderbare Mischung aus Ramschladen, Tempel und Lebensmittelgeschäft. In einer Ecke lagen Dosen mit Keksen, kleine Säckchen Reis, Nüsse, Nudelpackungen, dazwischen Zahnpasta, Seife und Waschmittel, ein paar Flaschen Limonade und Bratöle. Die meisten ihrer Kunden schienen in Naturalien zu bezahlen.

Auf mehreren Altären standen holzgeschnitzte, mit Blattgold verzierte Nat-Figuren, um sie herum lagen Spenden. Eine Kokosnuss, Bananen, Zigaretten, Kerzen, Bierflaschen, Flachmänner, gefüllt mit burmesischem Whiskey. Um manche Figuren hingen rosa-, rot- oder gelbfarbene Stoffe, andere trugen Holzketten oder Girlanden aus frischem Jasmin um den Hals. Eine bunte, wild flimmernde Lichterkette umrahmte ein Poster der Shwedagon-Pagode.

Wir hockten uns auf den Linoleumboden, aus der Küche und vom Hof kamen ein paar neugierige Beobachter hinzu, setzten sich und musterten uns neugierig.

Die Frau schloss für einige Sekunden die Augen. Sie war klein, fast zierlich und mochte um die achtzig Jahre alt sein, aber sobald das Gespräch auf die Nats kam, sprühte sie vor Energie.

Ich musste Geldscheine im Wert von 30 000 Kyat, das halbe Monatsgehalt eines Lehrers, in die Mitte legen. Sie band sich einen pinkfarbenen Stoff um den Kopf, legte sich ein Halstuch um und begann mit ihrer Arbeit. Aus einer Dose kramte sie ein paar Muscheln hervor, warf sie auf den Boden, betrachtete sie, als wären es Würfel, versuchte es ein zweites und ein drittes Mal. Dann schlug sie sich minutenlang auf Kopf und Oberkörper, murmelte etwas, streckte die Arme aus, wedelte mit ihnen durch die Luft, wurde lauter, flüsterte wieder. Nach einer Weile erklärte sie feierlich, dass der Geist des Nat nun anwesend sei. Sie entzündete eine Zigarette, zog ein paarmal daran und ließ sie dann wie einen Joint im Kreis herumgehen. Anschließend schüttelte sie lang und kräftig eine Dose Bier, öffnete sie, ließ das warme Bier in einer Fontäne durch den Raum spritzen, trank einen Schluck und reichte die Dose danach ebenfalls wortlos herum. Als ich sie nur zögerlich zum Mund führte, gab sie mir mit einem strengen Blick zu verstehen, dass ich gar keine Wahl hatte, als daran zu nippen.

Kaum war die Dose leer, warf sie Reiskörner durch den Raum als weitere Gaben an den Natgeist, rollte meine Geldscheine zusammen und steckte sie sich in ihr Stirnband. Sie schüttete eine Handvoll Reis in eine Schale und warf sie mir unvermittelt zu. Ich fing sie auf, ohne ein Korn zu verschütten. Sie lächelte zufrieden.

Der Nat, der sich um Lehrer, Künstler und Schriftsteller kümmere, sei mir wohlgesinnt. Ich bräuchte mir um meine nächsten Bücher keine Sorgen zu machen.

Das hörte ich zwar ausgesprochen gern, überzeugend fand ich ihre Vorstellung jedoch nicht – ganz im Gegensatz zu den anwesenden Burmesen. Sie nickten andächtig und schauten mich hocherfreut an. Offenbar saß ein Glückspilz in ihrer Mitte. Niemandem von ihnen wäre es in den Sinn gekommen, die Geisterbeschwörung als albernen Hokuspokus oder Geldschneiderei abzutun.

In diesem Buch beschäftigen sich zahlreiche Märchen und Legenden auf ganz verschiedene Weise mit Astrologie,

Geistern, dem Aberglauben in Burma und der Macht der Sterne.

Immer wieder sind es Geister, gute oder schlechte, die Menschen in Not zu Hilfe kommen oder sie in große Schwierigkeiten bringen. In einer Geschichte verliebt sich ein Prinz in eine Nat und wird deshalb vor eine schwere Prüfung gestellt. In einer anderen geraten zwei Mönche in einen heftigen Streit darüber, ob die Sterne Einfluss auf das menschliche Leben haben oder nicht.

Interessanterweise wird die Frage in dem Märchen nicht beantwortet.

DER KLEINE PO UND DER TIGER

လူကလေးပိုနှင့်ကျားကြီး

Es lebte ein kleiner Junge namens Po in einem Dorf am Rande des Dschungels. Er war ein neugieriges Kind und liebte nichts mehr, als durch den Wald zu streifen, auf Bäume zu klettern und sich mit den Tieren anzufreunden. Einer seiner besten Freunde war ein Tiger. Die beiden verbrachten viel Zeit miteinander. Po hatte ihn sehr gern, und auch der Tiger war dem Jungen zugetan. Allerdings gab es noch einen anderen Grund, warum er mit ihm spielte. Der Tiger hoffte, dass Po ihn eines Abends heimlich mit ins Dorf nehmen würde und er dort eines der wohlgenährten Rinder entführen und am Ende verspeisen könnte.

Als sie eines Tages am Ufer eines kleinen Flusses gemeinsam Rast machten, fragte er ihn: »Mein lieber Freund, nun haben wir so viel Zeit miteinander verbracht. Darf ich dich um einen Gefallen bitten?«

»Selbstverständlich«, erwiderte der Junge.

»Könnest du mich heute Abend, im Schutze der Dunkelheit, mit in dein Dorf nehmen?«

»Das ist unmöglich«, erklärte Po erschrocken. »Du weißt, dass die Dorfbewohner Angst vor dir haben und dich nicht mögen. Sie würden versuchen, dich zu fangen und zu töten.«

»Ich habe keine Angst vor den Menschen. Wenn du mir nicht hilfst, dann gehe ich eben allein«, sagte der Tiger enttäuscht.

Am Abend hielt Po am Eingang des Dorfes Ausschau nach seinem Freund. Als er ihn kommen sah, flehte er ihn an, zurück in den Dschungel zu laufen. »Sie werden dich töten, bitte, versteck dich wieder im Wald.«

»Dann hilf mir.«

»Das kann ich nicht.« Po hörte die Rufe seiner Eltern. »Ich muss nach Hause. Bitte, mein Freund, halte dich von unserem Dorf fern.«

Am nächsten Tag sprachen die Bauern über nichts anderes als einen Vorfall in der vergangenen Nacht. Ein Tiger aus dem Dschungel hatte sich in das Dorf geschlichen und ein Kalb getötet. Sie fürchteten, er würde in der folgenden Nacht zurückkehren und ein weiteres der wertvollen Rinder oder Schweine fressen. So beschlossen sie, eine Falle zu bauen, um ihn einzufangen.

Als Po das hörte, rannte er in den Dschungel und machte sich auf die Suche nach seinem Freund. Er fand ihn satt und zufrieden unter einem Baum dösen.

»Lieber Tiger«, rief er aufgeregt, »du darfst unter keinen Umständen zurück in unser Dorf kommen. Die Bauern arbeiten an einer Falle für dich.«

Der Tiger hob nur müde lächelnd eine Tatze. »Reg dich nicht auf, kleiner Freund. Die Menschen sind zu dumm. Sie werden mich nie zu fassen kriegen.«

In der folgenden Nacht schlich das Raubtier zurück ins Dorf und tappte in die Falle. Am Morgen fanden die Bauern den Tiger, wie er wütend und laut brüllend im Bambuskäfig auf und ab schlich. Da sich niemand traute, ihn zu töten, beschlossen sie, ihn einfach dort zu lassen, bis er vor Hunger und Durst sterben würde. Die ganzen Dorfbewohner versammelten sich ehrfurchtsvoll vor dem Käfig und bestaunten das Tier. Am Abend schlich Po traurig und verzweifelt zu seinem Freund.

»Warum hast du nicht auf mich gehört?«

»Ach, mein lieber Po, ich war dumm. Aber jetzt musst du mich befreien. Hier werde ich elendig verhungern.«

»Das kann ich nicht.«

»Bitte. Ohne deine Hilfe bin ich verloren.«

»Es geht nicht, Tiger. Meine Eltern, das ganze Dorf würde mich prügeln, dass ich nicht mehr laufen kann.«

Abend für Abend ging Po zu seinem Freund, der ihm von Tag zu Tag mehr leidtat. Er sah, wie er hungerte und schwächer und schwächer wurde. Am siebten Tag konnte er das Elend nicht mehr ertragen. Er wartete, bis seine Eltern schliefen, verließ lautlos die Hütte und lief zum Käfig.

»Im Namen unserer Freundschaft«, erklärte er feierlich und öffnete die Tür. Der Tiger sprang hinaus und baute sich, hungrig die Zähne fletschend, vor ihm auf.

»Ich sterbe vor Hunger und bin viel zu erschöpft, um auf die Jagd zu gehen. Ich werde dich fressen müssen.«

Po wich entsetzt zurück. »Was sagst du da? Ich habe dich befreit. Du schuldest mir Dankbarkeit.«

»So ein Unsinn«, fauchte der Tiger. »Es gibt keine Dankesschuld. Ich habe Hunger!«

Die beiden gerieten in einen heftigen Streit, bis der Junge schließlich das Tier davon überzeugen konnte, einen unabhängigen Richter aufzusuchen, der den Fall entscheiden sollte.

Sie gingen in den Wald und fanden nach einer Weile den Totenschädel eines Ochsen. Sie schilderten ihm ihren Disput und baten ihn zu entscheiden, wer von beiden im Recht sei. Der Schädel hörte sich alles in Ruhe an und antwortete ohne zu zögern: »Es gibt keine Dankesschuld. Ich habe für meinen Herrn jahrelang das Feld gepflügt. Ich habe seinen Karren bergauf und bergab durch den gröbsten Dreck gezogen, bei größter Hitze oder schwerem Regen. Ich habe ihn zum Markt begleitet und alles geschleppt und getragen. Doch als ich alt und schwach wurde, hat er mich geschlachtet und gegessen. Der Tiger schuldet dem Jungen nichts. Er kann ihn fressen.«

»Habe ich doch gesagt«, brüllte der Tiger laut und fletschte die Zähne. Zitternd vor Angst bat Po um einen zweiten Richterspruch. »Einverstanden«, fauchte der Tiger. »Weil du es bist.«

Sie wandten sich an einen großen, weit ausladenden Banyan-Baum. »Du bist alt und weise«, sagte Po. »Bitte entscheide du unseren Streit.«

Der Baum hörte sich in Ruhe die Argumente beider Seiten an und kam ebenfalls sofort zu einer Entscheidung. »Es gibt keine Dankesschuld. Wenn die Sonne hoch am Himmel steht, ruhen sich die Menschen in meinem Schatten aus, trotzdem brechen sie mir Zweige ab und wenn es sein müsste, würden sie mich fällen, ohne zu zögern. Wo ist da die Dankbarkeit? Der Tiger kann das Menschenkind fressen.«

Das Raubtier ging auf den Jungen zu und riss sein Maul auf.

»Bitte, bitte nicht«, schrie Po. »Ich habe das Recht auf einen dritten Urteilsspruch.«

»Das ist deine letzte Chance«, rief der Tiger wütend. »Niemand darf mehr als zweimal in Berufung gehen bei einem Streit.«

Kurz darauf trafen sie einen Hasen, der ob seiner Klugheit und Weitsicht im ganzen Dschungel geschätzt war. Sie schilderten ihm ihren Disput und baten um seine Meinung.

»Hm«, erwiderte er. »Das ist ein schwieriger Fall. Zeigt mir bitte genau, wo er begonnen hat.«

Da es mitten in der Nacht war, liefen die drei ins Dorf zurück.

»Wo warst du?«, fragte der Hase den Tiger.

»Im Käfig.«

»Wo genau?«

Der Tiger trottete zurück in den Käfig.

»Und du, Po? Verschließe die Tür und zeige mir, wie du sie geöffnet hast.«

Po schob den Riegel vor die Tür.

»Halt«, rief da der Hase. »Lass die Käfigtür zu. Ich habe die alte Ordnung wiederhergestellt. Der Tiger ist im Käfig, Po steht davor, alles ist wie vor Beginn des Streits. Damit ist er beigelegt.« Ohne ein weiteres Wort hoppelte der Hase davon. Po rannte so schnell er konnte zu seinen Eltern.

Ein paar Tage später war der Tiger tot, gestorben vor Hunger und Durst.

DAS GEHEIMNIS DES ALTEN MÖNCHES

ရဟန်းအိုကြီး၏ လျှို့ဝှက်ချက်

Es lebte einst ein alter Mönch als Einsiedler in der Nähe eines Dorfes. Nach dem Tod seiner Frau hatte er sich in den Wald zurückgezogen, um dort ungestört meditieren zu können. Er war ein wohlhabender Mann gewesen, aber als Witwer hatte er sein Vermögen verschenkt und widmete sich nun dem Studium der Lehre des Erleuchteten. Behalten hatte er nur einen Topf voller Gold, und das lag in einem Versteck unter einem Banyan-Baum. Insgeheim fürchtete der Mönch jedoch, dass einer seiner Besucher aus dem Dorf es entdecken könnte und dann in der ganzen Gegend herumerzählen würde, dass der Eremit doch nicht auf allen weltlichen Reichtum verzichtet habe.

Die Dorfbewohner ahnten nichts von diesen Sorgen und verehrten ihn ob seiner Bescheidenheit und Weisheit. Und so pilgerten sie häufig in den Wald und überreichten ihm in Ehrfurcht ihre Opfergaben.

Eines Tages standen ein Bauer und seine Frau vor ihm. Sie hatten einen Teller Obst dabei und Reiskuchen und erzählten von ihrem Sohn, für den es nun an der Zeit sei, als Novize in ein Kloster zu gehen. Mit gesenkten Blicken und leisen Stimmen baten sie ihn, ihren Jungen zu seinem Schüler zu machen. Der Mönch willigte ein. Am nächsten Tag brachten sie ihren Sohn, der Mondgesicht hieß, und in den folgenden Monaten kamen die beiden regelmäßig in den Wald, um ihr Kind zu besuchen. Der alte Mönch freundete sich mit ihnen an und fasste mit der Zeit so sehr Vertrauen zu dem Paar, dass er sie eines Tages bat, sein Gold an sich zu nehmen und es bei ihnen auf dem Hof zu verstecken. Die beiden zögerten, doch nach einer kurzen Bedenkzeit waren sie einverstanden.

Einige Wochen vergingen, da kam der Bauer aufgeregt in den Wald gerannt. In den Händen hielt er den Topf, doch darin lag kein Gold mehr, sondern ein anderes Metall. »Ich kann es mir nicht erklären«, behauptete der Mann atemlos, »aber dein Gold hat sich über Nacht in Kupfer verwandelt.«

Der Mönch mahlte mit den Zähnen vor Wut, denn er wusste, dass der Bauer ihn belog. »Ist schon gut«, sagte er, ohne seinen Ärger zu zeigen, und nahm den Topf voller Kupfer zurück. »Da kann man nichts machen.«

In den folgenden Nächten lag er wach und überlegte, wie er sich an dem unehrlichen Bauern rächen könnte.

Der Mönch begann einen in der Nähe lebenden Affen zu zähmen. Mit den Früchten und Keksen, die die Dorfbewohner ihm brachten, gelang es ihm, dem Tier so manches Kunststück beizubringen. Nach einiger Zeit war der Affe so zahm, dass er angerannt kam, sobald der Mönch laut »Mondgesicht« rief.

Am nächsten Tag führte er seinen Schüler tief in den Wald hinein und erklärte ihm, er solle hier in aller Ruhe meditieren, bis er ihn wieder abhole.

Der Mönch eilte zurück zu seinem Lager. Am Nachmittag erschien der Bauer, um seinen Sohn zu besuchen.

Der Mönch rief laut »Mondgesicht«, und kurz darauf kam der Affe angerannt.

»Das ist doch nicht mein Sohn«, empörte sich der Bauer.

»O doch«, erklärte der Mönch.

»So ein Unsinn. Wie soll sich ein Kind in einen Affen verwandeln?«

Über das Gesicht des alten Mönchs flog ein kurzes Lächeln. »Wenn sich Gold in Kupfer verwandeln kann«, erklärte er, »dann kann sich ein Kind auch in einen Affen verwandeln.«

DIE VIER PUPPEN

အရုပ်ကလေး လေးခု

Vor langer, langer Zeit lebte in den Bergen Burmas eine Puppenmacherfamilie. Der Vater, seine Frau und ihr Sohn Aung fertigten die schönsten Marionetten und verkauften diese in den umliegenden Dörfern, an Kinder, Puppenspieler und Zirkuskünstler.

Aung war bald zu einem neugierigen jungen Mann herangereift und wollte hinaus in die Welt. Er träumte davon zu reisen und irgendwann eine eigene Puppenwerkstatt zu gründen. Also bat er seine Eltern um Erlaubnis für diese Vorhaben, und nach kurzer Bedenkzeit willigten sie ein.

Zum Abschied packte ihm seine Mutter ein großes Bündel mit Vorräten. Damit er auf seinen Wanderungen auch ja nicht vom Fleisch falle, meinte sie traurig lächelnd zum Abschied. Sein Vater wiederum gab ihm vier Puppen mit auf die Reise, sie sollten den Sohn auf allen Abenteuern begleiten und ihm beistehen.

Die erste Puppe trug den Namen Day Wa und stellte einen burmesischen Engel dar, eine himmlische Figur. Die zweite Puppe hieß Yo Kha und war ein Riese, berühmt und berüchtigt für seine Größe und Kraft. Die dritte Puppe war eine Nachbildung des bekannten Zaw Gyi – ein Zauberer in rotem Gewand, der einen langen weißen Stab schwang.

Die letzte Puppe hieß Khe Ma. Er war ein alter Eremit in schlichtem Gewand, samt einer Schüssel unter dem Arm, mit der er um Almosen bat.

Gerührt nahm Aung die meisterhaft angefertigten Puppen entgegen und bedankte sich bei seinen Eltern für alles, was sie für ihn getan hatten. Dann schulterte er seinen Rucksack, befestigte die Puppen außen daran und machte sich auf den Weg.

Nach langer Wanderung erreichte er am Abend einen Banyan-Baum und überlegte, ob er hier Rast machen sollte. Er stellte sein Gepäck ab und sah sich um. Sein Blick fiel auf Day Wa, der am Rucksack baumelte, und wie in Gedanken fragte er: »Was meinst du, Day Wa, sollte ich hier übernachten?«

Nichts hätte Aung mehr überrascht als eine Antwort, und doch hörte er Sekunden später: »Ich weiß nicht, mein lieber Aung. Ich würde vorsichtig nachschauen, ob es hier sicher ist.«

Mit großen Augen starrte der junge Mann seine Puppe an. Sie bewegte sich, sie redete mit ihm, war er gleich zu Beginn der Reise dabei, den Verstand zu verlieren? Sein Blick ging zu den anderen Puppen, und er sah, wie sie alle nach und nach zum Leben erwachten! Der Riese Yo Kha schlug die Fäuste zusammen, der Magier Zaw Gyi streckte sich ausgiebig, und Khe Ma, der Eremit, lehnte sich zurück, um den Sonnenuntergang zu betrachten.

Erstaunt über die Wirrungen des Universums, doch andächtig dem Rat Day Was folgend, inspizierte Aung seinen Schlafplatz. Es dauerte nicht lange, da fand er Tigerspuren! Aung erschrak gehörig und beschloss dann, mitsamt Gepäck und den Puppen auf den Baum zu klettern und in den Wipfeln zu nächtigen. Dort oben konnte er nur schwer einschlafen und bemerkte tatsächlich im Dunkel der Nacht zwei Tiger, die unter ihm am Baum kratzten und schnüffelten. Am nächsten Morgen bedankte er sich aus tiefstem Herzen bei der treuen Puppe, die ihm den klugen Rat gegeben hatte.

In derart guter Gesellschaft schritt Aung auf seinem Weg fort und stieß bald auf einen Tross reicher Händler, die mit vielen Ochsenkarren durch die Berge Burmas reisten. Sie verkauften wertvolle Waren, und Aung staunte nicht schlecht über die Schätze, die er erspähte. Er sprach zu Yo Kha: »Warum ist die Welt so ungerecht? Nichts wünsche ich mir mehr, als ebenfalls solche Reichtümer zu besitzen!«

Das Abbild des legendären Riesen nickte bedächtig. Dann sagte er: »Nun schau auf meine Füße.« Die Puppe stampfte heftig mit dem Fuß auf. Der Boden bebte ganz gewaltig, und die Händler blickten sich erschrocken um. Würde dieses Erdbeben hier im Gebirge nun Steinschläge und Erdrutsche auslösen? Als das Beben nicht aufhörte, ergriff sie eine Heidenangst, sie ließen ihre Ware zurück und rannten auf und davon.

Ein weiteres Mal überwältigt stürzte Aung auf die verlassenen Karren zu. Sollte all dies nun ihm gehören? Er strich mit den Händen über die wertvollen Stoffe, warf mit den Silbermünzen um sich und hängte sich die glänzenden Goldketten um den Hals.

Da hörte er ein Schluchzen aus dem hintersten Wagen. Aung schlug eine Plane zurück und entdeckte darunter eine junge Frau, die mit verweinten Augen wütend zu ihm emporblickte. Es war Marlar, die Tochter eines der Händler, die vor Angst geflohen waren. Aung verliebte sich sofort in sie, doch Marlar wollte nicht ein einziges Wort mit ihm wechseln.

Mit seinen neuen Reichtümern errichtete der junge Mann ein großes Haus und wohnte fortan darin – mit seinen Puppen und einem florierenden Geschäft. Zu seinem Glück fehlte nur, dass Marlar endlich mit ihm sprach. Sie wohnte zwar im selben Haus, hatte aber noch immer kein Wort mit ihm gewechselt. Sie schien auf die Rückkehr ihres Vaters zu warten und ging Aung aus dem Weg, wo sie nur konnte. Day Wa und Yo Kha rieten ihm, sich nicht um das Mädchen zu scheren, sondern weiter zu handeln und seinen Wohlstand zu mehren.

Aung bemühte sich trotzdem sehr um sie. Er machte ihr Geschenke, verwöhnte sie mit den köstlichsten Speisen und Getränken. Sein Reichtum hatte sich mit der Zeit vervielfacht, und Aung glaubte fest, dass Marlar in ihrem neuen Leben irgendwann glücklich sein würde. Manchmal fühlte er sich schuldig ob der Art und Weise, wie er zu seinem Wohlstand gekommen war, doch drei der Puppen redeten ihm diese Gedanken immer wieder aus. Nur der Eremit beteiligte sich nicht an diesen Gesprächen.

Bei einem der vielen gemeinsamen Abendessen wurde die bleierne Stille auf einmal durchbrochen – Marlar redete! »Ich bitte dich: Gib meinem Vater seinen Besitz zurück, du hast nun viel mehr als er damals«, sagte sie, um danach sofort wieder in ihr undurchdringliches Schweigen zu verfallen.

Aung suchte Rat bei seinen Puppen. Er konnte Marlar gut verstehen, ja, er wollte ihrem Wunsch sogar entsprechen! Doch Day Wa, Yo Kha und Zaw Gyi schimpften ihn einen Dummkopf und Schwächling.

Bevor sich Aung entscheiden konnte, bekam Marlar unerwarteten Besuch. Nach langer Suche hatte ihr Vater sie endlich gefunden, und noch in derselben Nacht flohen sie gemeinsam. Als Aung am nächsten Morgen ihr Verschwinden bemerkte, zog er sich voller Trauer und Wut in seine Gemächer zurück und redete nicht mehr mit den drei Puppen, die ihm einen so schlechten Dienst erwiesen hatten. Schließlich kam die vierte Puppe, Khe Ma, der Eremit, in das Zimmer und setzte sich zu ihm. Verzweifelt blickte Aung ihn an. Er hatte Khe Ma nie viel Beachtung geschenkt, doch jetzt bat er ihn um Rat.

Khe Ma wiegte den Kopf nachdenklich hin und her. Lange schwieg er und sah aus dem Fenster. Dann sagte er: »Mein lieber Aung, ich besitze nichts außer meiner Almosenschüssel, nichts, was ich dir geben könnte. Aber hör mir gut zu: Ich bin zufrieden und glücklich, denn ich habe alles, was ich brauche.«

Aung verstand, was Khe Ma ihm sagen wollte. Am nächsten Morgen ging er fort und ließ das Haus und alle seine Besitztümer zurück. Er wollte fortan als Eremit leben und mit dem auskommen, was andere ihm bereitwillig gaben. So wanderte er von Ort zu Ort, bis er schließlich zu einer kleinen, ärmlichen Hütte kam, aus der eine junge Frau hervortrat, um mit ihm etwas Essen zu teilen. Dankbar kniete Aung nieder und blickte zu Boden. Die Frau sprach zu ihm, und er hob den Kopf und erkannte, dass es Marlar war, die ihm Reis in seine Schüssel füllte. Unter Tränen gab er sich zu erkennen und bat um Vergebung. Marlar, beeindruckt von seiner Verwandlung doch immer noch mehr als zurückhaltend, führte ihn in die Hütte, wo sich Aung auf Knien auch bei ihrem Vater entschuldigte und um Vergebung bat. Vater und Tochter verziehen ihm, und er lud sie von Herzen ein, mit ihnen in seinem großen Haus zu leben. Alles sollte allen gehören.

Die drei brachen auf und erreichten bald das Anwesen. Als Aung das Grundstück betrat, entdeckte er in der Tür die vier Puppen. Mit einem wissenden Lächeln sagten sie: »Nun weißt du, was Glück ist. Willkommen zu Hause.«

Wie die Menschen in Bagan zu lügen anfingen

ပုဂံသူ ပုဂံသားများ မုသားပြောဆိုတတ်လာပုံ

Vor langer Zeit war die legendäre Stadt Bagan in Burma einer der besten Orte der Welt, und das hatte einen einfachen Grund: Die Menschen logen nicht. Sie sagten, wie unangenehm das manchmal auch sein konnte, immer die Wahrheit und nichts als die Wahrheit. Dies lag daran, dass es in Bagan eine sagenumwobene mystische Maschine gab, die jedem, der in ihrer Gegenwart eine Lüge sprach, genau den Körperteil abschnitt, den man ihr in den Schlund hielt. In dieser Umgebung lebten die Menschen sehr glücklich zusammen.

Eines Tages ging eine Frau zu einem Mönch, der sich auch als Goldschmied betätigte. Die Frau besaß etwas Gold und wollte es nun zu einem Ring schmieden lassen. Sie bat ihn höflich um seine Hilfe, und er sagte bereitwillig zu. Sobald sie jedoch gegangen war, steckte er das Gold einfach ein und dachte gar nicht daran, irgendetwas daraus zu schmieden.

Bald darauf kam die Frau zurück und erkundigte sich nach dem Fortschritt der Arbeit, doch der Mönch behauptete steif und fest, sie habe ihm kein Gold gegeben und er wisse von nichts.

Die Frau konnte nicht glauben, was sie da hörte. So etwas hatte sie noch nie erlebt, so etwas geschah in Bagan auch überhaupt nicht! Sie besuchte den Mönch zwei weitere Male und versuchte, mit ihm zu reden, doch er blieb bei seinem Standpunkt. Es war nicht zu fassen!

Schließlich verlangte die Frau, der Mönch möge sie zu der Maschine begleiten, um die Frage ein für alle Mal zu klären. Dieser stimmte zu und bat sie, kurz zu warten. Dann lief er in sein Zimmer und holte den Goldklumpen hervor. Fix trat er zu seinem Wanderstock aus Bambus. Dieser war hohl, und so war es dem Mönch möglich, das Gold in seinen Stab zu legen und ihn anschließend wieder zu verschließen. Mit dem derart versteckten Gold machten sich die beiden, umgeben von einigen Schaulustigen, auf den Weg.

Als sie bei der Maschine ankamen, war die Frau als Erste an der Reihe. Sie legte ihre Hand in die Öffnung und erklärte aufgebracht ihre Version der Geschichte: sie habe diesem Schuft vertraut und ihm ihr Gold gegeben, und er würde all dies jetzt leugnen und ihr das Gold auch nicht zurückgeben.

Die Maschine blieb ruhig. Ganz offensichtlich und für alle gut zu sehen sagte die Frau die Wahrheit. Die umstehende Menge raunte, und böse Blicke fielen auf den Mönch.

Nun schritt der Mönch zu dem Gerät. Kurz vorher drehte er sich zu seiner Gegnerin um und bat sie, doch kurz seinen Stock für ihn zu halten. Dann legte er zum großen Erstaunen aller nicht eine Hand, sondern gleich seinen Kopf in die Maschine und sagte klar und deutlich: »Ich habe ihr das Gold bereits gegeben, doch das will sie mir nicht glauben.« Die Versammelten hielten den Atem an. Der Mönch sprach doch sicher nicht die Wahrheit.

Die Maschine aber blieb mucksmäuschenstill und bewegte sich nicht. Zufrieden richtete sich der Mönch auf und nahm den Stock wieder an sich. Hochmütig sah er auf die Frau herab und schritt von dannen. Zurück blieb eine fassungslose Menge von Menschen, die in ihrer Enttäuschung und ihrer Wut schließlich begannen, auf das Gerät einzuschlagen und es auseinanderzureißen, bis nur noch Stückwerk übrig war.

Die Maschine war nun zerstört und die Ära der Wahrheit in Bagan beendet. Denn ohne diesen wundersamen Apparat, der die Menschen zur Ehrlichkeit angehalten hatte, breitete sich das Lügen aus wie eine ansteckende Krankheit.

DER TRAUERVOGEL

ပူဆွေးသောကရောက်နေသောငှက်ငယ်ကလေး

Es war einmal ein junger Reisender namens Khun San Lo, der, als er zu Besuch in einem fremden Dorf weilte, eine wunderschöne junge Frau kennenlernte. Ihr Name war Nan Oo Pyin, und die beiden verliebten sich ineinander und heirateten. Für eine Weile lebten sie bei den Eltern der Braut und waren sehr glücklich.

Schließlich bat Khun San Lo seine Frau, mit ihm in seine Heimat zurückzukehren, denn er vermisste seine Mutter, die er schon lange nicht mehr gesehen hatte. Nan Oo Pyin willigte ein, und so reisten sie zurück in das Dorf von Khun San Lo, wo seine Mutter die beiden empfing. Bald darauf wurde Nan Oo Pyin schwanger. Das Paar war überglücklich und erwartete in freudiger Ungeduld die Geburt seines ersten Kindes.

Kurz vor Nan Oo Pyins Niederkunft musste ihr Gatte aufgrund seiner Geschäfte eine Reise antreten – er versprach aber, so bald wie möglich und noch vor der Geburt ihres Kindes zurück zu sein, und ließ seine Braut in der Obhut seiner Mutter zurück.

Kaum hatte Khun San Lo das Haus verlassen, zeigte die Mutter ihre wahren Gefühle: Sie war unendlich eifersüchtig auf Nan Oo Pyin und hasste sie aus tiefstem Herzen. In den folgenden Tagen quälte die Mutter ihre schwangere Schwiegertochter, wie und wo sie nur konnte. Sie ließ Nan Oo Pyin den ganzen Haushalt machen, auf allen vieren putzen, sie zwang die junge Frau, für sie zu kochen, und warf dann das Essen weg. Alles, was Nan Oo Pyin tat, wurde für schlecht befunden und musste ein weiteres Mal gemacht werden. Viele Abende weinte sich die junge Frau deswegen völlig erschöpft in den Schlaf.

Als es Nan Oo Pyin einmal mehr zu viel wurde, nahm sie all ihren Mut zusammen und sagte zu ihrer Schwiegermutter: »Ich habe alles getan, was du wolltest, und du quälst mich immer weiter! Und, noch schlimmer, du gefährdest das Leben meines ungeborenen Kindes. Mir bleibt keine andere Wahl: Ich gehe zurück in meine Heimat, um dort mein Kind auf die Welt zu bringen.«

In großer Verzweiflung trat Nan Oo Pyin den langen, beschwerlichen Marsch zurück in ihr Dorf an. Schließlich kam es, wie es kommen musste: Völlig ausgelaugt und halb verhungert gebar sie am Wegesrand und musste feststellen, dass sie aufgrund all ihrer Strapazen ein totes Kind zur Welt gebracht hatte.

Nan Oo Pyin weinte bitterlich, untröstlich über den Verlust ihres Kindes und einer glücklichen Zukunft. All dies war ihr von ihrer Schwiegermutter geraubt worden. Schließlich bettete sie ihr Kind in die Zweige eines nahe gelegenen Baumes und schleppte sich bis in ihr Heimatdorf, wo sie unter Tränen erzählte, was ihr zugestoßen war, und dann in den Armen ihrer Eltern verstarb.

Derweil war Khun San Lo von seiner Reise zurückgekehrt. Zu Hause erwartete ihn nur noch seine herrische Mutter, die ihm erzählte, wie faul und eigennützig seine Braut gewesen sei, dass sie das Haus schon bald verlassen hatte und nichts mehr von ihm wissen wollte. »Vergiss sie«, war der einzige Rat der verbitterten Alten.

Der Sohn konnte es nicht glauben. Nein, dachte er, ich liebe meine Frau so, so sehr – ich muss zu ihr. Unverzüglich brach er auf. Doch es war zu spät, als er im Dorf seiner Gemahlin ankam – Nan Oo Pyin war Stunden zuvor gestorben. An ihrem Totenbett erzählten ihm ihre Eltern die Wahrheit, und er starb neben seiner großen Liebe an Kummer und gebrochenem Herzen.

Am nächsten Tag sollte den beiden die höchste Ehre zuteilwerden – in einer Zeremonie wurden ihre Körper verbrannt. Khun San Los Mutter war ihrem Sohn jedoch gefolgt, und als sie ihn tot und aufgebahrt neben ihrer verhassten Schwiegertochter sah, rannte sie nach vorn und legte einen dreigliedrigen Bambusstab zwischen das Paar. Selbst im Tod, und auch in künftigen Leben, sollten die beiden nicht vereint sein!

Und so leben die Seelen des Paares fortan am Sternenhimmel weiter, in einer Konstellation, in der zwei Sterne prangen, die durch eine Linie aus drei kleineren Sternen voneinander getrennt sind. Das tote Kind wiederum verwandelte sich in einen kleinen Vogel, der bis heute die traurigsten und herzergreifendsten aller Vogellieder singt.

FÜNF SILBERMÜNZEN

၄၅ အၢါးငါးျပား

Es lebte einmal in einem abgelegenen Dorf eine alte Witwe, die zwar sehr arm, aber auch fromm und andächtig war. Sie hatte keine Familie und wurde im ganzen Dorf geschätzt. Dies rührte nicht zuletzt daher, dass man jeden Abend durch ein Fenster beobachten konnte, wie sie vor dem kleinen Altar in ihrer Hütte kniete und für das ganze Dorf betete. Im Lichte ihrer kleinen Öllampe sah man sie die Schriften Buddhas rezitieren, und sie beendete ihr Tun seit jeher mit dem Satz: »Mögen alle Lebewesen gesund und in Frieden sein.«

Eines Abends aber fiel ihren Nachbarn auf, dass die alte Frau ihre Lampe nicht angezündet hatte und auch nicht vor ihrem Altar niederkniete. Die Hütte blieb dunkel und still. Nach einiger Zeit begannen sie, sich Sorgen zu machen. Ob der alten Dame etwas zugestoßen sei?

Einige Nachbarn fassten sich schließlich ein Herz und gingen hinüber, um sich nach dem Wohlergehen der Witwe zu erkundigen. Es war mittlerweile schon dunkel, zaghaft klopften sie an die Tür und fragten: »Mütterchen, geht es dir gut?«

»Mir geht es gut«, rief die Angesprochene von innen, ohne die Tür zu öffnen. Erleichtert, aber immer noch verwirrt gingen die Dörfler nach Hause.

Diese Beobachtung wiederholte sich an den folgenden Abenden. Das Licht blieb aus, und das vertraute Murmeln der Witwe war nicht zu hören. Dies versetzte die Dorfbewohner in Unruhe. Was mochte geschehen sein? Wieso vernachlässigte die Witwe die Lehren Buddhas? Hatte sie sich vom rechten Pfad abgewandt?

Schließlich gingen abermals einige der Einwohner zum Haus der alten Frau und sagten ihr, als sie ihnen die Tür öffnete, ganz offen, was das Dorf belastete: »Wir haben uns so an dein abendliches Rezitieren und Beten gewöhnt, dass es uns verwirrt und bekümmert, dass du in den letzten Tagen nicht mehr fromm und andächtig zu sein schienst.«

Die Witwe nickte bedächtig. »Ich will euch das Ganze erklären. Nach dem Tod meines Ehemannes ist es mir durch harte Arbeit gelungen, fünf wertvolle Silbermünzen zu sparen und zurückzulegen. Doch vor einigen Tagen brach ein Dieb in meine Hütte ein und stahl die fünf Münzen. Ich bin untröstlich und habe meine Andacht darum nicht ausführen können.« Sie wiegte traurig den Kopf und verabschiedete ihre Besucher freundlich, aber bestimmt.

Diese Nachricht verbreitete sich schnell im Dorf, und schon bald war man der Meinung, dass der armen Frau geholfen werden musste. Schon bald hatten die Dörfler fünf Silbermünzen aus ihren Reihen gesammelt und übergaben sie stolz der Witwe.

Am nächsten Abend versammelte sich eine kleine Menge vor ihrem Haus und erwartete nun den Beginn des abendlichen Gebets. Doch abermals blieb die Hütte dunkel und still. Schließlich stürmten die Dorfbewohner die Stufen hoch, klopften und riefen: »Nun haben wir dir deine Münzen erstattet, Mütterchen, und trotzdem betest du nicht!«

»Es ist so, Kinder«, antwortete die alte Frau. »Tatsächlich darf ich durch eure Großzügigkeit wieder fünf Silbermünzen mein Eigen nennen. Doch meine Gedanken kommen nicht zur Ruhe, denn wäre ich nicht beraubt worden, hätte ich nun schon zehn Silbermünzen!«

DIE RACHE DER FELDLERCHE

ဘီလုံးၚက် ဂလ္၊စားချေပုံ

Zu jener Zeit, als Buddha auf Erden wandelte, lebte eine kleine Feldlerche. Sie hatte mit großer Umsicht die Gräser für den Bau ihres Nests ausgesucht und nur die trockenen, ausgebleichten verwendet, die im Gewirr der grauen Äste des Unterholzes die bestmögliche Tarnung für das kleine gepolsterte Gelege boten. Nach der Fertigstellung des Nests wurden die Eier abgelegt, sorgfältig eines neben dem anderen. Die kleine Feldlerche ging dabei mit besonderer Umsicht vor und achtete darauf, dass sich die zarten Schalen nicht berührten. Stets auf der Hut vor Gefahren, schützte sie das Gelege während der Brutzeit mit ihrem Gefieder, vor allem während des Tages, wenn die größte Hitze herrschte oder der Wind über die Grasebene fegte und das kleine Nest aus den Angeln zu heben drohte.

Ungefähr eine Woche später spürte die Feldlerche, dass die Jungen bald schlüpfen würden. Ein freudiges Ereignis, doch das Vögelchen war besorgt. Während der Nacht hatte sie in der Ferne ein lautes Dröhnen vernommen, das ihr den Schlaf geraubt und das Nest gefährlich ins Wanken gebracht hatte. Schon bald wurde klar, dass die Besorgnis der kleinen Vogelmutter durchaus berechtigt war, denn die Ursache des

Getöses bewegte sich in ihre Richtung. Es dauerte nicht lange, bis in einiger Entfernung eine riesige graue Staubwolke sichtbar wurde. Der Lärm nahm zu, die Staubwolke wurde dichter, und der Vogel begriff, dass all das nur von einer durchziehenden Elefantenherde stammen konnte, die direkt auf ihr Nest zusteuerte.

Ihren ganzen Mut aufbietend, hielt die kleine Feldlerche nach einer Stelle Ausschau, um die Herde aufzuhalten, bevor sie ihr Gebüsch erreichte. Fest entschlossen, die herannahenden Elefanten von ihrem Weg abzubringen, bezog das kleine Geschöpf beherzt seinen Posten. Die Erde bebte unter den Erschütterungen, die das gewaltige Gewicht der Tiere verursachte, doch die kleine Feldlerche krallte sich in den Boden und wich nicht von der Stelle. Als die Umrisse des ersten Elefanten in der Staubwolke auftauchten, hob sie ihre Flügel und neigte das Haupt vor ihm. Flehentlich bat sie ihn, den Kurs der Dickhäuter zu ändern. Der weiße Leitelefant war verblüfft über die Begegnung mit dem kleinen Vogel, der es wagte, sich einer riesigen Elefantenherde entgegenzustellen, und hielt inne, um sie anzuhören. Die Feldlerche schilderte ihre Notlage und erklärte, ihr zartes Nest sei mit Eiern gefüllt, die zerstört werden würden, wenn die Herde ihre Richtung beibehielte. Berührt von dem aufopferungsvollen Mut des kleinen Vogels gelobte der Leitelefant, das Nest und seinen Inhalt weitläufig zu umgehen. Als er sich wieder in Bewegung setzte und an der Feldlerche vorbeistapfte, warnte er sie jedoch, dass der Elefant am Ende der Herde ein wildes und ungehorsames Wesen sei, das sich leider seinem Einfluss entziehe. Was das Verhalten dieses widerspenstigen Elefanten betreffe, könne er nichts versprechen.

Sobald der Leitelefant den Kurs änderte, folgten die anderen Tiere seinem Beispiel, und ein jedes achtete darauf, gebührenden Abstand zu dem kleinen Nest und den Eiern zu halten. Einzig der letzte Elefant ignorierte die Bitte des Vogels. Empört darüber, dass ein solches Leichtgewicht glaubte, ein großes und majestätisches Tier wie den Elefanten in irgendeiner Weise beeinflussen zu können, beschloss der eigensinnige Dickhäuter, den eingeschlagenen Weg unbeirrt fortzusetzen. Als er das Gebüsch erreichte, in dem sich das Nest befand, trat das graue Scheusal in voller Absicht darauf und zerstampfte alle Eier unter seinen riesigen Füßen.

Untröstlich über die Zerstörung des Nests und ihres Geleges, verwandelte sich die Trauer der Feldlerche schon bald in Zorn und den Wunsch nach Rache. Von überwältigender Wut erfüllt, schwor der kleine Vogel, Gleiches mit Gleichem zu vergelten. Das Gelöbnis beunruhigte den Elefanten nicht im Geringsten; er wies die kleine Feldlerche darauf hin, dass sie wenig gegen seine dicke graue Haut und den massiven Körper auszurichten vermochte, selbst wenn es ihr gelingen sollte, sämtliche Feldlerchen der Region gegen ihn aufzubringen. Belustigt angesichts dieses Gedankens setzte der Elefant den Weg der Zerstörung fort und trampelte weiter rücksichtslos durch das Buschwerk. Diese Verachtung bestärkte die Feldlerche noch in ihrem Wunsch, Rache zu üben. Ein erfolgreicher Gegenschlag bedurfte jedoch einer Strategie. Also berief sie eine Zusammenkunft der Tiere ein, die gemeinsam im Busch lebten; zu den Anwesenden gehörten auch viele enge Freunde. Nachdem sie berichtet hatte, was geschehen war, stimmten alle darin überein, dass eine so grausame Missetat gerächt werden musste.

Die Krähe erhielt den Auftrag, auf dem riesigen Tier zu landen und ihm die Augen auszuhacken, sodass es erblindete – zu Recht war sie für ihren messerscharfen Schnabel gefürchtet. Die Fliege wurde damit betraut, ihre Eier in den schwärenden Wunden abzulegen; daraus würden Larven schlüpfen und sich von dem umliegenden Gewebe ernähren, sodass die Ränder der Wunde zu eitern und zu faulen begännen. Dies würde zur Folge haben, dass der Dickhäuter unter Fieber und Durst leide. Da vorauszusehen war, dass der blinde Elefant umherirren würde auf der Suche nach einer Möglichkeit, seinen quälenden Durst zu stillen, wurde dem Frosch die nächste Aufgabe zugeteilt. Er solle vergnügt quaken, als befände er sich am Ufer eines kühlen Flusses oder Wasserlaufs. Der Elefant, unfähig zu sehen und dem Verdursten nahe, würde der Stimme des Frosches folgen, natürlich in der Annahme, das Quaken deute auf die Nähe einer Wasserquelle hin. Doch in Wirklichkeit würde ihn der Frosch an den Rand eines Abgrunds locken. Sobald ihm das gelungen war, sollte er verstummen und dem Elefanten damit jede Orientierungshilfe nehmen. Ohne sie würde der Elefant in Verwirrung geraten, einen Schritt nach vorne machen und in den Abgrund stürzen.

So geschah es dann auch. Die kleinen Tiere stürzten sich wie abgesprochen auf den Übeltäter, und bald stolperte der Elefant blind, fiebrig und durstig durch den Wald, als letzte Hoffnung den Geräuschen des Froschs folgend. Er kam an den Abgrund und blieb orientierungslos stehen – das Quaken war verstummt. Der Frosch hüpfte schnell aus dem Weg, der Elefant machte den tödlichen Schritt und stürzte die Klippe hinab.

Die Elefantenherde hatte den Rachefeldzug aus der Ferne

beobachtet. Nun trat der weiße Elefant vor seine Herde und betonte eindringlich, wie wichtig es sei, allen Lebewesen mit Achtung zu begegnen, gleich ob groß oder klein. Selbst die kleinsten Geschöpfe verdienten Wertschätzung und seien Teil des großen Ganzen. Da konnten der Frosch, die Fliege, die Krähe und die Feldlerche nur zustimmen.

SAW MIN KYI UND DER RUBIN

စောမင်းကြည်နှင့်ပတ္တမြား

Dies ist die Geschichte von Saw Min Kyi, einer armen, hart arbeitenden Frau, die vor langer Zeit in einem kleinen Dorf zusammen mit ihrer Mutter lebte. Sie hatte einen Geliebten, der Maurer war und Häuser und Pagoden baute. Die beiden liebten sich sehr, verbrachten jede freie Minute miteinander und wollten in naher Zukunft heiraten.

Oft ging Saw Min Kyi mit ihrer Mutter zum Fluss, um dort mit ihren Bambusgeflechten zu fischen. Eines Tages geschah es, dass ein dreckiger Stein Saw Min Kyi ins Netz ging. Sie warf ihn zurück in den Fluss, doch kurz darauf hatte er sich abermals in ihrem Netz verfangen. Wie oft sie ihn auch ins Wasser warf, er tauchte immer wieder auf. Nach einer Weile machten Mutter und Tochter eine Pause und überlegten – vielleicht hatte dies etwas zu bedeuten? So beschlossen sie, den Stein mit nach Hause zu nehmen.

Nach Ende dieses langen Arbeitstages kehrten sie in ihre Hütte zurück, und Saw Min Kyi sah sich den Stein genauer an. Sie schrubbte den verkrusteten Dreck ab, und wie erstaunt waren die Frauen, als sie bemerkten, was darunter zum Vorschein kam: ein großer, roter, hell leuchtender Rubin! Er strahlte so kräftig, dass die Frauen keine weiteren

Lampen mehr brauchten und selbst ihre Nachbarn das Licht aus der Ferne erblickten.

Die Kunde von diesem sagenhaften Fund verbreitete sich schnell und kam bald auch dem König zu Ohren. Dieser beschloss, der Geschichte von dem wundersamen Stein selbst nachzugehen. Mit seinem ganzen Gefolge brach er auf und versetzte das kleine Dorf, in dem Saw Min Kyi lebte, schon bald in große Aufregung. Als der König Saw Min Kyis Haus gefunden hatte, wurde ihm die Tür geöffnet, und die beiden Bewohnerinnen verneigten sich tief und voller Demut. Bereitwillig zeigten sie dem Monarchen den Rubin. Saw Min Kyis Herz hing nicht daran, denn er war zwar wunderschön, hatte aber keinen praktischen Nutzen in ihrem Leben, und so überließ sie den Edelstein dem König, der ihn sogleich in seine Schatzkammer brachte.

Als der König jedoch kurze Zeit später das kostbare Gut in Ruhe betrachten wollte, fand er es in der Schatzkammer nicht mehr vor. Der Stein war auf unerklärliche Weise zu Saw Min Kyi zurückgekehrt, die ihn einmal mehr beim Fischen in ihrem Netz gefunden hatte.

Als der König dies begriff, ordnete er an, Saw Min Kyi ins Schloss zu bringen, und heiratete sie. Die neue Königin führte von nun an ein Leben im Überfluss, welches so manche Hofdame vor Neid erblassen ließ.

Nur Saw Min Kyi selbst war unglücklich. Sie vermisste ihre Mutter, und vor allem vermisste sie ihren Geliebten, den Maurer. Traurig sann sie darüber nach, wie sie etwas an ihrer Lage ändern könnte. Da kam ihr der Gedanke in den Sinn, mit dem prächtigen Rubin eine Pagode errichten zu lassen, denn für den Bau von Pagoden erntete man gutes Karma, das wusste ja jeder. Vielleicht hatten sie und ihr Geliebter, diese zwei umschlungenen und doch getrennten Seelen, dann in ihrem nächsten Leben mehr Glück? Der König willigte ein, und Saw Min Kyi veranlasste den Beginn der Bauarbeiten. Aus Sehnsucht beauftragte sie dafür ihren Geliebten, der sogleich anfing, die Baupläne auszuführen.

Nun waren Saw Min Kyis Stellung und die Zuneigung, die ihr der König zuteilwerden ließ, bei den Damen am Hofe Grund für großen Neid und Eifersucht. Bald kam ihnen zu Ohren, dass der Maurer der neuen Pagode der ehemalige Liebhaber der Königin war. Schnell wurde das lügnerische Gerücht verbreitet, Saw Min Kyi hätte den König überlistet und belogen und würde ihn jetzt mit ihrem Geliebten betrügen.

Als dies an den König herangetragen wurde, war er außer sich vor Zorn. Eilig ließ er Saw Min Kyi, seine Königin, festnehmen und verhören. Er wollte wissen, ob es stimmte, dass der Maurer ihr ehemaliger Geliebter war. Sie bestätigte das, beteuerte aber, dass sie dem König nie untreu gewesen sei. Der schenkte ihr keinen Glauben und ordnete ihre Hinrichtung an. Saw Min Kyi ertrug all dies mit Fassung und großer Würde. Eine Bitte hatte sie jedoch noch an ihren Mann: Sie wünschte, nach ihrem Tode in den nahe gelegenen Fluss geworfen zu werden, und sie prophezeite: Wenn die Anschuldigungen stimmten und sie schuldig sei, würde ihr Körper wie zu erwarten flussabwärts treiben. Sei sie aber unschuldig, würde er langsam anfangen, sich flussaufwärts zu bewegen.

Der König lachte über solche Hirngespinste, versprach es ihr aber dennoch. Am folgenden Morgen in aller Frühe wurde Saw Min Kyi hingerichtet. Zwei Henker drückten eine dicke Bambusstange gegen ihre Kehle und warfen dann ihre Leiche in den Fluss. Das Volk und insgeheim auch der König verfolgten nun gespannt, was mit dem Leichnam geschehen würde.

Zunächst bewegte sich Saw Min Kyis Körper nicht, trotz der starken Strömung. Langsam, ganz langsam aber, nach einer gefühlten Ewigkeit, begann die Leiche zu treiben – stromaufwärts.

Als der König das sah, wurde er von so tiefer Trauer und heftiger Reue ergriffen, dass er an Ort und Stelle verstarb. Noch heute, so wird erzählt, kann man in der alten Königsstadt Mrauk U im Rakhaing-Staat die Saw-Min-Kyi-Pagode besuchen, in deren Spitze der fabelhafte Rubin eingelassen ist. Die Rakhaing glauben, dass am nahe gelegenen Fluss, an einer Stelle, an der kein Gras mehr wächst, Saw Min Kyi zu Unrecht hingerichtet wurde.

DER MOND IM BRUNNEN

ရေတွင်းထဲကလမင်းကြီး

Es war einmal ein einfacher Bauer, der seinem Leben nachging und niemandem etwas zuleidetat. Allerdings sagten die Leute von ihm, er sei nicht gerade der Hellste. Sie nannten ihn einen törichten Mann, einen Hohlkopf, und da hatten sie wohl recht.

Eines Nachts stand der Bauer auf, weil er Durst hatte. Er ging in den Hof, um aus seinem Brunnen einen Eimer Wasser zu holen. Es war eine klare Nacht, und der Mond stand hell am Himmel, als der Bauer zu seinem Brunnen trottete. Doch er sah den Mond am Himmel nicht, er blickte nur in seinen Brunnen und erspähte dort unten den Mond, der sich im Wasser spiegelte. Ihn durchfuhr ein großer Schreck! Was hatte der Mond denn so tief unten im Brunnen zu suchen? Wie war er da nur hineingekommen?

Er musste den Mond aus dem Brunnen retten, dachte er, aber wie nur? Er sah sich um und entdeckte das Seil mit dem Metallhaken, das er üblicherweise verwendete, um den Eimer mit Wasser aus dem Brunnen zu ziehen. Voller Eifer ließ er das Seil hinab in die Tiefen des Brunnens.

Der Haken durchbrach die Wasseroberfläche und verfing sich sogleich an einem Stein in den Mauern. Jetzt zog und zog der Bauer an seinem Seil, doch nichts geschah. Der

Mond ist ja wahrlich schwer, dachte er erschöpft und zog ein weiteres Mal mit all seiner Kraft. Plötzlich löste sich der Haken und schoss aus dem Brunnen heraus. Der Schwung war so groß, dass der Bauer auf den Rücken fiel, während der Haken in hohem Bogen über ihn hinwegflog.

Nun erst sah der Bauer den Mond am Himmel – strahlend weiß, sehr groß und nicht zu übersehen. Er staunte. Ganz alleine, nur mit seiner Kraft, hatte er den Mond aus dem Brunnen zurück an den Himmel geholt! Erschöpft, aber voller Stolz ging der Bauer zurück in seine Schlafkammer und legte sich zufrieden ins Bett. Seinen Durst hatte er da schon längst vergessen.

Das Affenkind und die Suche nach Ärger

ပြဿနာရှာနေသောမျောက်ကလေး

Es lebte eine Affenmutter mit ihren Kindern im Dschungel Burmas.

Jeden Morgen machte sie sich auf die Suche nach Futter und warnte ihre Kinder, nicht allein vom Baum zu klettern, sie könnten sonst »Ärger« bekommen.

Die Affenkinder versprachen, auf sie zu warten, und harrten den ganzen Tag geduldig aus, bis ihre Mutter mit Futter zurückkehrte.

Eines Tages fragte das Jüngste, ein Junge namens Maung Nyo, seine Geschwister, was das eigentlich sei, »Ärger«?

Sie wussten es nicht.

»Ist es gefährlich?«

Die Geschwister hatten keine Antwort.

»Macht es uns krank?«

Die Kinder blickten ihn ratlos an und sagten, er solle endlich Ruhe geben.

»Wenn ihr es nicht wisst, werde ich es herausfinden«, sagte das Jüngste und sprang mit einem großen Satz vom Baum.

»Wo willst du hin?«, riefen seine Geschwister. »Bleib hier!« Aber da war Maung Nyo schon verschwunden.

Alleine lief er durch den Dschungel auf der Suche nach Ärger.

Plötzlich kam ihm ein Reh entgegen, das um sein Leben rannte, weil ein hungriger Löwe es verfolgte.

»Warte mal«, rief der kleine Affe, »kannst du mir sagen, was Ärger ist?«

»Das willst du nicht wirklich wissen«, schrie das Reh zurück und rannte weiter.

Maung Nyo ging tiefer in den Wald auf seiner Suche nach Ärger.

Nach einer Weile traf er auf zwei Jungen, die versuchten, ein kleines Lagerfeuer zu machen. Der Affe kletterte auf einen Baum und belauschte die beiden. Doch das Holz war zu feucht, so sehr sie sich auch bemühten, es wollte nicht brennen.

»So ein Ärger«, sagte der eine zum anderen.

Der Affe verstand nicht, was die nassen Stöcke und Zweige mit Ärger zu tun haben sollten. Enttäuscht kletterte er vom Baum und schlich davon.

Und so gelangte er zur Hütte eines Zwerges. Maung Nyo klopfte an die Tür. Von innen hörte er eine Stimme: »Wer ist da? Was willst du?«

»Ich bin ein Affenkind und möchte gern wissen, was Ärger ist.«

Der Zwerg öffnete die Tür. »Willst du das wirklich wissen?«

»Ja.«

»Dann nimm diese Truhe«, er zeigte auf eine Holzkiste, die in seinem Zimmer stand. »Schleppe sie auf eine Wiese am Rande des Waldes und öffne sie. Dann wirst du erfahren, was Ärger ist.«

Maung Nyo tat, wie ihm geheißen. Er trug die Kiste durch den Dschungel, bis er eine große Lichtung erreichte, und stellte sie genau in der Mitte ab. Langsam öffnete er den

Deckel. Heraus sprang ein großer Hund, der sich sofort auf ihn stürzen wollte. Nun rannte Maung Nyo um sein Leben. Es gab auf der Lichtung keinen Baum, auf den er klettern konnte, und der Wald war weit entfernt. Er schrie so laut er konnte um Hilfe, aber niemand eilte herbei. Der Hund kam immer näher, aber im letzten Moment erreichte der kleine Affe den Wald und sprang auf einen Baum. Unter ihm hockte der böse knurrende Hund. Flehentlich rief das Äffchen nach seiner Mutter. Die hörte die Rufe ihres Jüngsten und eilte herbei.

»Bitte verzeih mir, Mama«, sagte der kleine Affe. »Jetzt weiß ich, was Ärger bedeutet, und ich werde von nun an immer auf dich hören.«

Die Rache des Bauern

လယ်လုပ်သမား ၊ ကလဲ့စားချေပုံ

Vor langer Zeit lebte in Burma ein Händler, der oft auf Reisen war und vor allem in den Bergen von Dorf zu Dorf wanderte, um auf den Märkten zu kaufen und zu verkaufen. Bei einer seiner Expeditionen erkrankte er jedoch schwer an Malaria und wurde von einem freundlichen Bauern aufgenommen, der den Fremden in sein Bett legte und sich um ihn kümmerte. Mehrere Tage verbrachte der Händler im dämmernden Delirium, bis der Bauer und seine Familie ihn schließlich gesund pflegen konnten. Als er wieder bei Kräften war und sich von seinen neuen Freunden verabschiedete, lud er den Bauern herzlich ein, ihn in seinem Dorf am Irrawaddy-Fluss zu besuchen. Es sei ihm eine Ehre und auch eine Pflicht, ihn in seinem Haus als Ehrengast zu empfangen, sprach der Händler. Schließlich habe er ihm das Leben gerettet!

Im folgenden Sommer beschloss der Bauer, die Reise zu unternehmen und den Händler zu besuchen. Der Weg war nicht einfach, doch der Bauer ritt auf seinem besten und liebsten Pferd. Die beiden stiegen langsam hinab aus dem Gebirge in die weite Ebene und gelangten bald darauf zu dem Haus des Händlers.

»Mein Lebensretter, mein Freund, mein Bruder, alles, was

ich habe, soll deins sein. Bleib, so lange du willst!«, rief dieser hocherfreut über das Wiedersehen.

Der Besuch wurde umgehend im Dorf vorgestellt, und schon bald waren alle Nachbarn von ihm so angetan, dass der Bauer die meiste Zeit damit verbrachte, allen Einladungen der Dörfler nachzukommen und seine neuen Bekanntschaften zu besuchen. Man trank zusammen Tee, redete viel, und immer wieder wurde dem Fremden köstliches Essen aufgetischt.

Nach einigen Tagen zeigte sich der Gastgeber jedoch enttäuscht von seiner häufigen Abwesenheit. »Du verbringst sehr viel Zeit mit den Nachbarn«, sagte er zu seinem Gast, die Stimme jedoch frei von übermäßigem Vorwurf. »Nun, ich fühle mich einsam und würde mir deshalb gerne dein stolzes Pferd leihen, um meine Verwandten in den Nachbardörfern zu besuchen. Überlässt du es mir für einige Tage?«

Ohne zu zögern, gestattete der Bauer seinem Freund, auf dem Pferd in die umliegenden Siedlungen zu reiten. Ungeduldig und unbedacht ritt der Händler drei Tage von Sonnenaufgang bis Sonnenuntergang auf dem Tier, was zur Folge hatte, dass es völlig ausgelaugt und erlahmt zurückkehrte, fast unbrauchbar geworden für den Bauern.

Dieser hatte mittlerweile eine wunderbare Zeit mit seinen neuen Freunden verbracht und war nun sehr erzürnt über diese rücksichtslose Behandlung seines Lieblingspferdes. Er gelobte Rache. Mit unterdrückter Wut und einem süßlichen Lächeln im Gesicht bat er den Händler darum, sich dessen Boot ausleihen zu dürfen. Diese Erlaubnis erhielt er, und grimmig stapfte er zum Steg. »Wenn er mein Pferd so misshandelt, misshandele ich sein Boot«, murmelte er.

Gesagt, getan: Drei Tage lang, von Sonnenaufgang bis Sonnenuntergang, ruderte der Bauer das Boot auf dem Irrawaddy hin und her. Doch auch nach drei Tagen sah man dem robusten Holzboot kaum etwas an – nur der Bauer hatte Blasen und Wunden an den Händen. Und geschwollen waren sie auch noch!

Rache schien ihm nun ganz und gar nicht mehr wünschenswert. Der Bauer verabschiedete sich hastig von seinem Gastgeber und trat die lange Heimreise an, in der Hand die Zügel seines erlahmten Pferdes, das nur noch neben ihm herlaufen konnte.

Der Fischer und seine Frau

တံငါသည်နှင့်သူ၏မိန်းမ

Es lebte einst ein junger, aber recht armer Fischer in einem Dorf am Meer. Er sehnte sich nach einer Frau, doch die Suche gestaltete sich mehr als schwierig. Keines der begehrten jungen Mädchen wollte einen armen Fischer als Mann. Nach langem Warten fand er endlich eine Braut, sie war vielleicht nicht die Schönste im Dorf, aber die Klügste.

Als die beiden zum ersten Mal gemeinsam zum Fischen gingen, sah der junge Mann eine Krähe auf der Spitze einer Stupa sitzen. »Schau mal«, rief er, »siehst du die Krähe dort? Wie weiß sie ist.«

»Ja«, erwiderte seine Frau, »sie ist wirklich erstaunlich weiß.«

Die beiden erreichten den Strand, und dort hockte eine Möwe im Sand.

»Schau mal«, rief der Mann wieder. »Siehst du die Möwe? Wie schwarz ihr Gefieder doch ist.«

»Ja«, erwiderte die Frau, »sie ist wirklich erstaunlich schwarz.«

Sie fuhren hinaus aufs Meer, und obwohl die Arbeit mühsam und anstrengend war, ging sie ihnen gemeinsam ganz leicht von der Hand, und sie kehrten mit einem Netz voller Fische zurück.

Fortan fischten sie nur noch zusammen und arbeiteten in solcher Eintracht, dass sie bald wohlhabend wurden.

Das blieb den Nachbarn nicht verborgen, und eines Tages beschloss einer von ihnen, mit seiner Frau dem Paar zu folgen und es ihnen gleichzutun.

Als die beiden auf dem Weg zum Meer an der Stupa vorbeikamen, sahen sie die Krähe auf der Spitze sitzen, und der Mann rief: »Da hockt eine Krähe, sie ist ganz weiß.«

»Sie ist schwarz«, widersprach seine Frau.

Wenig später gelangten sie zum Strand, wo eine Möwe über den Sand spazierte.

»Eine schwarze Möwe«, sagte der Mann. »Hast du so etwas schon einmal gesehen?«

»Was bist du für ein Dummbatz. Hast du keine Augen im Kopf?«, entgegnete die Frau ärgerlich. »Sie ist weiß, nicht schwarz!«

Das Paar begann sich zu streiten, ein Wort gab das andere, und sie konnten nicht aufhören, sodass sie am Abend ohne einen Fisch ins Dorf zurückkehrten.

Die fromme Königin

ဘာသာရေးကိုင်းရှိုင်းသောဘုရင်မ

Es waren einmal ein König und eine Königin, die sich sehr liebten und glücklich zusammen in ihrem Palast lebten. Der König tat nichts lieber, als den ganzen Tag mit seiner Frau zu verbringen, ihr hingegen waren die Lehren Buddhas nicht minder wichtig. Sie brauchte Zeit zur Meditation und zum Studium der Schriften des Erleuchteten, die ihr im Alltag fehlte. So bat sie ihren Mann darum, für vier Wochen in aller Bescheidenheit leben zu dürfen und sich mit nichts anderem beschäftigen zu müssen als den Worten des Buddha.

Da der König seiner Frau so sehr zugetan war, willigte er schweren Herzens ein, nicht ohne sie vorher zu bitten, ihm für diese Zeit angemessene Gesellschaft zu besorgen.

Also schickte die Königin sich an, für einen Monat eine Frau für ihren Gatten zu finden, die sich um ihn kümmern würde. Sie sandte ihre Hofdamen aus, die ihr auch bald eine junge Frau brachten, die dafür geeignet schien und mehr als erfreut war, als sie von ihren Aufgaben erfuhr.

Und so ordnete sich das Leben im Königspalast für den nächsten Monat: Der König und seine junge Begleiterin bewohnten das Obergeschoss, wo sich die Besucherin nach Meinung aller gut und liebevoll um den Monarchen kümmerte.

Die Königin lebte derweil im Untergeschoss, putzte und kochte, versorgte dreimal täglich die Mönche auf deren Almosengängen, meditierte, las in den Schriften Buddhas und ging zu den Predigten in die umliegenden Klöster. Als sich der Monat dem Ende zuneigte, wollte die junge Frau nicht gehen. Sie hatte sich in den Wochen sehr an das schöne Leben im Palast gewöhnt, und der Gedanke, den König und das Schloss verlassen zu müssen, trieb in ihr böse Blüten. Sie sann auf eine Möglichkeit, ihre Rivalin aus dem Weg zu schaffen.

Eines Morgens bereitete sie kochend heißes Öl vor und machte sich daran, es der Königin, die gerade die Treppe säuberte, über den Kopf zu kippen. Sie hatte die Tagesabläufe genau beobachtet und zielte nun von weit oben auf ihre Widersacherin. Im entscheidenden Augenblick aber trat die Königin einen Schritt nach vorn, um eine andere Stufe zu fegen, und das Öl platschte hinter ihr auf den Boden. Ohne Wut blickte die Königin zur jungen Frau hoch, während die königliche Magd mit lautem Geschrei die Treppe hinaufstürmte und die Angreiferin wütend an den Haaren zog und zerrte.

Die Königin, zum Erstaunen aller Anwesenden, schlichtete diesen Streit, ja, sie beruhigte sogar den König, der außer sich vor Wut war, als er davon erfuhr. Ruhig geleitete sie die junge Frau auf den Hof hinaus und gab ihr zum Abschied sogar noch einen Beutel mit Essbarem und etwas Geld.

Beschämt und mit hängendem Kopf schlich sich diese weinend hinfort.

Nan Kyar Hae und der Schutzgeist

နန်းကြာဟေနှင့်ဝိညာဉ်ကောင်း

Es war einmal eine schöne junge Frau namens Nan Kyar Hae. Ihr Liebreiz war so groß, dass er die Aufmerksamkeit von König Theikthadharma Thiriraza weckte. Nan Kyar Hae war mit ihren Eltern aus ihrem kleinen Heimatdorf in die Nähe des Palastes gereist, um dort bei dem Bau einer Pagode zu helfen. Der König entbrannte in Liebe zu der bezaubernden Dorfbewohnerin und beschloss, sie zu seiner Königin zu machen. Nan Kyar Haes Eltern waren hocherfreut, dass er ihre Tochter für diese Glück verheißende Stellung erwählt hatte. Da der König gerade erst den Thron bestiegen hatte und es neben der Fertigstellung des Schreins noch viele weitere Pflichten zu erfüllen galt, wurde die Vermählung in großer Eile in die Wege geleitet. Die Zeit war so knapp, dass die Familie der jungen Frau es versäumte, den Schutzgeist ihres Heimatdorfes um seinen Segen für die Eheschließung zu bitten, wie es in ihrer kleinen Gemeinschaft der Brauch war. Die Dorfleute warnten davor, den Schutzgeist derart zu missachten, doch die Braut und ihre Eltern wollten von den Bedenken nichts hören.

Nach der Vermählung führte der König, der nichts von dem Verstoß gegen diese Sitte ahnte, seine Gemahlin heim. Das Leben in dem prunkvollen Palast, das jede nur erdenkliche Annehmlichkeit bot, brachte der frischgebackenen Königin jedoch kein Glück. Sie begann zu kränkeln, und mit jedem Tag, der verging, fühlte sie sich elender. Die Leibärzte des Königs taten ihr Bestes, um die Gesundheit der Königin wiederherzustellen, doch alle Mühen erwiesen sich als vergeblich. So rief der König schließlich einen Wahrsager zu sich. Dieser erklärte, die Krankheit sei auf die Machenschaften des Schutzgeistes zurückzuführen, der im Heimatdorf der Königin verehrt wurde und nicht gebeten worden war, den Ehebund zu segnen. Um den Zorn des Nats zu beschwichtigen, wurden die Eltern der Königin in den Palast einbestellt, um ihre Tochter in das Dorf zurückzubringen und das Versäumte nachzuholen. Doch die Kränkung war zu groß und der verspätete Wiedergutmachungsversuch konnte ihn nicht milde stimmen: Als die Familie in das Dorf zurückkehrte, verwandelte sich der Nat in einen Tiger und machte Jagd auf die dahinsiechende junge Königin, die daraufhin einem Herzanfall erlag.

Ein Kampf zwischen zwei Bildhauern

ပန်းပုဆရာနှစ်ယောက်အကြားအားပြိုင်မှု

Es lebte im Kloster eines burmesischen Dorfes ein großherziger Abt, der im ganzen Dorf bewundert und geliebt wurde. Dieser stand nun kurz vor seinem achtzigsten Geburtstag, und die Dörfler sammelten gemeinsam eine beträchtliche Summe Geld, um eine Pagode zu bauen, die zum Geburtstag und zu Ehren des Abtes eingeweiht werden sollte.

Der Bau schritt zügig voran und war schon einige Wochen vor dem großen Tag fertig. Erst jetzt stellten die Dorfbewohner mit Bestürzung fest, dass ihr Geld nicht ausreichte, um die notwendige Buddhafigur für den Hauptaltar in Auftrag zu geben. Doch dann kam es ihnen in den Sinn, dass in dem Kloster des Dorfes ja zwei außergewöhnlich fromme Mönche lebten, die auch begabte Bildhauer waren. Der eine zog es vor, mit Stein zu arbeiten, der andere schnitzte Holz. Die Dörfler gingen zu den beiden Mönchen und baten um ihre Hilfe. »Wir wissen noch nicht, ob die Statue aus Stein oder Holz sein soll«, sagten sie. »Dürfen wir euch bitten, jeweils eine Statue herzustellen, auf dass wir dann entscheiden können?«

Die Mönche willigten ein, und Seite an Seite begannen sie zu schnitzen und zu meißeln. Nach einigen Tagen fingen die Kunstwerke an, Gestalt anzunehmen, und immer mehr Dorfbewohner kamen, um die Statuen zu betrachten und ihre Meinung kundzugeben, welche von beiden in der Pagode ihren Platz finden sollte. Schon bald bildeten sich zwei Parteien, die heftig miteinander diskutierten. Dieser Geist des Wettbewerbs und der Rivalität nahm bald auch von den beiden Mönchen Besitz. Sie warfen einander wütende Blicke zu und arbeiteten bis zur Erschöpfung an ihren Kunstwerken.

Als sie fertig waren, präsentierten die beiden Künstler angespannt ihre Arbeiten. Die Menge staunte, denn es waren wirklich zwei ganz außergewöhnliche Figuren entstanden. Doch auch nach ihrer Vollendung konnten sich die Dörfler nicht auf eins der Kunstwerke einigen. Sie fingen an, sich zu streiten und zu prügeln.

»Das ist alles deine Schuld!«, schrie da der eine Mönch den anderen an. »Das ist ja wohl die Höhe!«, brüllte der andere zurück, und schon bald schlugen auch diese beiden aufeinander ein. Erst traktierten sie sich gegenseitig mit Fäusten, doch mit zunehmendem Zorn und aufgestachelt von der wütenden Menge um sie herum griffen sie schließlich zu ihren Kunstwerken. Als der Kampf vorüber war und der Staub sich gelegt hatte, lagen zwei Mönche auf der Erde, ihre Schädel eingeschlagen, in ihren Händen zerbrochene Buddhastatuen.

DAS DORF DER ENDLOSEN PREDIGTEN

တရားဟောပွဲမစဲသောရွာငယ်ကလေး

Im Norden Burmas lag ein Bergdorf, das sich einen zweifelhaften Ruf erworben hatte: Die Dorfbewohner waren alle so fromm, dass sie von ihren Mönchen verlangten, besonders lange Predigten zu halten. Über Stunden und Stunden sollten sie gehen!

Dies stellte die Mönche vor beträchtliche Probleme, denn die Dörfler verweigerten den Mönchen, die nicht ihren Vorstellungen entsprachen, nicht nur die Almosen und das Essen, sodass diese wieder fortgehen mussten – nein, die wenigen zufriedenstellenden Predigten belasteten, ob ihrer Länge, die Gesundheit der verbleibenden Mönche so sehr, dass auch sie aus Angst um ihr Leben die Flucht ergriffen. So war das Kloster des Dorfes bald gänzlich unbewohnt. »Das Dorf der endlosen Predigten« wurde die Gemeinde daher genannt, und alle machten einen großen Bogen darum.

Zur freudigen Überraschung der Einwohner kam schließlich nach langem Warten ein Mönch ins Dorf. Er war klein und stämmig und aß ganz besonders viel, wie die Dörfler schon bald herausfinden mussten. Doch der Mönch verteidigte sich mit den Worten: »Wenn ihr meine Predigt hören wollt, muss ich ja wohl bei Kräften sein. Und dafür brauche ich genügend zu essen!«

Der neue Mönch schien jedoch sehr verständig, fromm und gelehrt zu sein, und so versorgte ihn das Dorf mit allem, wonach er verlangte, und fieberte auf seine erste Predigt hin, die für den Tag des nächsten Vollmonds angesetzt war. Ja, sie machten ihn sogar, weil niemand sonst zur Verfügung stand, zum Abt ihres Klosters.

Der Tag des Vollmonds kam, und zur Mittagszeit versammelte sich die gesamte Dorfgemeinschaft, selbst die Kinder waren anwesend, im Kloster. Der Abt stand auf und begann seine Predigt. Eine Stunde verging, jeder einzelne seiner Zuhörer saß auf seinem Platz und lauschte aufmerksam. Eine weitere Stunde verging, und keines der Kinder hatte auch nur einen Mucks getan. Doch nach vier Stunden fingen die Kinder an zu gähnen und nach fünf Stunden schlichen sich langsam die Frauen samt den Kindern aus dem Saal. Der Mönch aber redete und redete. Weitere Stunden vergingen, die Sonne ging unter, und einer nach dem anderen stahlen sich auch die Männer davon. Als der erste Hahnenschrei ertönte, saß nur noch der Dorfälteste vor dem Abt, der immer noch keine Anstalten machte aufzuhören. Der alte Mann, vom Schlaf fast übermannt, versuchte nun, langsam rückwärts von dem Mönch weg zur Tür zu robben, in der Hoffnung, dieser Tortur entfliehen zu können. Zu seinem Schrecken aber musste er feststellen, dass der Mönch ihm langsam und gleichmäßig hinterherkam und ihn bis auf den Hof verfolgte. Der Dorfälteste stand auf und rannte davon, doch er übersah den Brunnen im Hof und fiel hinein.

Glücklicherweise war der Brunnen nicht sehr tief und der Älteste tat sich nicht ernsthaft weh, doch nun war er im kalten Wasser am Grunde des Brunnens gefangen. Über ihm stand der Abt und fuhr unbeirrt fort mit seiner Litanei. Nach einer weiteren Stunde überkam ihn doch das Mitleid, und er fragte den Mann im Brunnen: »Soll ich weiterreden, bis die Sonne aufgegangen ist, oder ist es genug?«

Der erbärmlich frierende Dorfälteste sagte schwach und erschöpft: »Es ist genug, Euer Ehren. Ich kann Euch im Namen meines Dorfes versichern, dass wir von unseren Mönchen keine langen Predigten mehr erwarten.«

EINE LANGE REISE

ခရီးဝေးတာခု

Im Delta des Irrawaddy lebte ein junger Reisbauer mit seinen Eltern. Er war ein fleißiger und ehrlicher Mann, der im ganzen Dorf wohlgelitten war. Eines Morgens fühlte er sich unwohl, seine Mutter kochte ihm zur Stärkung ein kräftiges Curry, doch das Unwohlsein blieb. Am nächsten Tag fühlte er sich so schlecht, dass er nicht einmal zur Arbeit aufs Feld gehen konnte. Am dritten Tag mochte er die Hütte kaum verlassen. Seine Mutter suchte Rat beim Medizinmann des Dorfes, aber auch seine Kräuter, Salben und Tees brachten keine Linderung. Besorgt eilte der Vater in die umliegenden Dörfer und bat die dortigen Heiler um Hilfe, doch was sie auch empfahlen, dem jungen Bauern ging es von Tag zu Tag schlechter. Als der Astrologe des Ortes davon hörte, begab er sich zur Familie und befragte die Sterne. Sein Horoskop sagte ihm, dass in einem Königreich fern im Osten ein berühmter Astrologe lebe, der dem Bauern helfen könne.

Die Eltern waren sicher, dass eine so lange Reise die Kräfte ihres Sohnes überfordern würde, und baten ihn, nicht fortzugehen. Aber weil er befürchtete, im Dorf zu sterben, machte sich der junge Mann auf den Weg.

Am Abend des ersten Wandertages erreichte er einen Banyan-Baum, unter dem er sein Nachtlager bereitete. Kaum hatte er sich niedergelegt, erschien der Nat, der Schutzgeist des Baumes.

»Wohin des Weges, Wanderer?«, fragte er neugierig.

»Ich bin auf der Reise zu einem berühmten Astrologen.«

»Einem Astrologen!«, rief der Schutzgeist erfreut. »Kannst du mir bitte einen großen Gefallen tun?«

»Sehr gern. Womit kann ich dir helfen?«

»Ich lebe schon so lange in diesem alten Baum und möchte gern an einen anderen Ort. Aber was ich auch versuche, mir gelingt es nicht, ihn zu verlassen. Kannst du bitte den Astrologen fragen, warum ich an diesen Baum gefesselt bin?«

»Das mache ich gern«, versprach er, müde von der anstrengenden Wanderung.

Am folgenden Tag begab er sich schon vor Sonnenaufgang auf den Weg. Nach einigen Stunden kam er zu einem kleinen Hügel, an dessen Fuß eine große Schlange lag.

»Wohin des Weges, Wanderer?«, fragte sie.

»Ich bin auf der Reise zu einem berühmten Astrologen.«

»Einem Astrologen!«, rief die Schlange erfreut. »Fragst du ihn bitte in meinem Namen, warum ich mich von diesem verflixten Hügel nicht entfernen kann, und wenn ich es noch so sehr versuche?«

»Das mache ich gern«, versprach der kranke junge Mann. »Auf meinem Weg zurück werde ich wieder hier vorbeikommen und dir seine Antwort verraten.«

Und so wanderte er weiter, bis er auf einen breiten Fluss mit kräftiger Strömung stieß. Vergeblich schaute er sich nach einer Brücke oder Fähre um. Erschöpft sank er in den Sand am Ufer des Flusses. Sollte dies bereits das Ende seiner Reise sein? Würde er je wieder gesund werden?

Plötzlich kam ein Krokodil auf ihn zu geschwommen. »Wohin des Weges, Wanderer?«, erkundigte es sich neugierig.

»Ich bin auf der Reise zu einem berühmten Astrologen«, erwiderte der junge Mann mit trauriger Stimme. »Aber ich fürchte, mein Weg endet hier. Die Strömung ist zu stark, um durch den Fluss zu schwimmen.«

»Einem Astrologen!«, rief das Krokodil erfreut. »Mach dir um den Fluss keine Sorgen. Ich werde dich zum anderen Ufer bringen, aber du musst mir vorher etwas versprechen.«

»Was immer du willst.«

»Frage ihn bitte, warum ich nicht unter Wasser tauchen kann, obwohl ich doch ein Krokodil bin.«

»Das mache ich gern.«

Das Tier kroch ans Ufer, der junge Mann stieg auf seinen Rücken, und das Krokodil setzte ihn wohlbehalten am anderen Ufer ab.

Noch immer geschwächt von seiner Krankheit, aber guten Mutes, setzte er seinen Weg fort. Nach vielen Stunden erreichte er ein Königreich, an dessen Grenze große Schilder jeden Fremden warnten, es zu betreten. Jedem Eindringling drohe die Todesstrafe. Doch der junge Mann hatte keine Wahl und wanderte weiter. Es dauerte nicht lange, da entdeckten ihn die Wachen des Palasts, nahmen ihn gefangen und brachten ihn zum König.

»Warum wagst du es, mein Reich zu betreten?«, rief der Monarch erbost. »Weißt du nicht, dass du dafür mit dem Tode bestraft wirst?«

»Es tut mir leid«, erwiderte der junge Mann ängstlich und mit schwacher Stimme. »Was sollte ich tun? Ich bin auf der Reise zu einem berühmten Astrologen, und der Weg führt geradewegs durch Euer Reich. Ich bitte höflichst um Vergebung.«

Der König wollte gerade erwidern, dass er keine Gnade kenne und der Fremde am Morgen bei Sonnenaufgang hingerichtet werde, da ertönte die zarte Stimme der Prinzessin. »Fremder, ich höre, du bist auf dem Weg zu einem berühmten Astrologen. Dann frage ihn bitte für mich, was mir die Zukunft bringen wird.«

Der König traute seinen Ohren nicht. Seit ihrer Geburt hatte seine Tochter noch kein Wort gesprochen, und alle hatten geglaubt, sie sei stumm und taub. Konnte er nun den Mann töten lassen, zu dem sie ihre ersten Worte sprach? Und wer sollte im Namen der Prinzessin den Astrologen befragen, wenn die Reise des Fremden hier endete? Also beschloss der König, den jungen Mann zu begnadigen unter der Bedingung, dass er auf dem Rückweg im Schloss Station machen und berichten würde, was der Sternendeuter prophezeit hatte.

Erleichtert versprach der junge Mann, das zu tun, und setzte seine Wanderung fort. Nach einer weiteren langen Reise erreichte er endlich die Hütte des berühmten Astrologen. Davor harrten bereits viele Menschen, die, wie er, von weit her angereist waren. Geduldig wartete der arg Erschöpfte, bis es an ihm war, den Astrologen zu befragen.

In der Hütte saß zwischen Kerzen, Büchern und Papieren ein alter Mann. Sein Anblick flößte dem Kranken solchen Respekt ein, dass er sich kaum traute, den Mund aufzumachen.

»Ich bin sehr krank«, erklärte er schließlich leise. »Meine Eltern haben versucht, mich gesund zu pflegen. Sie haben sich gekümmert und die Medizinmänner in unserem Dorf und in der ganzen Gegend befragt, doch niemand konnte mir helfen. Deshalb möchte ich wissen, was die Zukunft mir bringen wird. Werde ich bald sterben?«

Der Astrologe schwieg lange. Schließlich erwiderte er: »Wenn du dich nicht auf den Weg zu mir gemacht hättest, wärest du in der Tat gestorben. Aber nun, da du die weite Reise bewältigt hast, wirst du auch diese Krankheit überstehen. Du wirst ein reicher, glücklicher Mensch werden.«

Erleichtert und hocherfreut bedankte sich der junge Mann. Er spürte, dass es ihm bereits ein wenig besser ging, und wollte sich erheben, da fielen ihm die Versprechen ein, die er gegeben hatte. Aber durfte er wirklich noch mehr der kostbaren Zeit des Astrologen in Anspruch nehmen? Hatte er nicht bekommen, was er gesucht hatte? Er zögerte. »Verehrter Meister«, sagte er nach einer langen Pause. »Darf ich dich im Namen all der Freunde, die ich auf meinem Weg getroffen habe, noch etwas fragen?«

Der Astrologe nickte.

»Die Tochter eines Königs, durch dessen Reich ich wanderte, ist bereits sechzehn Jahre alt und spricht kein Wort. Wird sich das einmal ändern?«

»Oh«, lächelte der alte, weise Mann, »das ist eine einfache Frage. Der König muss seiner Tochter erlauben, jenen Mann zu heiraten, an den sie ihr erstes Wort richtet. Fortan wird sie keine Mühe mehr haben zu sprechen.«

»Auf dem Weg traf ich ein Krokodil, das mich bat, um Rat zu fragen, weil es im Wasser nicht tauchen kann.«

»Auch dafür gibt es eine Lösung«, erwiderte der Sternendeuter. »In seinem Kopf steckt ein magischer Stein. Der muss entfernt werden, dann kann das Tier auch unter Wasser schwimmen.«

Der junge Mann spürte nun die Erschöpfung von der langen Reise im ganzen Körper und wollte nichts lieber, als sich zur Ruhe begeben, aber es gab da noch zwei Versprechen, die er nicht brechen wollte. Deshalb erzählte er von der Schlange und bat in ihrem Namen um Rat.

»Sie behütet, ohne dass sie es weiß, einen großen Rubin. Der Edelstein liegt unter dem Hügel versteckt. Wenn er ausgegraben wird, kann sie kriechen, wohin sie will.«

Als Letztes berichtete der junge Mann vom Schicksal des Schutzgeistes des Banyan-Baums.

Auch hier konnte der Astrologe helfen. Unter dem Baum sei ein Kessel voll Gold vergraben, den der Nat beschütze. Sobald das Gold aus der Erde geholt ist, wird der Geist frei sein.

Dankbar zog sich der junge Mann zurück und sammelte Kräfte für die lange und beschwerliche Rückreise. Nach ein paar Tagen fühlte er sich, wie es der Astrologe prophezeit hatte, wieder besser, und machte sich auf seinen Weg.

Als er eine Zeit später vor den König trat, konnte dieser vor Aufregung kaum an sich halten. »Sprich schon, Wanderer, was hat der Astrologe gesagt?«

Der junge Mann wiederholte Satz für Satz die Empfehlung des Wahrsagers.

Der König erinnerte genau, dass die ersten Worte seiner Tochter an den Fremden gerichtet waren, und da er an der Macht der Sterne nicht zweifelte, gab er sie ihm zur Frau. Fortan sprach und redete sie, als hätte es nie ein Problem gegeben.

Ihr Mann, der nun ein Prinz war, wollte seine Braut mit in sein Dorf nehmen, um sie seinen Eltern vorzustellen, und die beiden begannen am folgenden Tag ihre lange Reise. Am Abend erreichten sie den großen Fluss, wo das Krokodil unglücklich am Ufer lag und den anderen Tieren beim Tauchen zuschaute.

»Hast du Wort gehalten und den Astrologen gefragt?«, wollte es auf der Stelle wissen.

»Selbstverständlich«, erklärte der junge Mann, der sich nun wieder bester Gesundheit erfreute, und berichtete, was der Astrologe gesagt hatte. Tatsächlich hatte das Krokodil schon immer einen Druck unter der Kopfhaut verspürt, und bei genauem Hinschauen entdeckte die Prinzessin eine leichte Wölbung. Mit einem kleinen Messer ritzte sie vorsichtig die Haut auf, und heraus fiel ein großer, in der Sonne bunt funkelnder Edelstein. Aus Dankbarkeit setzte das Krokodil die beiden hinüber ans andere Ufer und schenkte dem Prinzen den Stein. Und weil es sich so freute, verriet es den beiden noch eine Abkürzung auf dem Weg zu ihrem Dorf. Doch davon wollte der junge Mann nichts wissen, er stand noch bei zwei Freunden im Wort.

Die beiden wanderten, bis sie die Schlange trafen, die traurig um ihren Hügel kroch. Der Prinz berichtete von den Worten des Astrologen, und mit Erlaubnis der Schlange begannen sie zu graben. Nach kurzer Zeit fanden sie einen Rubin, so groß, wie selbst die Prinzessin am Hofe ihres Vaters noch nie einen gesehen hatte. Die Schlange spürte eine Last von sich fallen und wusste, dass sie von nun an frei war. »Den Rubin könnt ihr behalten« rief sie, bevor sie in den Büschen auf Nimmerwiedersehen verschwand.

Zum Schluss erreichten die beiden den Banyan-Baum. Der Prinz trat ganz nah an den Stamm heran und erzählte, was er vom Astrologen gehört hatte. Lange hörte er nichts als das Rauschen des Windes in den Blättern.

»Der Kessel mit Gold«, vernahm er plötzlich die Stimme

des Geists, »liegt unter den Wurzeln, die nach Westen zeigen. Grabt ihn aus und nehmt ihn mit, dann bin ich endlich frei.«

Der Prinz und die Prinzessin taten, wie ihnen geheißen, und wanderten weiter, bis sie das Dorf erreichten. Von dem Tag an blieb der einst so kranke junge Mann nicht nur gesund, sondern auch wohlhabend und froh mit seiner Frau.

ÜBER DIE DANKBARKEIT

ကျေးဇူးတရားသိတတ်ခြင်းအကြောင်း

Als Buddha noch lebte und durch die Welt reiste, um seine Lehren zu verbreiten, hatte er einen Schüler namens Ananda. Dieser war selbst ein Mann voller Dankbarkeit, Großzügigkeit und Gelassenheit. Zusammen kamen sie in eine unbekannte Region, und Ananda wurde von Buddha in den Königspalast geschickt. Der König war sehr reich, und gerade als Ananda den Palast betrat, traf aus einem fernen Land eine Sendung von tausend edlen Roben ein. Die Hälfte der Roben verteilte der König sogleich an seine vielen Frauen.

Schon bald zeigten viele Leute im Palast großes Interesse an dem, was Ananda ihnen zu sagen hatte, darunter auch die Frauen des Königs. Als Zeichen der Ehrerbietung schenkten sie ihm ihre Gewänder und erklärten ihre Absicht, mehr und mehr nach seinen Lehren zu leben. Bald darauf gab der König ein großes Fest, und er verlangte ausdrücklich, dass die neuen Roben von seinen Frauen getragen werden sollten. Doch konnten diese edlen Gewänder nicht getragen werden, denn sie waren ja bereits an Ananda verschenkt worden!

Als der König davon erfuhr, übermannte ihn der Zorn auf diesen Prediger, der hier im Palast wohnte und sich nun auch noch bereicherte. Er stellte Ananda zur Rede.

»Ich habe gehört, dass Buddha Bescheidenheit verlangt und man nicht mehr als drei Gewänder für den täglichen Gebrauch besitzen soll«, rief er verärgert. »Und du hast dir fünfhundert Roben schenken lassen!«

Ananda lächelte. »Du hast recht«, erwiderte er. »Aber mein Lehrmeister sagt nichts darüber, wie viele Spenden man annehmen kann.« Er führte den König zu seinem bescheidenen Quartier. »Zuerst wird das Gewand als Überrobe getragen, dann, wenn es sich etwas abgenutzt hat, als Unterrobe«, erklärte er dem König. »Danach benutzen wir sie als Bettlaken und anschließend als Teppich«, fuhr Ananda fort. »Wenn der Stoff zu schmutzig dafür ist, können wir uns damit immer noch unsere Füße abwischen, wenn wir von draußen hereinkommen. Und ganz zum Schluss reißen wir den Stoff in Streifen und verarbeiten ihn mit Lehm zu Mauern.« Der König war tief beeindruckt und überließ Ananda sowie Buddha und seinem Gefolge auch die übrigen Roben.

Eines der Gewänder schenkte Ananda daraufhin einem seiner Schüler, dem er sehr dankbar war, da er viel für ihn kochte, putzte und anderweitig half. Dieser wiederum gab es selbstlos an einen Freund weiter. Das edle Gewand erregte Aufsehen bei den buddhistischen Gläubigen, und verärgert gingen sie zu Buddha, um ihn darüber aufzuklären, dass Ananda offensichtlich Lieblinge hatte, die so viele Reichtümer anhäuften, dass sie diese ihrerseits wieder verschenkten.

Ein Lächeln flog über das Gesicht Buddhas. Ananda habe einfach den tiefen Sinn der Dankbarkeit und des Respekts verstanden, erklärte er.

Um die Bedeutsamkeit von Dankbarkeit und Bescheidenheit zu illustrieren, erzählte er folgende Geschichte:

Einst lebte ein Löwe mit seiner Familie auf einem Berg, der umgeben war von einem Wald und verschiedenen Flüssen und Teichen. Um den Berg herum lebten die Katze, der Hase, das Reh und der Fuchs. Hase und Reh grasten friedfertig an einem Fluss, als der Löwe beschloss, jagen zu gehen, und mit einem gewaltigen Satz vom Berg hinabsprang. Die anderen Tiere rannten erschrocken davon, doch der Löwe musste feststellen, dass er mit seinen Pfoten im Matsch stecken geblieben war und sich nun nicht mehr befreien konnte. In der heißen Sonne trocknete die Erde schnell, und nun war der Löwe gefangen.

Sieben Tage lang siechte er dort vor sich hin, und bald war er ausgehungert und schwach. Schließlich sah er in der Ferne den Fuchs.

»Fuchs, bitte hilf mir, ich stecke fest!«, rief der Löwe verzweifelt.

Widerwillig kam der Fuchs näher. »Wenn ich dich befreie«, sagte er zögerlich, »wer sagt, dass ich dann nicht von dir gefressen werde?«

»Nein, nein, das werde ich nicht tun«, versprach der Löwe keuchend. »Ich bin schrecklich erschöpft, ich kann mich kaum noch aufrecht halten. Oh, bitte, rette mich, ich wäre dir so unendlich dankbar.«

Der Fuchs beschloss zu helfen und fing an, den Schlamm um die Pfoten des Löwen herum wegzuschaufeln. Dazu weichte er noch die Erde mit etwas Wasser auf und zog den Löwen schließlich aus dem Matsch.

Der Löwe erwies sich tatsächlich als dankbar und erlegte einen Büffel für den Fuchs. Auch wenn dies nicht seiner Natur entsprach, hielt er sich zunächst einmal zurück und ließ erst den Fuchs sich satt essen, bevor er sich selbst an den Resten bediente. Zum Schluss nahm der Fuchs ein großes Stück Fleisch in die Schnauze und wollte seines Weges gehen.

Der Löwe jedoch fühlte sich weiterhin tief in der Schuld des Fuchses und hatte einen Einfall: Würde der Fuchs mit seiner Familie nicht vielleicht gerne bei den Löwen in der großen, geräumigen Höhle auf dem Berg wohnen, wo es immer genug zu essen gab? Der Fuchs willigte ein, und vom nächsten Tag an hausten die beiden Familien zusammen in der großen Höhle. Sie teilten das Essen und jagten zusammen.

Nach einiger Zeit beschlich die Löwin das Gefühl, dass der Löwe sie und die gemeinsamen Söhne zugunsten der Füchse vernachlässigte. Darum sagte sie schließlich zu der Füchsin: »Ihr lebt schon so lange bei uns. Es wird allmählich eng hier, findest du nicht? Wollt ihr nicht zurück in euren eigenen Bau?« Auch die Löwenkinder sprachen so. Die Füchse verstanden, dass sie nicht mehr erwünscht waren, und bereiteten ihren Auszug vor. Vorher aber wollte der Fuchs noch mit dem Vaterlöwen sprechen und dessen Meinung erfragen.

Als der Löwe von den Geschehnissen hörte, war er empört. Er trat vor seine Familie und erklärte eindringlich: »Ich lag dort und verdurstete in der Sonne, als mir der Fuchs trotz der möglichen Gefahr das Leben rettete. Ich, du, wir alle, stehen tief in seiner Schuld, und wir müssen ihm dankbar sein. Und seit wann kennt Dankbarkeit eine zeitliche Grenze?«

Die Löwin und ihre Kinder nickten. Sie hatten verstanden, und fortan lebten die Familien des Löwen und des Fuchses friedlich miteinander in der Höhle.

EINE REISE ZU DRITT

လူသုံးယောက်၏ ခရီး

Ein Vater und sein Sohn wollten eine Reise tun. Darum schickte der Vater den Sohn in den Stall, um den Esel zu holen, der ihre Taschen tragen sollte. Als der Esel beladen war, hatten die beiden Mitleid mit ihrem Tier, dem sie nun schon so viel aufgebürdet hatten, und beschlossen, ihn nicht zu reiten, sondern nebenher zu laufen.

Sie brachen auf und kamen bald ins erste Dorf. Schon am Dorfeingang fielen ihnen die Blicke der Bewohner auf. Warum sie den Esel nicht reiten würden, fragten die Dörfler spöttisch, das sei doch reine Verschwendung. Als Vater und Sohn das hörten, beschlossen sie, den Sohn auf den Esel zu setzen, die Leute hatten ja recht, nicht wahr?

Sie reisten also in dieser Formation weiter ihres Weges und kamen bald darauf in das nächste Dorf. Diesmal waren die Bewohner regelrecht wütend – wie respektlos war es denn von dem Sohn, den Vater nicht auf dem Esel reiten zu lassen, sondern ihn selbst zu beanspruchen? Natürlich wollte der Sohn nicht respektlos scheinen, darum sprang er schnell herunter und half seinem Vater in den Sattel.

In der Hoffnung, nun alles richtig gemacht zu haben, setzten die beiden ihren Weg fort. Es ging jetzt steil bergauf, und während der Vater gemütlich auf dem Esel reiten konnte, kam der Sohn arg ins Schwitzen. Oben auf der Hügelkette entdeckten sie eine kleine Siedlung, der Sohn rastete und trank etwas Wasser. Die Einheimischen kamen aus ihren Hütten, um die Besucher zu begrüßen. Sie sahen den erschöpften Sohn und seinen entspannten Vater und waren empört. Was war das für ein schlechter, egoistischer Vater? Er solle bloß machen, dass er fortkomme!

Verwirrt standen Vater und Sohn am Dorfausgang. Ihnen blieb nun noch eine Möglichkeit, und sie setzten sich beide auf den tapferen Esel.

Nach einiger Zeit erreichten sie ein weiteres Dorf. Als Vater und Sohn auf dem schnaufenden Esel hineinritten, starrten die Dörfler sie an. Zwei Leute auf diesem armen, offensichtlich halb zu Tode geschundenen Esel! Was für ein schändliches Verhalten, was für kaltherzige, brutale Menschen mussten diese Fremden sein?

Sofort stiegen Vater und Sohn ab und ließen auch dieses Dorf so schnell wie möglich hinter sich. Außer Sichtweite hielten sie kurz an und verschnauften. Nach einer Weile drehte sich der Sohn zu seinem Vater und fragte ratlos: »Und was machen wir jetzt?«

WIE DER HASE RICHTER WURDE

ယုန်ကလေးတရားသူကြီးဖြစ်ခဲ့ရပုံ

Es lebten einst zwei Bauern in einem kleinen Dorf, in dem gerade die Wurfsaison begonnen hatte. Einer der beiden Nachbarn, der in dem Ruf stand, mit allen Wassern gewaschen zu sein, hatte eine trächtige Kuh, und die Geburt des Kalbes stand unmittelbar bevor. Sein Nachbar, der als ein wenig einfältig galt, besaß eine Stute, die in Kürze ein Fohlen zur Welt bringen würde. Er freute sich sehr, denn das Pferd steht als Arbeitstier in der Landwirtschaft besonders hoch im Kurs.

Eines Abends, als sich die beiden Nachbarn zu Bett begeben hatten, setzten sowohl bei der Kuh des schlauen als auch bei der Stute des einfältigen Bauern die Wehen ein. Der schlaue Nachbar litt, das war allgemein bekannt, unter Schlafstörungen; er schlummerte nur selten tief und fest, sodass ihn der Lärm der Tiere alsbald weckte. Da er sowohl das klägliche Muhen des Kälbchens als auch das eifrige Wiehern des Fohlens vernahm, vermutete er zu Recht, dass sowohl seine Kuh als auch die Mähre seines Nachbarn Nachwuchs zur Welt gebracht hatten.

Es war noch mitten in der Nacht und der Mond am Himmel kaum sichtbar, da zündete der durchtriebene Nachbar eine Fackel an und eilte den kurzen Saumpfad entlang zu jener Stelle, wo die Tiere untergebracht waren. Zuerst begab er sich zu dem Stall, in dem sich seine Kuh befand, nahm sie genauer in Augenschein und stellte die Geburt eines gesunden kleinen Kälbchens fest. In dem nahe gelegenen Stall, in dem das Pferd seinen Unterstand hatte, konnte er kein Licht entdecken. Weil er annahm, dass sein Nachbar, der einen festen Schlaf hatte, durch das Getöse der Neuankömmlinge noch nicht geweckt worden war, beschloss er, einen raschen Blick in den Nachbarstall zu werfen. Er nahm die Umrisse eines wohlgeratenen Hengstfohlens wahr, das ruhig im Stroh lag. Da nach wie vor keine Spur von seinem Nachbarn zu entdecken war, beschloss der schlaue Bauer, die günstige Gelegenheit beim Schopf zu packen. Er kehrte zum Kuhstall zurück, hob das Kälbchen auf seine Arme, trug es zum Pferdestall hinüber und legte es dicht neben der Stute ab. Sodann nahm er das Fohlen, brachte es in seinen eigenen Stall und übergab es der Obhut der Kuh. Zufrieden mit seiner List kehrte er in sein Bett zurück, um noch ein paar Stunden zu ruhen.

Wie er jedoch wusste, war es wichtig, dass die Nachricht von der ungewöhnlichen Geburt die Runde machte, bevor sein einfältiger Nachbar eins und eins zusammenzählen und sich einen Reim auf das Geschehen machen konnte. Deshalb war der schlaue Bauer trotz des Schlafmangels schon früh auf den Beinen und erzählte jedem, dem er im Dorf begegnete, von der wundersamen Begebenheit unter dem Dach seines Kuhstalls. Ungläubig unterbrachen viele Dorfbewohner ihre morgendlichen Arbeiten, um einen Blick auf die Kuh zu erhaschen, die einem Fohlen das Leben geschenkt hatte, und so konnten sie, wie vom schlauen Nachbarn vorhergesehen, das wundersame Ereignis bezeugen. In dem bescheidenen strohgedeckten Unterstand lag tatsächlich die große Kuh und an das warme Fell ihres schweren Leibes geschmiegt ein kleines Fohlen. Die Dorfbewohner betrachteten die Tiere mit ehrfürchtigem Staunen, doch die andächtige Stille wurde jäh unterbrochen, als der einfältige Nachbar eintraf und den schlauen Bauern beschuldigte, das Fohlen gestohlen zu haben.

Der schlaue Bauer versuchte, die Situation zu entschärfen, indem er seinem einfältigen Nachbarn erklärte, es sei wohl auf eine Laune der Natur zurückzuführen, dass eine Kuh ein Fohlen zur Welt gebracht habe. Alles andere als beschwichtigt, warf der einfältige Nachbar ein, die Geschichte wäre glaubhafter, wenn er nicht am selben Morgen ein Kalb neben seiner Stute vorgefunden hätte; daher handle es sich keineswegs um ein einzigartiges Wunder, sondern vielmehr um einen hinterhältigen Austausch von zwei neugeborenen Tieren. Der schlaue Nachbar versuchte, das Ganze als rein zufälliges Zusammentreffen darzustellen, in dieser Nacht hätten eben zwei Ereignisse stattgefunden, die sich mit dem normalen Lauf der Natur nicht in Einklang bringen ließen. Diese Erklärung überzeugte den einfältigen Nachbarn in keiner Weise, und so forderte er die Dorfbewohner auf, ihm zu helfen, das ihm zustehende Fohlen zurückzuerhalten.

Die Dorfbewohner waren ratlos, wie sie sich verhalten sollten. Da sie nicht wussten, was sich im Einzelnen zugetragen hatte, stand das Wort des einen Nachbarn gegen das des anderen, und daher zögerten sie, Partei zu ergreifen. Deshalb legten sie den beiden nahe, andere Mittel und Wege zu finden, um den Streit zu schlichten. Da die Dorfbewohner sich offensichtlich in die Angelegenheit nicht einmischen wollten, beschloss der einfältige Nachbar, den Rat eines Außenstehenden einzuholen, um in der verfahrenen Situation zu vermitteln. Leider war das Dorf, in dem die beiden Bauern lebten, so klein, dass es dort keine Obrigkeit gab, an die man sich in solchen Fällen wenden konnte. Daher forderte der Besitzer des Pferdes den Besitzer der Kuh auf, ihn ins Nachbardorf zu begleiten, um dort einen unvoreingenommenen Richter zu finden. Gesagt, getan.

Unterwegs begegneten die beiden Bauern einem Hasen, und da sie wussten, dass seine Gattung in dem Ruf stand, gerecht zu sein, fragten sie ihn, ob er bereit sei, als Schiedsrichter zu dienen. Der Hase bat sie, die Einzelheiten des Streits zu schildern, und nachdem er aufmerksam zugehört hatte, stimmte er zu, die Auseinandersetzung zu schlichten. Der Hase war in diesem Landstrich offenbar weithin bekannt und seine Dienste sehr gefragt, denn er wies sie darauf hin, dass er an diesem Tag dafür aber keine Zeit mehr finden würde. Er erklärte sich jedoch einverstanden, die Kontrahenten nach Ablauf einer Woche wiederzutreffen, und bestimmte das Heimatdorf der beiden als den Ort, an dem die offizielle Anhörung stattfinden sollte. Er ordnete außerdem an, dass alle Beweismittel oder Zeugen im anhängigen Fall verfügbar beziehungsweise zugegen sein sollten, und betonte, die Sitzung müsse in aller Frühe beginnen, sobald die Sonne am Horizont erschien.

Es war eine ungewöhnliche Ehre, einen so angesehenen und hochgelehrten Richter im Dorf zu Gast zu haben, und als der mit großer Spannung erwartete Tag der Anhörung anbrach und die ersten feurigen Strahlen der Sonne die Felder erreichten, hatten sich nahezu alle Dorfbewohner eingefunden, um mitzuerleben, wie der Hase Licht in den verwirrenden Fall der durcheinandergeratenen Nutztierjungen zu bringen gedachte. Der anhaltende Streit hatte die Gemeinschaft gespalten und die friedliche Idylle gestört, die das tägliche Leben im Dorf normalerweise kennzeichnete. Die Bewohner hofften, dass die Entscheidung des Hasen dazu dienen möge, die Ruhe und beschauliche Stille wiederherzustellen, die sie zuvor genießen durften. Während sie geduldig warteten und mit den Augen die Landschaft nach ersten Anzeichen des nahenden Gastes absuchten, begann die frühmorgendliche Sonne ihren gemächlichen Aufstieg. Auf diese Weise kam und ging der Morgen, ohne dass der Hasenrichter in Sicht kam. Auch während der Mittagsstunden, als die Sonne gnadenlos auf sie niederbrannte, hofften die Dorfbewohner noch auf das Erscheinen des hohen Gastes und ertrugen klaglos die glühende, mörderische Hitze. Doch als die Sonne langsam unterging, breiteten sich allmählich Besorgnis und wachsende Unruhe aus. Der Hase war nicht nur wegen seiner Fähigkeiten als Friedensrichter bekannt, sondern galt auch als äußerst zuverlässig und pünktlich. Es sah ihm nicht ähnlich, sein Versprechen zu brechen, und verständlicherweise zogen die Dorfbewohner die Möglichkeit in Betracht, dass ihm unterwegs etwas zugestoßen sein könnte. Als der Sonnenuntergang nahte, hatten sie die Hoffnung weitgehend aufgegeben, dass es zu einer Lösung kommen könnte, und schickten sich an, den Heimweg anzutreten, als der Hase plötzlich erschien. Alle Anwesenden waren erleichtert, ihn in offenbar bester Verfassung zu sehen, und neugierig, was die beträchtliche Verzögerung seiner Ankunft verursacht haben könnte.

Obwohl die richterliche Kompetenz des Hasen weithin anerkannt war und unter normalen Umständen nie angezweifelt worden wäre, konnten die Dorfbewohner, die um seinen ausgeprägten Hang zur Pünktlichkeit wussten, nicht widerstehen, ihn mit Fragen zu bestürmen, was ihn so lange aufgehalten hatte. Zum Glück war der Hase keineswegs gekränkt, sondern wartete sogleich mit einer Erklärung auf. Er hatte sich wie geplant auf dem Weg zu der Versammlung befunden, als er mit einem Mal einen großen, rot glühenden Sandhügel in der Mitte des Flusses erspähte, der Feuer gefangen hatte und lichterloh brannte. Dann hatte er einen geflochtenen Rattankorb entdeckt, der in der Nähe lag, ihn mit Wasser gefüllt und versucht, das Feuer zu löschen, was ihm erst in den Abendstunden gelang. Obwohl viele Dorfbewohner die Begründung ein wenig sonderbar fanden, begriff der schlaue Nachbar, dass diese unwahrscheinliche Geschichte eine Art Prüfung darstellte, und ergriff die Gelegenheit, seinen Scharfsinn zu beweisen. Er entkräftete die Rechtfertigung des Hasen mit dem Argument, es sei widersinnig, dass eine von Wasser umgebene Sanddüne in Brand geraten könne. Außerdem wies er darauf hin, dass es unmöglich sei, Wasser in einem Rattankorb zu transportieren, da es durch die Ritzen im Flechtwerk versickere; folglich könne er das Feuer nicht auf diese Weise zum Erlöschen gebracht haben. Er schloss mit den Worten, die Geschichte des Hasen stünde im Widerspruch zu den Naturgesetzen und könne daher nicht der Wahrheit entsprechen.

Der Hase nahm diese Sätze mit größter Zufriedenheit zur Kenntnis. Er gratulierte dem Bauern zu seiner raschen Auffassungsgabe und seiner Einsicht in die Naturgesetze. Der Bauer sonnte sich voller Stolz im Lob des Hasen. Da er nun zweifellos bewiesen habe, dass er die Wirkungsweise der Natur in allen Einzelheiten begreife, fuhr der Hase fort, könne er gewiss erkennen, dass die Behauptung, eine Kuh habe ein Fohlen und eine Stute ein Kalb geboren, nicht den Naturgesetzen entspreche. Und um die leidige Angelegenheit zum Abschluss zu bringen, forderte er den schlauen Nachbar auf, das Fohlen dem rechtmäßigen Besitzer zurückzugeben. Die Dorfbewohner freuten sich über alle Maßen, dass der Streit gerecht und auf so erstaunliche Weise beigelegt worden war – der schlaue Nachbar hatte höchstpersönlich das Argument geliefert, das zu dem logischen Urteilsspruch führte.

Aus diesem Grund ist der Hase im Tierreich die erste Wahl, wenn es gilt, bei Streitfällen die Aufgabe eines Schiedsrichters wahrzunehmen.

MAUS UND ELEFANT

ဆင်နှင့်ကြွက်ကလေး

Eines Nachmittags trafen sich Maus und Elefant im Dschungel und begannen, sich über Erlebtes auszutauschen. Während sie über die Wurzeln der mächtigen Bäume stiegen und durch die dichte Pflanzenwelt schritten, erzählte der Elefant folgende Geschichte:

»Ich ging heute meines Weges, mein Freund, und tat niemandem etwas zuleide, doch schon bald hörte ich schweres Stampfen. Ich erspähte das Antlitz eines bösartigen Elefanten, der mir schon bekannt war. Um eine Begegnung zu vermeiden, drehte ich mich um und rannte hinter einige dicht stehende Bäume. Dabei kratzte mich einer der tieferen Äste und fügte mir eine lange Wunde am Rücken zu. Wenn du sie betrachtest, wirst du sehen, dass sie über zwei Fuß lang ist.«

»Das ist sicherlich schmerzhaft«, meinte die Maus. »Doch in aller Freundschaft, mein lieber Elefant, bedenke, dass du nicht um dein Leben fürchten musstest – weder der Elefant noch der Ast hätten dich töten können. Ich hingegen wurde heute von einer wilden Katze gejagt – sie hätte mich auch beinahe erwischt. Sie hat mir mit ihren Krallen eine Wunde in meiner Seite zugefügt. Würdest du sie betrachten, würdest du sehen, dass sie mindestens zwei Fuß misst!«

»Ich möchte dich nicht als Lügner beschuldigen«, sagte der Elefant und lächelte. »Ich kann jedoch nicht umhin zu bemerken, dass dein Körper von der Nasen- bis zur Schwanzspitze nicht einmal einen Fuß lang ist. Wie passt das mit deiner Erzählung von so einer langen Narbe zusammen?«

»Mein großer Freund«, antwortete die Maus. »Ich sage, es gilt: Jedem der eigene Fuß! Du kannst deine Schrammen mit deinen großen Füßen messen, aber verzeih, wenn ich die meinigen mit meinen Füßchen messe.«

Wie die Drossel ihr farbenprächtiges Gefieder verlor

မြေလူးငှက်၏ လှပသောရောင်စုံငှက်မွေးများဆုံးရှုံးခဲ့ရပုံ

Es gab einmal eine Zeit, da trug die Drossel kein schwarzes, sondern ein bunt in allen Farben schillerndes Gefieder. Damals sah man die Drossel oft glücklich und zufrieden durch den Wald fliegen, eine wahre Explosion schillernder Farben hinterlassend. Eine besonders enge Freundschaft verband sie mit einer Eule, die in einem ausgehöhlten riesigen Baum hauste. Oft konnte man das ungleiche Paar gemeinsam bei seinen Streifzügen durch den dichten Wald beobachten, auf der Suche nach den schmackhaftesten Früchten, jede die Gesellschaft der Gefährtin genießend.

Wenn am Abend die Sonne unterging, stimmte die Drossel, beschwingt durch das Versprechen der kühleren Nachtluft, ihre stimmungsvollsten Melodien an. Das war für die Eule ein untrügliches Signal, dass es an der Zeit war, sich von ihrem Ruhelager zu erheben und gemeinsam mit ihrer Freundin durch den Wald zu streifen. Doch eines Abends, als die kleine Sängerin auf dem Rand ihres Nests stand und eine besonders schöne Komposition zum Besten gab, war weit und breit keine Spur von der Eule zu entdecken, ein höchst ungewöhnliches Vorkommnis. Die Drossel wartete eine Weile, aber leider vergeblich. Als sie am nächsten Abend das Lieblingsrepertoire der Eule vorgetragen hatte, ohne dass der große Vogel auftauchte, begann sie sich ernsthaft Sorgen um ihre Freundin zu machen. Die Angst, dass ihrer Gefährtin ein Unheil widerfahren sein könnte, bewog sie zu einem Abstecher zum Nistplatz der Eule.

Schon von Weitem bemerkte sie einen hellen Schein unmittelbar hinter dem Eingang der Baumhöhle. Der magische Glanz übte eine so unwiderstehliche Anziehungskraft auf sie aus, dass sie vor lauter Aufregung sogar vergaß, sich bei der Ankunft lautstark bemerkbar zu machen. Sie spähte in die Höhlung, und das Funkeln, das sie darin entdeckte, verschlug ihr den Atem. Dort, mitten im Nest ihrer Freundin, befand sich ein Berg Edelsteine, so viele an der Zahl, dass sie über den Rand des Behältnisses, das ihnen zugedacht war, hinausgequollen und auf dem Boden der Baumhöhle gelandet waren. Überrascht vom unangekündigten Besuch der Drossel schnappte die Eule nach Luft und bedachte sie mit einem misstrauischen Blick. Argwöhnisch begehrte sie zu wissen, warum die Freundin sie nicht vorab in Kenntnis gesetzt hatte. Die Drossel versicherte ihr, sie sei in bester Absicht gekommen, um nach dem Rechten zu sehen, da sie die gemeinsamen nächtlichen Ausflüge vermisst habe. Nun aber sei sie beruhigt, dass der Eule kein Unglück, sondern vielmehr ein sagenhaftes Glück widerfahren war. Fassungslos angesichts des Reichtums, der vor ihr ausgebreitet lag, erkundigte sich die kleine Drossel, wie die Gefährtin in den Besitz dieses riesigen Schatzes gelangt sei. Bevor sich die Eule zu einer Antwort anschickte, spähte sie durch das Geäst des Baumes, um sicherzugehen, dass die Freundin tatsächlich alleine gekommen war und sich niemand in Hörweite befand. Als sie sich vergewissert hatte, dass keiner lauschte, bat sie die Drossel inständig, absolutes Stillschweigen zu bewahren. Diese versprach pflichtschuldig, niemandem das Geheimnis zu verraten. Erst dann erzählte ihr die Eule die Geschichte, wie die Edelsteine in ihren Besitz gelangt waren.

Eines Nachts hatte die Eule dank ihrer bekanntermaßen hervorragenden Sehfähigkeit und ihres unvergleichlichen Gehörs während der Jagd ungewöhnliche Laute vernommen und beschlossen, der Sache auf den Grund zu gehen. Die Spur hatte sie in die entferntesten Ausläufer des Waldes geführt. Dort entdeckte sie ein seltsames Leuchten, das auf den umliegenden Waldboden ausstrahlte und ihn in einen sanften Schein hüllte. Sie verspürte eine überwältigende Anziehungskraft, die von dem geheimnisvollen Licht ausging, so wie es auch die Drossel zum Nest der Eule gezogen hatte. Sie fand heraus, dass das Funkeln aus dem Innern einer Höhle herrührte. Als sie hinein schlüpfte, entdeckte sie mit Verwunderung, dass die Grotte buchstäblich vom Boden bis zur Decke mit Edelsteinen angefüllt war. Sie schaute sich um, bemerkte, dass niemand diesen Schatz zu bewachen schien, und machte sich sogleich daran, so viele Edelsteine wie möglich zusammenzuraffen. Doch die Begehrlichkeit der Eule war größer als ihre Kraft, denn die Juwelen erwiesen sich als schwere Last, die sie trotz ihrer beachtlichen Größe kaum zu tragen vermochte. Vor Anstrengung keuchend und nach Luft ringend, gelang es ihr schließlich, mit dem Raubgut den Ausgang der Höhle zu erreichen, nur um festzustellen, dass dieser versperrt war. Ein Menschenfresser, der die Aufgabe hatte, die Höhle und den darin verborgenen Schatz zu bewachen, war zurückgekehrt. Aus Angst vor der Vergeltung des riesigen Ungeheuers, das sie auf frischer Tat beim Stehlen ertappt hatte, ließ die schlotternde Eule ihre Beute unverzüglich fallen. Der hilflose Vogel erschauerte, als sich der Menschenfresser über sie beugte und sein heißer Atem sie traf. Mit polterner Stimme, die durch das Echo in der Grotte noch um ein Vielfaches verstärkt wurde, prangerte er die Raffgier der Eule an und wies sie darauf hin, dass die Beute, mit der sie sich aus dem Staub machen wollte, viel zu schwer sei, um damit den Heimflug zu bewältigen.

Doch der Menschenfresser verzichtete darauf, die Eule für den Diebstahl zu bestrafen. Im Gegenteil. Weil ihm die Höhle, die mit Juwelen angefüllt war, zu wenig Raum zum Leben bot, machte er ihr ein großmütiges Angebot. Unter der Bedingung, dass sie nicht habgierig werden dürfe, erhalte sie von ihm einige der Edelsteine als Geschenk. Er gestattete ihr, sich jeden Tag von dem Schatz zu bedienen, doch dürfe die Ausbeute auf keinen Fall ihr eigenes Körpergewicht übersteigen. Die Strafe würde auf dem Fuß folgen und das Angebot sei null und nichtig, warnte der Menschenfresser die Eule, wenn sie sich nicht an die Abmachung hielte.

Seitdem war die Eule jeden Tag in die Höhle zurückgekehrt, um sich ihr Geschenk abzuholen, wobei sie sorgfältig darauf bedacht war, das zulässige Gewicht der Juwelen nicht zu überschreiten. Diese Tätigkeit hatte sie in den vergangenen Tagen dermaßen in Anspruch genommen, dass sie unfähig war, ihre Freundin bei den gewohnten Ausflügen in den Wald zu begleiten. Während die Eule ihre verblüffende Geschichte erzählte, hatte die kleine Drossel aufmerksam zugehört und die glitzernde Pracht aus der Höhle des Menschenfressers mit sehnsuchtsvollen Blicken beäugt. Wie schön es doch wäre, selber einen Teil der funkelnden Edelsteine zu besitzen, dachte sie. Als die Eule ihre Erzählung beendet hatte, konnte sie daher nicht widerstehen, ihre Freundin zu fragen, ob es vielleicht eine Möglichkeit gäbe, an dem unverhofften Reichtum teilzuhaben. Die Eule erwiderte, das sei durchaus denkbar, solange sie die Bedingungen des Menschenfressers zu erfüllen gelobe, jeden Tag nur so viele Edelsteine aus der Höhle mitzunehmen, wie es ihrem eigenen Körpergewicht entsprach. Sie erinnerte die Drossel noch einmal daran, dass jedwede Zuwiderhandlung den Zorn des Menschenfressers herausfordern, seiner Großzügigkeit ein Ende setzen und der Zugriff auf den Schatz ein für alle Mal entzogen sein würde. Die kleine Drossel zögerte nicht, der Eule zu versprechen, dass sie die Bedingungen des Menschenfressers stets beherzigen und niemals mehr nehmen würde als zugestanden.

Eule und Drossel flogen bei nächster Gelegenheit zu der Höhle mit ihrem sagenhaften Schatz. Als sie den Eingang der Höhle betraten, betrachtete die kleine Drossel mit ehrfürchtigem Staunen den Berg glitzernder Edelsteine, der sich im Innern der Höhle befand und riesiger war, als sie es sich jemals erträumt hätte. Sorgfältig darauf bedacht, sich an die Vorgaben des menschenfressenden Schatzhüters zu halten, begannen die beiden Freundinnen, mit größter Umsicht ihre Auswahl unter den schönsten Edelsteinen zu treffen, wobei sie sich vergewisserten, dass sie ihr jeweiliges Körpergewicht nicht überstieg. Als sie fertig waren, konnte die kleine Drossel trotz aller Aufregung nicht umhin zu bemerken, dass die Ausbeute der Eule um etliches umfangreicher war als ihre eigene. Der Unterschied war zweifellos darauf zurückzuführen, dass die Statur der Eule kräftiger und ihr Gewicht wesentlich größer war als das ihrer vergleichsweise winzigen Gefährtin. Doch die Drossel freute sich so sehr über ihren funkelnden Schatz, dass sie den kurzfristigen Anflug von Habgier abzuschütteln vermochte und sich mit dem Gedanken tröstete, dass ihr Bündel beim Rückflug durch den Wald bedeutend leichter zu tragen sein würde als das der Eule.

Von da an kehrte die kleine Drossel Tag für Tag zur Höhle zurück, bisweilen in Begleitung der Eule, manchmal aber auch alleine, wobei sie sorgsam auf das Gewicht der Edelsteine achtete, das stets der genehmigten Menge entsprach. Dennoch fiel es ihr zunehmend schwer, den nagenden Gedanken zu verdrängen, dass die Eule bei jedem Besuch mehr Juwelen in ihren Besitz brachte als sie selbst. Nach und nach wuchs sich diese Vorstellung, die ihr anfangs nur ein wenig Verdruss bereitet hatte, zu einem heimlichen Groll aus, der ihr ganzes Leben beherrschte, bis schließlich der Entschluss in ihr reifte, diese Ungerechtigkeit nicht länger tatenlos hinzunehmen. Die Eule war bei diesem Handel eindeutig im Vorteil, allein ihrer Größe wegen. Es würde niemandem schaden, wenn sie ein einziges Mal mehr Edelsteine mitnahm, als es ihrem Gewicht entsprach, entschied die Drossel trotz der wiederholten Warnungen der Eule. Sie sah darin eher ein Mittel, der Gerechtigkeit Genüge zu tun.

Fest entschlossen, sich über die Auflagen des Menschenfressers hinwegzusetzen, lud sich die Drossel Edelsteine in einer Menge auf, die ihr Gewicht beträchtlich überstieg. Als sie genug hatte, eilte sie mit ihrer schweren Last zum Ausgang. Doch bevor sie ihn erreichte, tauchte mit einem Mal der riesige Menschenfresser aus den finsteren Schlupfwinkeln der Höhle auf. Er bot einen furchterregenden Anblick, seine Augen sprühten Blitze, und er war feuerrot vor Wut, weil die einzige Regel, die er als Gegenleistung für seine Großzügigkeit aufgestellt hatte, missachtet worden war. Vor Angst wie gelähmt, ließ die kleine Drossel ihre unrechtmäßig angeeignete Beute fallen und versuchte, so schnell die Flügel sie trugen, zum Ausgang der Höhle zu gelangen. Doch sie war nicht flink genug, um dem Zorn des Menschenfressers zu entkommen. Er riss seinen Schlund auf und stieß seinen gewaltigen Feueratem aus, der die Höhle unverzüglich in ein Flammenmeer verwandelte und die fliehende Drossel einschloss. Als das prachtvolle Federkleid aufloderte, taumelte die kleine Drossel mitten im Flug und stürzte auf den Boden der Höhle, wo sie sich auf der feuchten Erde hin und her wälzte, sodass es ihr gelang, die Flammen zu ersticken. Doch das Feuer erlosch erst, als das leuchtend bunte Gefieder verkohlt war und eine Farbe angenommen hatte, die an Ruß erinnerte.

Obwohl ihre begnadete Stimme erhalten blieb, gehörte ihr prachtvolles äußeres Erscheinungsbild ein für alle Mal der Vergangenheit an, der Preis, den sie für ihre Habgier zahlte. Sollte man heute bei einem Waldspaziergang der unscheinbaren Drossel begegnen, ist es daher verzeihlich, wenn man das farblose Geschöpf übersieht, dessen Gesang so magische Kräfte besitzt.

Der König und sein Sinn für Gerechtigkeit

ဘုရင်နှင့်သူခံယူ၊ယူဆသောတရားမျှတမှု

Es lebte einst ein König, der wegen seines unbestechlichen Gerechtigkeitssinns im ganzen Reich und über seine Grenzen hinaus berühmt war. Es war bekannt, dass niemand seine Gunst erkaufen konnte und er sich in seinen Richtersprüchen immer streng an die Buchstaben des Gesetzes hielt.

Als ihn die Nachricht erreichte, dass ihm eine seiner Frauen einen Sohn geboren hatte, erklärte er tief beglückt, dass dieses Kind eines Tages König werden sollte.

Noch am selben Tag erfuhr der Monarch, dass er Vater eines zweiten Jungen geworden war. Ihm dachte er die Rolle des Kronprinzen zu und kündigte an, dass er zurücktreten werde, sobald seine Söhne das achtzehnte Lebensjahr erreicht hätten.

Am Tage ihres achtzehnten Geburtstags machten sich die beiden jungen Männer bereit für die Krönung. Der Himmel erstrahlte in einem tiefen Blau, die Sonne stand senkrecht über dem Schloss. Als der zukünftige Herrscher das Gestirn erblickte, hob er Pfeil und Bogen, zielte darauf und rief voll Hochmut: »Wer wagt es, über uns zu stehen und auf uns hinabzublicken?«

»Die Sonne ist unsere Mutter«, wies ihn ein Minister des

Königs zurecht. »Du solltest demütig vor ihr niederknien und dankbar sein.«

Der junge Mann tat, wie ihm geheißen.

Kurz darauf zog ein Kranich seine Kreise über dem Schloss. Als der jüngere Prinz ihn erblickte, hob er Pfeil und Bogen, zielte und rief voll Hochmut: »Wer wagt es, über uns, dem zukünftigen König und dem Kronprinzen, zu fliegen und auf uns hinabzublicken?« Mit einem gezielten Schuss holte er den Vogel vom Himmel.

Als die Frau des Kranichs vom Tod ihres Mannes erfuhr, flog sie zum König, schilderte voller Empörung, was vorgefallen war, und verlangte die Bestrafung des Täters.

Der König rief seine Minister und seine beiden Söhne zu sich, um von ihnen zu erfahren, ob die Anschuldigungen stimmten. Alle bestätigten die Aussagen des Vogels. Reumütig bat der zukünftige Kronprinz um Gnade. Doch der Vater kannte kein Erbarmen. Schweren Herzens sprach der König das Urteil, das im Gesetz für ein solches Vergehen vorgesehen war: Er verurteilte seinen jüngsten Sohn zum Tode.

Der ältere Bruder wandte ein, dass alles seine Schuld gewesen sei. Hätte er nicht mit seiner achtlosen, hochmütigen Geste der Sonne gedroht, wäre der jüngere Bruder gar nicht auf diesen Gedanken gekommen. Laut Gesetz müsse er deshalb wegen Anstiftung zum Mord ebenfalls zum Tode verurteilt werden.

Dem König brach es fast das Herz. Aber niemand stand über dem Gesetz, auch seine Söhne nicht, und so verurteilte er seinen Erstgeborenen ebenfalls zum Tode. Vollstreckt werden sollten die Urteile am nächsten Tag.

Bereits am frühen Morgen hatte sich eine beachtliche Menschenmenge auf dem Hinrichtungsplatz versammelt. Es rumorte in der Bevölkerung, denn viele fanden die Urteile viel zu harsch.

Als die beiden Prinzen mit ihren Scharfrichtern auf den Platz geführt wurden, ging ein lautes Raunen durch die Menge. Die Mütter der beiden jungen Männer traten hervor, fielen auf die Knie und flehten unter Tränen um Gnade für ihre Kinder. Immer mehr der Schaulustigen stimmten ein. Doch die Henker ließen sich nicht erweichen. Gesetz ist Gesetz, das Urteil war gesprochen.

Die beiden Prinzen, an Händen und Füssen gefesselt, mussten sich niederknien. Die Rufe nach Gnade wurden lauter. Als der erste Scharfrichter das Beil hob, stürmte die Menge wütend auf den Platz und entwaffnete die beiden Männer in einer wüsten Rauferei.

Mit blutenden Nasen und klaffenden Wunden klagten die Henker nun ihr Leid. Es konnte nicht lange dauern, und die Witwe des Kranichs würde erfahren, dass die Mörder ihres Mannes nicht hingerichtet worden seien. Sie würde sich beim König beschweren, und er würde sie, die Henker, dafür bestrafen. Da kam einem der beiden die rettende Idee: Er bat das Volk, sich für eine Weile zurückzuziehen, denn so gäbe es vielleicht die Möglichkeit, den Vogel zu überlisten. Die beiden Prinzen wurden mit dem Blut der Scharfrichter eingerieben und legten sich an die Stelle, wo sie sterben sollten.

Das war kaum geschehen, da kam auch schon die Witwe des Kranichs angeflogen. Sie kreiste über dem leeren Platz und entdeckte die beiden blutüberströmten jungen Männer. Zufrieden drehte sie ab. Der Gerechtigkeit war Genüge getan, nun wollte sie dieses Reich, in dem ihr Mann sein Leben verlor, nie wiedersehen.

Mit kräftigen Flügelschlägen flog sie davon.

Das Schicksal des stattlichen Schmiedes

အနိုင်ကျင့်တတ်သောပန်းဘဲ၏ ကံကြမ္မာ

In Tagaung lebte einmal ein Schmied, der in hohem Ansehen stand. Er war von kräftiger Statur, fleißig und beherrschte sein Handwerk meisterhaft. Es überraschte niemanden, dass ein Mann mit seinen Begabungen einen Sohn hatte, von dem es hieß, dass er ebenfalls über außergewöhnliche Körperkraft verfüge. Er war ein Hüne und wurde Maung Thin Htet, »der starke Mann«, genannt.

Viele Besucher kamen von weit her, um über die Bärenkräfte von Maung Thin Htet zu staunen. Sein Ruf als ein Mann von ungewöhnlicher Stärke verbreitete sich wie ein Lauffeuer im ganzen Land und erreichte schließlich auch den Königspalast.

Tagaung Min, den König von Tagaung, erfüllte die Kunde von den unvergleichlichen Taten, die der Sohn des Schmieds vollbrachte, jedoch mit Verdruss. Er hegte die Befürchtung, der junge Kraftprotz könne eine Bedrohung für seinen Thron darstellen. Der Gedanke plagte ihn ohne Unterlass, und so kam er zu dem Schluss, die Gefahr ließe sich am besten bannen, wenn er Maung Thin Htet gefangen nähme. Der König befahl seinen Soldaten, den jungen Mann zu ergreifen. Doch Maung Thin Htet war in diesem Landstrich weithin bekannt, und es dauerte nicht lange, bis ihm der Plan zu Ohren kam. Als die Soldaten des Königs zu seinem Haus gelangten, mussten sie feststellen, dass er geflohen war und sich irgendwo im dichten Dschungel versteckt hielt. Inmitten der nahezu undurchdringlichen Wälder hatte der Sohn des Schmieds nichts zu befürchten, weil er sich dank seiner Stärke und der Vertrautheit mit der Umgebung leicht vor wilden Tieren zu schützen vermochte.

Als der König erkannte, dass er die Gelegenheit verpasst hatte, den starken Mann zu ergreifen, ersann er einen neuen Plan, um seiner habhaft zu werden. Statt ihn im Dschungel zu verfolgen, wollte er ihn nun aus seinem Versteck locken. Zu diesem Zweck suchte er Maung Thin Htets Vater, den Schmied, in seiner Behausung auf. Dieser war höchst verwundert über den hochherrschaftlichen Besuch und staunte noch mehr, als er den Anlass erfuhr. Der König eröffnete ihm, dass er die Tochter des Schmieds zur Frau nehmen wolle, Shwe Myethna, die wunderschöne Schwester von Maung Thin Htet. Der Handwerker, überwältigt vom Ansinnen des Königs, ahnte nicht, dass sich dahinter ein niederträchtiges Täuschungsmanöver verbarg. Er hatte weder einen Grund noch die Möglichkeit, einen so mächtigen Freier abzuweisen, und so fand bereits kurze Zeit später die Vermählung statt. Der König verlieh seiner Gemahlin den Titel Thirisanda und führte sie heim in seinen prachtvollen Palast.

Da er wusste, dass sich die Geschwister sehr nahestanden, erzählte er seiner frischgebackenen Gemahlin, er wolle sich anlässlich der Hochzeit mit ihrem geliebten Bruder aussöhnen und ihm eine hohe und begehrte Stellung bei Hofe anbieten. Shwe Myethna, die ein gutes Herz und stets die besten Absichten hatte, sah keinen Anlass für die Vermutung, bei der vorgeschlagenen Ernennung könne es sich um etwas anderes als eine noble Geste handeln. Frohen Herzens ließ sie ihrem Bruder die Botschaft überbringen, er möge sich auf den Weg in den Palast begeben.

Als er erfuhr, dass seine Schwester inzwischen die Gemahlin des Königs war und er in den Palast berufen wurde, um eine offizielle Stellung bei Hofe anzutreten, nahm Maung Thin Htet an, dass der Unmut des Königs, den er sich aus welchen Gründen auch immer zugezogen hatte, vergangen war. Er war beglückt über die Möglichkeit, seine geliebte Schwester wiederzusehen und ihrem Gemahl, dem König, zu dienen. Doch kaum hatte er die Ausläufer der Stadt erreicht, sah sich der nichtsahnende Maung Thin Htet von den Soldaten des Königs umzingelt. Schnell wurde er an Händen und Füßen gefesselt, geknebelt und in das Verlies des Palastes gesperrt.

Shwe Myethna erfuhr nie, dass ihr Bruder in Tagaung angekommen und gefangen genommen worden war. Während sie weiterhin mit großer Freude auf das Eintreffen ihres Bruders wartete, bat der König seine Gemahlin darum, ihn am nächsten Morgen in aller Frühe auf seiner Inspektionsrunde durch das weitläufige Anwesen des Palastes zu begleiten. Zu jener Zeit war es im Königreich üblich, Gefangene, die des Umsturzes verdächtigt wurden, zum Tode zu verurteilen; sie wurden bei lebendigem Leibe auf dem Scheiterhaufen verbrannt.

Als der König und Shwe Myethna an eine Wegbiegung gelangten, sahen sie in der Ferne ein riesiges Feuer am Fuße eines Champak-Baumes, der bereits lichterloh brannte. Die lodernden Flammen versperrten eine Zeit lang die Sicht auf den Delinquenten, der sich in Todesqualen wand, während die Glut gnadenlos an ihm zehrte. Der König und Shwe Myethna verlangsamten ihren Schritt und beobachteten das Geschehen wie gebannt. Plötzlich gelang es dem Mann, der inmitten des Scheiterhaufens am Baum festgebunden war, einen Blick durch das Flammenmeer zu werfen. Während seiner letzten Atemzüge erspähte Maung Thin Htet seine Schwester an der Seite des Königs; das Paar schien seiner Hinrichtung beizuwohnen. Er glaubte, seine geliebte Schwester habe ihn verraten, und das Herz des jungen Mannes hörte auf zu schlagen, noch bevor die Flammen ihr zerstörerisches Werk vollendet hatten.

Im selben Augenblick erkannte Shwe Myethna ihren geliebten Bruder, und ihr wurde das ganze Ausmaß der Täuschung des Königs bewusst. Noch bevor jemand sie aufzuhalten vermochte, lief sie auf ihren Bruder zu und stürzte sich in das flammende Inferno. Ihr Körper wurde unverzüglich ein Opfer des Feuers, doch ihr schönes Gesicht blieb unversehrt. Bruder und Schwester fanden gemeinsam den Tod.

Dies führte zur Wiedergeburt der Geschwister als Unheil bringende Nat-Geister; sie kehrten in die verkohlten Überreste des Baumes zurück, der den Mittelpunkt des Scheiterhaufens darstellte. Dort hausten sie, versteckt im Stamm, und stürzten sich immer wieder auf ahnungslose Wanderer, die zufällig in die Nähe ihrer Behausung gerieten. Dem König war ihre fortwährende Anwesenheit ein ständiges Ärgernis, da sie ihn an die Rolle erinnerten, die er bei dem gewaltsamen Tod der beiden Geschwister gespielt hatte. Deshalb befahl er, den Baum zu fällen und in den Fluss zu werfen, um ihn den launischen Strömungen des Irrawaddy zu überlassen.

So geschah es, und der abgestorbene Baum driftete auf dem Fluss dahin, bis er schließlich unweit des Königreichs

Bagan, in dem zu jener Zeit ein mitfühlender König namens Thinligyaung regierte, am Ufer strandete. Befreit aus dem Reich des mörderischen Königs, strebten die beiden Nats nicht länger nach Vergeltung, sondern sehnten sich nur nach einem sicheren Hafen. In jener Nacht erhielt der König von Bagan in seinem Traum Besuch von den Nat-Geschwistern. Sie trugen ihm ihre Dienste als Schutzgeister an, als Gegenleistung baten sie um seinen Beistand.

Am darauffolgenden Morgen begab sich der König zum Fluss, wo er den verkohlten Baum am Ufer fand, wie in seinem Traum vorhergesagt. Die Überreste des Baumes wurden in einem feierlichen Umzug auf den Mount Popa, einen erloschenen Vulkan gebracht, wo man ihn in zwei gleich große Hälften spaltete. Aus diesen wurden Skulpturen des toten Geschwisterpaares geschnitzt, und die beiden galten von da an als Min Mahagiri, die »Herrscher des Großen Berges«. Der König, der sich auch an die Bitte der Nats erinnerte, künftig als Hüter des Reiches zu dienen, ließ außerdem zwei Statuen anfertigen und in Schreinen zu beiden Seiten des Tharabha-Tores aufstellen, das in die Stadt Bagan führte. Seither bringt jeder, der das Tor passiert, den beiden Schutzgeistern der Stadt eine Opfergabe dar mit der Bitte um eine sichere Reise.

DIE KLEINE SCHNECKE

ခရင္ယ္ကလေး

Es lebte einst ein junges Mädchen, das zeit seines Lebens eine schlechte Schülerin war. Sie bemühte sich, doch die Aufgaben fielen ihr nicht leicht, und sie grämte sich oft deswegen.

Eines Tages gab die Lehrerin der Klasse eine besonders schwierige Hausaufgabe auf. Das Mädchen setzte sich zu Hause trotzdem gewissenhaft an den Tisch und begann zu arbeiten, denn fleißig war sie ja, sogar sehr! Bald verlor sie jedoch den Mut und ließ traurig ihren Blick schweifen, ihre angestrengte Konzentration war verpufft. Gedankenverloren beobachtete sie eine Schnecke, die es sich offensichtlich in ihr kleines Köpfchen gesetzt hatte, eine Säule zu erklimmen. Die Schnecke war gerade auf halber Höhe, als sie sich mit einem leisen Plopp löste und herunterfiel. Doch siehe da, sie versuchte es noch einmal!

Für eine ganze Weile ging das so, und das Mädchen war völlig vertieft in dieses zugegebenermaßen recht langsame Schauspiel. Nun war die Schnecke zum zigsten Mal abgefallen und machte sich wieder daran, Zentimeter für Zentimeter die Säule zu erklimmen. Jeden Moment erwartete das Mädchen, das vertraute Plopp zu hören, doch die Schnecke kroch höher und höher. Und nach einer Zeit, das

Mädchen traute seinen Augen kaum, hatte sie es tatsächlich geschafft!

Die Schülerin war begeistert und freute sich sehr für das Tier, da fiel ihr Blick wieder auf ihr gähnend leeres Blatt Papier. Ermutigt vom Erfolg der kleinen Schnecke, die ja nun wirklich einigen Widrigkeiten getrotzt hatte, um diese Säule zu erklettern, machte sich das Mädchen mit erneuter Kraft an die Aufgabe. Sie schrieb und schrieb und sobald der Mut sie zu verlassen drohte, kam ihr die kleine Schnecke in den Sinn.

Am nächsten Tag gab das Mädchen aufgeregt seine Hausarbeit ab, und nachdem die Lehrerin alle Texte durchgesehen hatte, verkündete sie überrascht und nicht ohne Stolz, dass die sonst so schlechte Schülerin die beste Arbeit der ganzen Klasse geschrieben hatte.

Die Affenbande und ein gieriger Nachbar

မျောက်အုပ်နှင့်လောဘကြီးသောအိမ်နီးချင်း

Es wohnte ein alter Bauer allein am Rande eines Dorfes. Sein Leben war voller Mühsal. Er bestellte zwei Felder, das eine mit Reis, das andere mit Mais, und arbeitete von Sonnenaufgang bis in die Dämmerung, um nicht Hunger zu leiden. Er hätte sein Auskommen gehabt, wenn nicht jedes Jahr zur Erntezeit eine Affenbande über seine Felder hergefallen wäre. Sobald der Alte kam, um sie zu verscheuchen, versteckten sie sich oder rannten einfach ans andere Ende des Feldes. Sie waren zu flink, der Bauer nicht mehr schnell genug, um sie zu fangen.

Er wusste nicht mehr, was er tun sollte und sann auf eine List, die Affen zu vertreiben.

Eines Abends erntete er ein paar Früchte, von denen er wusste, dass die Affen sie liebten. Er zerstieß sie in einem Mörser, rieb seinen ganzen Körper mit der Paste ein und legte sich wie ein Toter auf sein Feld.

Am nächsten Tag kam die Affenbande wieder und näherte sich voller Neugier. Sie schnupperten an ihm und fanden, dass er ganz köstlich roch. Einige leckten an seiner Haut und fanden, dass sie ganz köstlich schmeckte. Da der Alte sich nicht bewegte, glaubten sie, er sei gestorben, und beschlossen, ihn in ihre Höhle zu bringen, um ihn dort in aller Ruhe zu verzehren.

Sie trugen ihn über die Felder und in den Dschungel hinein, wo sie sich mit ihm von Baumkrone zu Baumkrone hangelten, bis sie in ihr Versteck gelangten. Dort legten sie ihn auf einen Tisch und überlegten, wie sie ihre Beute am besten zerteilen sollten. Der Bauer öffnete die Augen einen Spalt und sah, dass die Höhle vollgefüllt mit Schätzen war, die sich die Affenbande zusammengestohlen hatte. Er sprang auf und brüllte wie von Sinnen. Die Affen erschraken darüber so sehr, dass sie die Flucht ergriffen. In aller Ruhe schaute sich der Bauer um, nahm eine Trommel und einen Sack voll Goldmünzen an sich und kehrte in sein Dorf zurück.

Sein plötzlicher Wohlstand erregte das Misstrauen eines Nachbarn. Er wollte wissen, wie es dazu gekommen war, und der arglose Alte erzählte ihm die Geschichte.

Auch der Nachbar wollte nun einen Teil des Schatzes der Affen und tat es ihm gleich.

Die Affen ließen nicht lange auf sich warten. Sie rochen, sie leckten und beschlossen, einen zweiten Versuch zu wagen und den Leichnam in ihre Höhle zu schleppen. Im Dschungel erklommen sie die Bäume und schwangen sich mit ihm von Wipfel zu Wipfel. Auf den Körper des Bauern hatten sich jedoch Ameisen geschlichen, die ihn nun kitzelten und juckten. Zunächst gelang es ihm noch, das Kribbeln zu ignorieren, aber bald konnte er das nicht mehr. Er fing an sich zu bewegen, zu jucken und zu kratzen. Die Affen erschraken darüber so sehr, dass sie ihn fallen ließen. Der gierige Nachbar stürzte in die Tiefe und brach sich das Genick.

Die Geschichte von Nan Ying und ihrem kleinen Bruder

နန်းယဉ်နှင့်သူမ၏မောင်ကလေးတို့ ပုံပြင်

Vor langer Zeit lebte ein Witwer mit seinen zwei Kindern in einem Haus am Rande eines Waldes, nicht weit vom Meer. Das Mädchen hieß Nan Ying, ihr kleiner Bruder trug den Namen Khun Sue. Trotz des frühen Todes der Mutter ging es ihnen leidlich gut, bis ihr Vater wieder heiratete und eine Stiefmutter in das Haus einzog. Diese Frau hasste die beiden und wünschte sich nichts sehnlicher, als mit ihrem Mann allein zu leben und eigene Kinder zu bekommen. Sie brachte den Vater dazu, Nan Ying und ihren Bruder in den Wald zu schicken in der Hoffnung, sie würden sich dort bei der Suche nach Pilzen verirren oder vergiften. Doch am Abend standen sie wieder vor der Hütte.

Als Nächstes ging der Vater mit ihnen zusammen in den Wald, und mithilfe einer Leiter kletterten sie in den Wipfel des höchsten Baumes. Der Vater erzählte ihnen Geschichten, und die beiden waren glücklich, ihn endlich einmal wieder für sich zu haben. Allmählich aber wurden sie müde, und kaum waren sie eingeschlafen, kletterte der Vater vom Baum hinunter und nahm die Leiter mit.

Es war stockfinster, als die Kinder erwachten. Ihre Angst war groß, und sie weinten bitterlich. Zum Glück vernahmen die guten Geister des Waldes das Schluchzen und halfen den beiden, sicher aus dem Wipfel hinabzusteigen und den Weg nach Hause zu finden.

Am Tag darauf lockte ihr Vater sie unter dem Vorwand, ihnen ein Wunder der Natur zeigen zu wollen, ein weiteres Mal in den Wald. Er führte sie zu einer Felsspalte und stieß sie hinterrücks hinein. Was er nicht wusste: Am Boden des Loches hatte sich viel Wasser gesammelt, in das die Kinder nun fielen. Sie klammerten sich fest aneinander und fingen wieder an, bitterlich zu weinen. Doch einmal mehr halfen ihnen die Geister des Waldes. Sie brachten einen großen Vogelschwarm dazu, sich auf die Bambuspflanze neben dem Loch zu setzen. Der Bambus bog und bog sich, bis er in die Spalte hineinreichte und die Geschwister daran herausklettern konnten. Weil sie niemanden auf der Welt mehr hatten und nicht wussten, was sie sonst tun sollen, gingen sie nach Hause und klopften zaghaft an die Tür. Als der Vater öffnete, traute er seinen Augen nicht. Seinen Kindern spielte er große Erleichterung vor, erklärte, wie froh er sei, sie wiederzusehen, und versprach, fortan besser auf sie aufzupassen.

Zum Beweis wollte er am nächsten Tag mit ihnen einen Ausflug ans Meer machen. Kaum am Strand angekommen, behauptete er, Feuerholz suchen zu müssen, und schlich sich ein weiteres Mal davon. Die Kinder hockten sich in den Sand und warteten und warteten.

Zu ihrem Unglück lebte in einer nicht weit entfernten Grotte ein böser Troll. Das Wasser lief ihm im Munde zusammen, als der die beiden Kinder so allein am Meer sitzen sah. Er verkleidete sich als Menschenfrau und lud sie ein, in seiner Höhle auf die Rückkehr ihres Vaters zu warten.

Die beiden fürchteten sich bei Anbruch der Dunkelheit

vor dem tiefschwarzen Wasser und nahmen das Angebot dankend an. Khun Sue war noch recht klein, und er weinte auch noch, nachdem sie schon in vermeintlicher Sicherheit waren. Nan Ying versuchte, tapfer zu sein, und stimmte schweren Herzens zu, als die Frau erklärte, sie wolle den kleinen Jungen trösten und werde deswegen mit ihm in einem Bett schlafen. Nan Ying selbst legte sich vor die Tür im angrenzenden Raum.

Natürlich hatte der Troll nichts anderes im Sinne, als den kleinen Jungen zu fressen. Als er sein Kostüm auszog und bedrohlich auf Khun Sue zuging, bekam dieser es mit der Angst zu tun und fing wieder an, laut zu wimmern. Das hörte Nan Ying draußen vor der Tür.

»Warum weint mein Bruder denn?«, rief sie.

Der Troll hielt Khun Sue den Mund zu und antwortete mit gekünstelter Fistelstimme: »Die Mücken hier drinnen haben ihn gestochen. Mach dir keine Sorge, es geht ihm gut!« Als Nan Ying sich beruhigt wieder schlafen legte, fraß er den kleinen Jungen mit Haut und Haaren auf.

Am nächsten Morgen öffnete sich die Tür, und Nan Ying fragte, wo denn ihr kleiner Bruder geblieben sei.

»In Sicherheit«, flötete der Troll, jetzt wieder in Frauenkleidern. »Mach dir keine Sorgen, meine Kleine.« Dann befahl er dem Mädchen, sein Zimmer nicht zu betreten, und ging in den Wald.

Natürlich suchte Nan Ying gleich im Zimmer des Trolls nach Khun Sue, doch sie fand nur noch seine Knochen. Voller Angst und Trauer packte sie die Gebeine ihres kleinen Bruders in ein Bündel und rannte fort. Nur kurz blieb sie stehen, um von den Büschen rings um die Höhle des Trolls drei Blätter zu pflücken.

Aus einiger Entfernung sah der Troll das Mädchen davon-
eilen und rannte hinterher. Nan Ying warf das erste Blatt, ein
Windsturm zog herauf und hielt ihren Verfolger kurzzeitig
in Schach. Bald aber kam er wieder näher, und so warf sie das
zweite Blatt. Ein Wasserstrudel formte sich dort, wo das Blatt
den Boden berührt hatte, und warf den Troll aus der Bahn.
Leider war er sehr schnell wieder auf den Beinen und blieb
ihr auf den Fersen. Nan Ying flehte alle höheren Mächte, die
ihr bekannt waren, um Beistand an und warf das letzte Blatt.
Eine gewaltige Feuersbrunst schoss empor und verbrannte
den Troll.

Am Ende ihrer Kräfte schleppte sich das Mädchen bis an
einen Teich im Wald. Sie wusch sich und weinte dabei untröstlich. Nun hatte sie niemanden mehr – kein Zuhause,
keine Eltern, keinen Bruder. Wo sollte sie hin, was würde
mit ihr geschehen? Tieftraurig blickte sie auf die glatte Wasseroberfläche. Plötzlich fing diese an sich zu kräuseln, und
Nan Ying erstarrte vor Schreck, als auf einmal ein edler Drache aus den Tiefen emporstieg.

»Habe keine Angst. Ich bin der Wächter dieses Teichs«,
sagte das Wesen mit tiefer, wohlklingender Stimme. »Sag mir,
was bedrückt dich, Kind?«

Nan Ying erzählte dem wunderschönen Drachen alles –
wie ihr Vater sie immer wieder im Stich gelassen hatte, wie
ihr Bruder diesem mörderischen Troll zum Opfer gefallen
war und weshalb sie jetzt hier an diesem Teich saß, mutter-
seelenallein auf der Welt.

Der Drache wurde nachdenklich, und sein Blick fiel auf
das Bündel mit den Gebeinen Khun Sues. Langsam glitt die
Kreatur heran und berührte es, nur ganz leicht, mit seiner
feuchten Schnauze. Plötzlich begann das Bündel zu glühen,

ein Licht erstrahlte so hell, dass Nan Ying sich geblendet die Augen zuhielt. Als sie sie wieder öffnete, stand ihr Bruder vor ihr, lebendig und wohlauf!

Überglücklich fielen sich die Geschwister in die Arme.

»Meine lieben Kinder«, sagte der Drache mit seiner tiefen, melodischen Stimme. »Geht in das Dorf am Rand des Teiches. Dort drüben, seht ihr? Da wird man euch mit offenen Armen empfangen. Und wenn nicht – sagt, ich hätte euch geschickt.« Der Drache zwinkerte ihnen zu und verschwand mit dem Kopf voran wieder im Teich.

Der Virus der Angst

စိုးရိမ်ကြောင့်ကြခြင်း၏ ကူးစက်ပြန့်ပွားရခြင်း အကြောင်းတရား

Ein Reisender war einmal in den Hügeln im Osten des Landes unterwegs. Er wanderte gerade von einem Dorf zum nächsten, als er am Wegesrand auf einen Bauern traf, der Waren anbot. Nun ist es in Burma, dem Land der vielen verschiedenen Völker und Stämme, nicht unüblich, dass ein Reisender die Sprache der lokalen Minderheit nicht spricht. Der Wanderer hörte den Händler also seine Ware anpreisen, doch er verstand ihn nicht. Ebenso wenig konnte er die Güter mit eigenen Augen sehen, denn der Bauer wohnte wenige Meter entfernt und wollte die Ware auf Wunsch aus seiner Hütte holen.

In solchen Fällen versuchen es die Fremden mit Burmesisch, weil das die Mehrheit der Bevölkerung versteht. »Was bietest du an?«, fragte er also in dieser Sprache.

Nun verstand der Händler, was sein Gegenüber von ihm wollte. Doch er sprach Burmesisch mit einem so starken Akzent, dass seine Antwort »Reis«, auf Burmesisch *hsan,* für den Reisenden klang, als hätte er *hsin* gesagt. Und *hsin* bedeutet Elefant!

Panisch blickte sich der Wanderer um. Er verstand die Antwort als Warnung vor einem wilden Elefanten, bekam es mit der Angst und rannte auf und davon. Der Bauer wunderte sich sehr und bekam es seinerseits mit der Angst zu tun. Der Schrecken, der dem Fremden im Gesicht geschrieben stand bewog ihn, ebenfalls Reißaus zu nehmen, und so rannte er diesem hinterher.

Die Sonne schien erbarmungslos auf die beiden hinab, der Weg war uneben und gefährlich, die Mittagshitze drückte. Doch jedes Mal, wenn der Reisende über seine Schulter blickte, sah er, dass der Bauer ihn verfolgte. Dieser wiederum wollte nicht eher anhalten, bis nicht sein Vordermann diese geheimnisvolle, hochgefährliche Lage für überwunden hielt, und rannte mit all seiner Kraft.

Nach einer Stunde kamen sie in ein Dorf, und vor lauter Erschöpfung fielen sie um. Nun lagen sie ohnmächtig im Staub, und man flößte ihnen Wasser ein. Dann legten die Dörfler sie in den Schatten und begannen die erwachenden Fremden mit Fragen zu bestürmen. Ob sie ausgeraubt worden seien? Oder rannten sie vor wilden Tieren davon?

Atemlos vor Erschöpfung berichtete der Reisende von der Warnung des Bauern. Sofort fragten die Menschen bei ihm nach, ob er wirklich einen Elefanten gesehen hatte.

Der Bauer, völlig verwirrt, verneinte dies, und bald klärte sich das Missverständnis auf. Und so blieb nur die Frage: Warum hatte auch er die Flucht ergriffen?

Alle Augen ruhten auf ihm, doch der Bauer konnte nur beschämt mit den Achseln zucken. »Ich bin ihm nur hinterhergerannt.«

Vom Sinn und Unsinn der Sterndeutung

ဗေဒင်ဟောခြင်း၏ အဓိပ္ပါယ်ရှိမှုနှင့် အဓိပ္ပါယ်မရှိမှု

Vor langer Zeit gab es in einem Dorf im Norden Burmas zwei Klöster – das eine lag im Süden des Dorfes, das andere am nördlichen Rand. Nun hatten beide Klöster einen ganz außergewöhnlich guten Ruf, sie beherbergten zahlreiche Mönche und Novizen, und viele Besucher aus dem Dorf kamen, um zu beten und Almosen zu spenden. Dennoch befanden sich die Klöster in einer Art Wettstreit, was ebenso für ihre Äbte galt, die beide gelehrt, weise und fromm waren. Dies kam wohl daher, dass der Abt aus dem südlichen Kloster an die Astrologie, an die Macht der Sterne glaubte, während der aus dem nördlichen dies für großen Unsinn hielt.

Einmal wurden die beiden Äbte vom König nach Ava, der Hauptstadt des Reiches, eingeladen, um an einer wichtigen Zeremonie teilzunehmen. Der südliche Abt befragte die Sterne und verkündete dann, er wolle am folgenden Tag abreisen, an diesem stünden die Sterne ganz besonders günstig. Als dem anderen Abt dies zu Ohren kam, schnaubte er spöttisch und verkündete seinerseits, die Astrologen hätten ihm gesagt, übermorgen sei ein besonders ungünstiger Tag. An ebendiesem Tag wolle er sich nichtsdestotrotz auf den Weg machen.

Die Mönche des südlichen Klosters wählten ein weißes Boot – Weiß galt ihnen als eine Glück bringende Farbe – und machten sich zusammen mit ihrem Oberhaupt auf die Reise nach Ava. Der Tag verlief ruhig, und abends wollten sie in einem Dorf anlegen und übernachten. Die Bewohner empfingen sie freundlich, und bald näherte sich der Dorfälteste. Er sprach zum Abt: »Euer Ehren, unser Dorf befindet sich bedauerlicherweise in einer schwierigen Lage. Morgen findet eine buddhistische Zeremonie für meinen Sohn statt, doch der Abt unseres Klosters ist zu krank, um sie zu leiten. Darf ich Euch höflichst und inständig bitten, dies zu übernehmen und erst gegen Mittag Euren Weg fortzusetzen? Ava, die goldene Stadt, ist kaum drei Stunden entfernt, und Ihr würdet mehr als rechtzeitig dort sein.« Der Abt mochte dem Mann seinen Wunsch nicht abschlagen und stimmte zu. Gemeinsam mit seinem Gefolge übernachtete er in dem Dorf.

Am nächsten Morgen, in dem Augenblick, als die Zeremonie begann, brach weiter nördlich der Abt vom nördlichen Kloster mitsamt seinen Begleitern auf. Aus Trotz hatte der Abt sein Boot schwarz anmalen lassen, denn dies war für abergläubische Menschen eine unglückselige Farbe. Über solchen Hokuspokus und die angebliche Macht der Sterne konnte dieser Abt nur lachen, und das Boot begann seine Reise auf dem Irrawaddy.

Der Wind blies stark über den Fluss, und das schwarze Boot des nördlichen Klosters schnellte nur so über das Wasser. Bald kamen sie an der Anlegestelle vorbei, wo das weiße Boot noch im Wasser dümpelte. Sie überholten flugs die Delegation des südlichen Klosters und rasten weiter den Fluss hinab. Nach einer weiteren Stunde halsbrecherischer Segelns passierte es schließlich – das pechschwarze Boot traf auf einen Fels und zerschellte. Glücklicherweise konnte sich die gesamte Mannschaft retten und kauerte nun frierend und erschöpft am Flussufer. Vorwurfsvolle Blicke trafen den Abt. Bald warfen ihm die Mönche vor, sich über die Sterne lustig gemacht zu haben. Dadurch habe er sie alle in Gefahr gebracht, es hätte nicht viel gefehlt, und jemand hätte für seinen Spott mit dem Leben bezahlen müssen.

In das Blickfeld des Abts, wie er dort stand und den Fluss hinaufschaute, sein Herz voller Schuldbewusstsein und Selbstvorwürfe, schob sich bald darauf das weiße Boot des anderen Klosters. Auch dieses Boot segelte wahrhaftig schnell, zu schnell, denn kurz darauf traf es ebenfalls auf einen Fels und kenterte. Auch hier konnten sich alle an Bord retten und schwammen auf ihre Brüder am Ufer zu. Der nördliche Abt sagte dazu nicht viel. Er lächelte nur wissend, drehte sich zu seinen Begleitern um und sprach: »So werden wir schlussendlich dem König gemeinsam unter die Augen treten müssen – nass und dreckig wie Kanalratten.«

Über das Teilen

မျှဝေခံစားခြင်းအကြောင်း

Ein Bruder und eine Schwester lebten allein in einem Dorf, ihre Eltern waren vor einiger Zeit gestorben. Sie hatten niemanden, der sich um sie kümmerte, und waren so arm, dass sie abends oft hungrig einschliefen. Mit jedem Jahr hofften sie, dass es besser würde, stattdessen verschlimmerte sich ihre Lage nur. Eines Tages brach eine Hungersnot über die Provinz herein, der Regen war ausgeblieben und die Ernte so klein, dass die beiden fürchteten, elendig zu verhungern.

»Wir haben nur noch einen Kyatt«, sagte das Mädchen zu ihrem Bruder. »Geh auf den Markt und kaufe so viel Reis, wie du dafür bekommen kannst. Vielleicht haben wir Glück, und er reicht uns bis zur nächsten Ernte. Sonst werden wir Hungers sterben.«

Der Junge machte sich auf den Weg. Doch wegen der Dürre hatte sich der Preis des Reis vervielfacht, und er bekam nur vier kleine Gefäße voll, nicht genug, um die nächsten Monate zu überstehen.

Traurig und enttäuscht wanderte er zurück ins Dorf. Plötzlich hörte er am Wegesrand Hilfeschreie. Er schaute sich um, sah aber nichts als einen großen Baum, um dessen Stamm sich eine Schlingpflanze gewunden hatte. Er wollte schon weiterlaufen, als er die Schreie ein zweites Mal vernahm, noch lauter und eindringlicher. Er ging um den Baum herum und entdeckte auf der anderen Seite eine alte Frau, die ebenfalls ganz von der Pflanze umschlungen war und daran zu ersticken drohte.

»So hilf mir, bitte«, rief sie mit schwacher Stimme, »die Pflanze bringt mich um.«

Der Junge riss und zerrte mit aller Kraft an den Zweigen und Ästen, bis sich die Frau langsam aus der Umklammerung befreien konnte.

Erschöpft setzten sich die beiden an den Wegesrand. »Ich bin dir zu großem Dank verpflichtet«, sagte die alte Frau. »Bevor du kamst, sind schon so viele Menschen an mir vorbeigelaufen, und ich habe um Hilfe gerufen, aber niemand eilte herbei.«

»Du musst hungrig sein«, sagte der Junge, und die Alte nickte.

Sie tat ihm leid, und er lud sie ein mitzukommen.

In ihrer Hütte wartete die hungrige Schwester auf ihn. Sie wurde zornig, als sie ihn mit einem ungebetenen Gast kommen sah. »Was fällt dir ein, noch einen Esser mitzubringen. Der Reis reicht doch nicht einmal für uns.«

»Was bist du geizig«, schimpfte der Bruder. »Die Alte hat Hunger wie wir. Wir werden das Wenige, das wir haben, mit ihr teilen.«

Wütend machte die Schwester Feuer und setzte einen Topf Reis auf. Da trat die alte Frau zu ihr und erklärte, sie müsse nicht mehr als sieben Körner in den Kessel tun.

»Das reicht niemals für uns drei«, widersprach das Mädchen.

Die Alte nickte nur und lächelte freundlich.

Zögernd tat die junge Frau, wie ihr geheißen, und als der Reis gar war, füllte er den ganzen Topf. Zum ersten Mal seit langer Zeit gingen die Geschwister nicht hungrig schlafen.

So geschah es fortan jeden Tag. Aus sieben Körnern wurde ein Topf voller Reis, und die Geschwister und ihre Besucherin überlebten wohlgenährt die Dürre.

Als es an der Zeit war, wieder auf dem Feld zu arbeiten, sagte die Alte, sie würde den beiden helfen. Gemeinsam bereiteten sie den Acker zu, pflanzten Reis und ernteten sieben Mal mehr als im besten Jahr zuvor.

Das blieb den anderen Bewohnern des Dorfes nicht verborgen. Sie schauten voller Neid auf die Geschwister und vermuteten, dass sie einer Hexe Unterschlupf gewährten.

In der Nacht schlichen sie zur Hütte der beiden und stahlen den gesamten Reisvorrat. Bruder und Schwester waren verzweifelt, als sie erwachten. »Wir werden wieder hungern müssen«, klagten sie und weinten.

»Keine Sorge«, tröstete die Alte. Sie zog ein Stück von der Schlingpflanze aus ihrer Tasche, auf dem ein paar Ameisen herumkletterten. Sie gab ihnen ein Zeichen, und die Tiere marschierten los. Mehr und mehr gesellten sich zu ihnen, und über Nacht schleppten sie Korn für Korn den gesamten gestohlenen Reis zurück in die Hütte.

Das machte die anderen Bewohner des Dorfs so wütend, dass sie sich mit Forken, Schaufeln und Harken bewaffneten, um sich den Reis mit Gewalt zurückzuholen.

Die Geschwister versteckten sich ängstlich im Haus, aber die Alte warf der Horde das Stück Schlingpflanze entgegen, und in kürzester Zeit wuchs diese zu einer undurchdringlichen Hecke heran.

Da gaben die anderen Bauern auf und kehrten auf ihre Felder zurück.

Bald darauf verschwand die alte Frau, ohne eine Nachricht zu hinterlassen. In der folgenden Nacht erschien sie den Geschwistern noch einmal im Traum, und die beiden versprachen, ihr jeden Tag sieben Reiskörner zu opfern.

Sie hielten ihr Versprechen. Und von diesem Tag an hatten sie immer genug zu essen und litten keinen Hunger mehr.

DIE REISE EINES PRINZEN ODER
DIE VIELEN PRÜFUNGEN DES LEBENS

မင်းသားတပါး၏ ခရီး (သို့ မဟုတ်) ဘဝ၏ ရှန်းကန်ရမှု၊ စိန်ခေါ်မှုများ

Vor langer, langer Zeit gab es in Burma in der Region um den Inle-See ein Königreich namens Paya. Es wurde von einem gütigen König und seiner Königin regiert. Die beiden waren gute Monarchen, großzügig und weise, und sie hatten einen Sohn namens Payar Kom Mar. Dieser war nicht nur ein hübscher junger Mann, er war auch bescheiden, klug und versiert in den achtzehn Künsten, von der Literatur über die Malerei bis zur Kriegskunst. Am besten war er jedoch im Umgang mit Pfeil und Bogen.

Bald nach Vollendung des achtzehnten Lebensjahres verlangten seine Eltern von ihm, dass er sich eine Dame vom Hofe aussuche, heirate und eine Familie gründe. Dem Prinzen gefiel der Gedanke gar nicht – er fühlte sich noch zu jung dafür und wollte auch nicht aus der begrenzten Zahl an jungen Frauen wählen, die seine Eltern für geeignet befunden hatten. Zweimal gelang es ihm, seine Eltern zu vertrösten, als sie mit ihrem Anliegen zu ihm kamen.

Sie ein drittes Mal abzuweisen brachte der Prinz nicht über das Herz. Er bat sie um Erlaubnis, nach Thaton im Mon-Königreich zu reisen, um dort eine Prinzessin kennenzulernen, die für ihre Schönheit weithin berühmt war. Die

Eltern stimmten zu, und so machte sich der junge Prinz auf den Weg.

Als er ankam, marschierte er jedoch nicht in seiner erhabenen Rolle als Prinz von Paya in den Königspalast, sondern verkleidete sich als armer Mann und bat um eine Audienz beim König. Nach einigen Versuchen und Gesprächen mit zahlreichen Ministern wurde ihm diese auch gewährt. Der Prinz verbeugte sich tief vor dem Mon-König und bat ihn in aller Bescheidenheit um eine Arbeitsstelle im Palast. Misstrauisch stellte der König den jungen Anwärter mit verschiedenen Fragen auf die Probe. Da der Prinz sehr gebildet war, konnte er auf alles antworten, woraufhin der König ihn zufrieden in Dienst nahm und mit einer niederen Arbeit betraute.

Mit der Zeit arbeitete sich der Neuankömmling dank seines Fleißes und seines Könnens bis zum Minister empor. Der König war beeindruckt und fragte den jungen Mann über seine Herkunft aus. Nun erzählte der Prinz ihm die Wahrheit und sein eigentliches Ziel: Er sei gekommen, um die Königstochter zur Frau zu nehmen. Der König willigte ein, und die beiden wurden vermählt. Der junge Prinz und die wunderschöne, kluge Prinzessin waren miteinander glücklich, und bald darauf wurde ihnen ein Sohn geboren.

Nach einiger Zeit aber empfand der Prinz die Ansprüche seiner neuen Familie mehr und mehr als Last. Er entfremdete sich von seiner Frau und sehnte sich nach seinen Eltern. Sein Unbehagen wuchs, bis er es nicht mehr ertrug. Er ging zu seiner Frau und sagte: »Nun habe ich meine Eltern schon so lange nicht mehr gesehen, und ich vermisse sie sehr. Ich würde sie gerne besuchen, bitte dich aber, mit unserem neugeborenen Kind hierzubleiben. Der Weg ist weit

und beschwerlich, und ich werde bald wieder zurück sein.«
Mit einem Lächeln stimmte die Prinzessin dem Wunsch
ihres Mannes zu und bat ihn nur, nicht zu lange fortzu-
bleiben.

Der Prinz brach auf und kehrte Thaton den Rücken. Bei
seinem Marsch wanderte er durch eine menschenleere Landschaft, die ein breiter Fluss teilte. Der einzige Mensch, der
dort hauste, war ein alter Einsiedler, der am Ufer des Stroms
sein Quartier aufgeschlagen hatte. Die Gegend war außerdem Schauplatz eines gewaltigen Kampfes. Ein riesiger Vogel versuchte unablässig, einen Wasserdrachen zu fangen, der
in dem Fluss lebte. Wieder und wieder schoss der Vogel herab, doch der Drache glitt ihm jedes Mal aus den Klauen. Der
alte Eremit beobachtete das Geschehen stumm.

Schließlich erspähte der Vogel den Greis und verwandelte
sich außer Sichtweite in einen Menschen. Dergestalt fragte
er den Alten scheinbar unbeteiligt, ob er wisse, warum der
Drache dem Vogel in diesem Kampf immer wieder entwi-
sche. Tatsächlich hatte der Eremit eine Antwort: »Der Drache hat einen magischen Rubin in seinem Mund, der ihn vor
den Angriffen des Raubvogels schützt. Dieser müsste den
Drachen am Schwanz schütteln, damit der Rubin heraus-
fällt. Aber warum willst du das wissen, Fremder?«

Doch der Vogel hatte schon einen Freudenschrei ausgesto-
ßen und sich wieder zurückverwandelt. Nun krallte er sich
den Wasserdrachen und begann kräftig zu schütteln.

In just diesem Augenblick, als der Edelstein aus dem
Munde des Drachen herauspurzelte, kam der Prinz auf seiner Reise an den Fluss. Der hilflose Drache flehte den Fremden um Hilfe an. »Wieso behandelst du andere Kreaturen so
schlecht?«, wollte der Prinz von dem hungrigen Vogel wissen.

Dieser wurde wütend und knurrte: »Ich muss auch fressen, um zu überleben. Jetzt verschwinde!«

Der Drache tat dem Prinzen leid. Blitzschnell zog er seinen Bogen und schoss dem Vogel einen Pfeil durchs Herz. Dieser schwor Rache in einem anderen Leben, dann erlag er seiner Verletzung.

Der Wasserdrache war dem Prinzen über alle Maßen dankbar. Er legte sich vor seinem Retter nieder und versprach ihm, in Zukunft bei Gefahr immer zur Hilfe bereitzustehen. Dazu, erklärte das Tier, müsse der Prinz nur dreimal hintereinander den Boden berühren und nach seiner Hilfe verlangen. Der verwunderte Prinz bedankte sich seinerseits und zog weiter.

Tatsächlich wurde der getötete Vogel wiedergeboren und lebte nun als riesige Spinne in einer von drei Höhlen an einem großen See. In dem Gewässer, an dem die Spinne hauste, badeten oft einige Nats, die Geisterwesen der Region. Sie spielten liebend gern im Wasser, doch einmal vergaßen sie dabei die Zeit, und es wurde langsam dunkel. Für die Nacht errichteten sie ihr Lager in einer der drei nahe gelegenen Höhlen. Als die Spinne dies bemerkte, sperrte sie die Nats mit ihren dicken Spinnenfäden flugs in dieser Höhle ein.

Der Prinz kam auf seinem Weg nach Hause an dem See vorbei und konnte die Klagerufe der eingesperrten Nats schon von Weitem hören. Als er sich näherte, sah er die Spinnenfäden, dick wie sein Arm, die den Eingang der Höhle versperrten. Er versprach den verängstigten Nats, die Spinne zu jagen und sie anschließend aus dem Gefängnis zu befreien.

Bald fand er das Tier und zog seine Waffen. Die Spinne

bebte vor Wut beim Anblick des Prinzen, sie erkannte ihn sofort und konnte die Rache kaum abwarten. Um ihren alten Feind einzuschüchtern, hob sie einen großen Stein in die Luft und brach ihn in der Mitte entzwei.

Der Prinz zuckte nicht einmal mit der Wimper. »Ich habe auch eine besondere Kraft«, sagte er seelenruhig. Dann schoss er der Spinne mitten ins Herz. Aus seinem Siegesruf »Pin Gu Ya«, was so viel heißt wie »Ich habe die Spinne getötet!«, leitet sich der Name für die nahe gelegene Stadt Pindaya ab.

Der junge Prinz kehrte zu der Höhle zurück und durchtrennte die Fäden mit seinem Schwert. Die Nats waren ihm mehr als dankbar und boten ihm die Hand der jüngsten Nat an, einer wunderschönen Frau namens Shin Mi Ya. Die beiden hatten sofort nur noch Augen füreinander, und der Prinz heiratete sie auf der Stelle.

Zusammen reiste das Paar weiter und machte entlang des Weges Rast im Schatten eines mächtigen Baumes. Durch eine denkbar unglückliche Fügung ruhte sich nahe des Baumes ein großer Troll aus, und schlimmer noch: Dieser Troll war eine erneute Wiedergeburt seines Feindes, den der Prinz schon in Gestalt des Riesenvogels und der Spinne besiegt hatte. Der Troll überraschte den jungen Mann, entriss ihm die gefährlichen Pfeile und den Bogen und warf die Waffen so weit weg, wie er konnte. Dann fing er die beiden und warf ein schweres eisernes Netz über sie.

Der Prinz und seine Braut waren verzweifelt. Kummervoll blickte er die weinende Shin Mi Ya an. Was sollte er nur tun?

In diesem Moment fiel ihm das Versprechen des Drachen ein. Er schlug mit der flachen Hand dreimal auf den Boden und rief laut nach seinem alten Freund. Dieser erschien auf

der Stelle, brachte dem Prinzen zuerst seine dringend benö-
tigten Waffen zurück und befreite die Gefangenen dann aus
dem eisernen Netz. Nun konnte sich der Prinz dem Troll
stellen.

Es wurde ein erbitterter Kampf, bei dem der Prinz nach
und nach die Oberhand gewann. Als er dem Troll den Todes-
stoß versetzte, verwandelte sich dieser ein weiteres Mal: Plötzlich stand vor dem Prinzen der sagenhafte Zauberer Zaw Gyi.
Er trug ein rotes Gewand, schwang einen langen Stab und
entführte Shin Mi Ya. Zurück blieb ein schwer verwundeter
Prinz.

Die junge Nat wehrte sich heftig, aber vergeblich. Nach
einer Weile verlangte sie nach Wasser. Daraufhin rastete der
Entführer mit ihr an einem reißenden Fluss und schöpfte
mit einer silbernen Schüssel Wasser aus dem Strom. Doch
Shin Mi Ya war nicht zufrieden. Auch die goldene Schüssel,
die Zaw Gyi daraufhin benutzte, lehnte sie ab. Sie wolle das
Wasser direkt aus seinem Mund trinken, verlangte sie.

Als der Zauberer sich über den Fluss beugte, stieß Shin Mi
Ya ihn hinein. Zaw Gyi versuchte hastig, das Wasser auf magische Weise abebben zu lassen, doch Shin Mi Ya warf ihren
Oberrock auf ihn, und so riss es Zaw Gyi den Fluss hinab,
und schon bald war er außer Sicht.

Atemlos rannte Shin Mi Ya zurück zu dem Schauplatz des
Kampfes, doch sie fand nur noch Blutflecke auf dem Boden.
Als sie genauer hinsah, bemerkte sie, dass die Tropfen eine
Spur bildeten. Sie folgte dieser, vor Angst um ihren geliebten
Prinzen fast von Sinnen. Am Ende der Spur fand sie ihn –
tot. Seine Wangen waren noch rosig, sein Körper noch warm,
doch er atmete nicht mehr. Shin Mi Ya nahm ihren Ehe-
mann in die Arme und weinte bitterlich.

Ihr lautes Schluchzen weckte Tha Gyar Min, einen der Götter, der auf einem Thron im Himmel hoch über ihr schlief. Er reiste hinunter zur Erde und sah die weinende junge Frau. Um ihre Liebe zu prüfen, verwandelte sich der Gott in einen Löwen. Er versuchte, sie zu erschrecken und von der Leiche wegzutreiben. Doch Shin Mi Ya beachtete ihn gar nicht, sie trauerte mit beispielloser Innigkeit um ihren Prinzen. Auch in der Gestalt eines Tigers und eines Elefanten versuchte Tha Kyar Min, sie zu verjagen, doch nichts konnte die Trauernde von ihrem Geliebten trennen.

Zufrieden ließ Tha Gyar Min von seinen Prüfungen ab und besprenkelte den Prinzen mit himmlischem Wasser. Sofort erwachte dieser wieder zum Leben, und die Liebenden fielen sich in die Arme. Tha Gyar Min kehrte in seine Gefilde zurück. Seine Arbeit war getan.

Das Paar reiste nun weiter in das Paya-Königreich. Seine Eltern begrüßten ihren Sohn und seine Braut beglückt, und das Volk freute sich, den Kronprinzen wiederzusehen. Darüber hinaus geschah etwas Wundersames: Seit der Ankunft Shin Mi Yas traten im Königreich keine Krankheiten mehr auf. Die Menschen blieben einfach gesund!

Eine Zeit lang war dies eine Quelle großer Begeisterung für alle Menschen in Paya. Einige jedoch konnten sich nicht freuen: Die Mediziner, Ärzte und Heiler waren von einem Tag auf den anderen arbeitslos geworden. Schließlich kam es so weit, dass die Ärzte mit dem wichtigsten Hofastrologen einen Plan schmiedeten, um Shin Mi Ya zu beseitigen. Der vom König hochgeschätzte Sternendeuter erzählte von dem angeblich magischen Blut der neuen Prinzessin, das der Monarch über sein Königreich versprühen sollte. Dies würde seine Dynastie in nie da gewesener Weise stärken, und alle anderen

Herrscher hätten dann gar keine Wahl mehr, als sich ihm unterzuordnen.

Dem König gefiel die Vorstellung nur zu gut, und so schickte er seinen Sohn bald darauf als Soldaten in ein entlegenes Gebiet des Königreichs, um dort marodierenden Rebellen das Handwerk zu legen. Kaum war der Prinz abgereist, bereitete er den Angriff auf seine Schwiegertochter vor.

Die Verschwörer hatten jedoch die magischen Fähigkeiten der jungen Geisterprinzessin unterschätzt. Durch mehrere Wände hindurch kamen ihr die Pläne des Komplotts zu Ohren. Sogleich eilte sie zu ihren Gemächern, sprang aus dem Fenster und flog davon! Die Menschen Payas staunten nicht schlecht, als die neue Prinzessin geschwind über sie hinwegsegelte, um zu ihresgleichen zu fliehen.

Der Prinz war unterdessen auf seiner Mission unterwegs, doch wohin er auch kam, er fand nur Frieden vor. Keine Rebellen, keine Zerstörung, kein Leid. Voller Sorge eilte er zurück zum Königspalast. Vergeblich schaute er sich dort nach seiner geliebten Frau um. Als sein Vater sich weigerte, ihm zu sagen, was geschehen war, machte sich der Prinz unverzüglich auf die Suche nach ihr. Auf seinem Weg traf er auf einen Eremiten, den er nach dem Verbleib seiner Frau fragte.

Der alte Mann lächelte wissend. Er war Shin Mi Ya tatsächlich begegnet, sie hatte mit ihm Tee getrunken und sich etwas ausgeruht. Dann, einer Eingebung folgend, hatte sie dem Greis einen ihrer Ringe anvertraut – mit der Bitte, ihn an den Prinzen weiterzugeben, sollte er sie suchen kommen. Der alte Einsiedler holte den Ring hervor und wies dem Prinzen die Richtung, in die seine Frau aufgebrochen war.

Shin Mi Ya hatte es bis ins Land der Nats geschafft, wo sie

freudig empfangen wurde. Sogleich sollte sie gewaschen werden, denn durch ihren Aufenthalt bei den Menschen roch sie nun gar zu menschlich. Daraufhin wurden einige Nats zum nahen Wasserloch geschickt, gerade in dem Augenblick, als der Prinz dort ankam. Er ahnte, dass seine Frau nicht weit war, und sprach eine kühne Voraussage: Wenn er dazu bestimmt sei, seine Shin Mi Ya zu finden, würde die letzte Bedienstete ihren Wasserkrug nicht anheben können.

Es gelang der Dienerin tatsächlich nicht, das Gefäß zu heben. Der Prinz bot sogleich seine Hilfe an und ließ dabei Shin Mi Yas Ring in den Krug fallen. Nur wenig später, als sie gründlich gewaschen wurde, glitt der Ring auf ihren Finger. Als sie dies bemerkte, sprang sie auf und fiel ihrem Vater, dem König der Nats, in die Arme. Inständig bat sie ihn, ihren geliebten Prinzen zu ihr zu bringen.

Nun wollte der Vater den Prinzen prüfen, denn er war misstrauisch. Wie hatte er das sagenumwobene Land der Nats überhaupt gefunden? War er ebenfalls im Besitz magischer Kräfte? Der Vater versammelte sieben zauberhafte junge Nats und stellte sie zusammen mit Shin Mi Ya in einer Reihe auf hinter einem dicken Vorhang, durch den sie alle nur jeweils einen einzelnen Finger stecken durften. Nun sollte der Prinz am richtigen Finger seine Braut erkennen.

Der Prinz tat sich sehr schwer mit der Aufgabe. Schließlich kam ihm ein befreundeter Nat zu Hilfe, der insgeheim dem jungen Paar nur das Beste wünschte. In Gestalt einer goldenen Fliege flog er zwischen dem Prinzen und dem Finger Shin Mi Yas hin und her. Endlich vertraute der Prinz diesem seltsamen Insekt und griff nach dem Finger, auf dem die Fliege saß. Der Vorhang wurde beiseite gezogen, und die beiden fielen sich in die Arme.

Nun war auch Shin Mi Yas Vater dem Bund der beiden wohlgesinnt. Nach einiger Zeit kehrten sie ins Paya-Königreich zurück, wo der König gestorben war und der Prinz und seine Shin Mi Ya nun glücklich und gerecht das Land regierten.

Die Macht des Karma

ကံကြမ္မာ၏ စွမ်းပကား

Es lebte einst ein Bauer, der so arm war, dass er daran verzweifelte. Wie viel er auch arbeitete, es reichte kaum, um den Hunger zu stillen. Und wenn die Ernte doch einmal etwas vielversprechender aussah, wenn der Mais spross und die Kartoffeln kräftig wuchsen, kam ein gewaltiger Sturm, oder die Flüsse traten über ihre Ufer und verwüsteten sein Feld. Als seine Frau diese Armut nicht mehr ertragen konnte und ihn verließ, verlor er jeden Lebensmut. Der Bauer beschloss zu sterben und machte sich auf die Suche nach dem Tod. Er lief durch das Dorf und fragte jeden, der ihm begegnete, ob er wüsste, wo er den Tod finden könnte.

Die Menschen dachten, der arme Bauer hätte den Verstand verloren, und machten einen weiten Bogen um ihn. So verließ er das Dorf und wanderte durch die Provinz auf der Suche nach dem Tod. Schließlich gelangte er an die Küste. Der Strand war menschenleer bis auf einen alten Mann, der mit den Füßen im Wasser stand und auf das Meer schaute.

»Wohin des Weges?«, rief der Alte, als er den Bauern erblickte.

»Ich weiß es nicht. Ich bin so arm, dass ich nicht mehr leben möchte. Jetzt bin ich auf der Suche nach dem Tod.«

Der Alte schüttelte den Kopf. »Junger Mann, du weißt ja nicht, was du da sagst.«

Der Bauer wandte sich enttäuscht ab und machte sich wieder auf den Weg, ohne zu wissen wohin. Er war noch nicht weit gegangen, da spürte er eine kalte Hand auf seiner Schulter. »Warte«, hörte er eine dunkle Stimme sagen. »Wohin des Weges? Ich bin der Tod, den du suchst.«

Erschrocken drehte der Bauer sich um, vor ihm stand der alte Mann.

»Du«, fragte er ungläubig. »Warum zögerst du dann noch? Ich kann nicht mehr. Bitte erlöse mich und schenke mir den Tod.«

Der Tod musterte ihn gründlich, dann flog ein Lächeln über sein Gesicht. »Du kannst jetzt nicht sterben, weil deine Stunde noch nicht gekommen ist. Wenn es so weit ist, werde ich dich holen, ob du willst oder nicht. Dann kannst du versuchen, mir zu entwischen, es wird dir nicht gelingen.«

»Dann sag mir wenigstens, wann die Stunde meines Todes gekommen sein wird.«

»Eine Woche nachdem du den Strand verlassen hast, wirst du ein reicher Mann werden. Und auf den Tag genau zehn Jahre später wirst du sterben. Hier sind Pfeile und ein Bogen.« Aus dem Nichts zauberte der Tod die Waffen herbei und reichte sie dem Bauern. »Setze sie weise ein.«

Mit diesen Worten ließ der Tod ihn stehen und ging davon.

»Halt«, rief der Mann und lief ihm hinterher. »Ich habe noch eine Frage.« Aber wie schnell er auch rannte, einholen konnte er den Tod nicht.

Ratlos blieb er am Strand zurück. Er spürte seinen Magen knurren und machte sich auf die Suche nach etwas

Essbarem. Kurz darauf flog ein großer Vogel über ihn hinweg. Der Bauer war kein guter Bogenschütze, doch gleich der erste Pfeil holte das Tier vom Himmel. Zu seinem Erstaunen stellte er fest, dass er keinen gewöhnlichen Vogel erlegt hatte, sondern einen, der durch und durch aus purem Gold bestand. Er war so schwer, dass er ihn nur mit Mühe zum nächsten Ort tragen konnte. Dort tauschte er ihn gegen ein großes Stück Land mit dem fruchtbarsten Boden. Als er auf seinem neu erworbenen Acker stand, flog ein zweiter Vogel über ihn hinweg. Er legte an, doch diesmal verfehlte der Pfeil sein Ziel. Aber an der Stelle, wo er sich in die Erde bohrte, stand plötzlich eine prachtvolle Villa, deren Zimmer mit Gold- und Silbermünzen gefüllt waren. Als der Bauer sie ungläubig betrat, warteten bereits seine Diener auf ihn.

Aus dem armen Bauern war ein reicher, gleichwohl großzügiger Mann geworden, der sein gutes Leben in vollen Zügen genoss und im ganzen Dorf wohlgelitten war.

Die Zeit verging, und der einst so Todessehnsüchtige verschwendete keinen Gedanken mehr an das Sterben. Die Begegnung mit dem Tod hatte er völlig vergessen.

Neun Jahre und neun Monate waren vergangen, als er eines Nachts schweißgebadet erwachte. Im Traum war ihm der alte Mann vom Strand erschienen. Seine Worte erklangen so klar und deutlich, als stünde er direkt vor ihm. Ihn schauderte. Nur noch drei Monate blieben, dann waren die zehn Jahre vorbei. Aber er war gesund. Er liebte das Leben. Er wollte nicht sterben. Gab es eine Möglichkeit, dem Tod zu entkommen?

Am nächsten Tag befahl er seinen Angestellten, ihm noch heute eine wasserdichte Kiste zu bauen und sie mit so viel

Speisen und Getränken auszustatten, dass er darin drei Monate und drei Tage unter Wasser überleben könnte. Die Kiste sollten sie anschließend an den Strand bringen.

Als er den Kasten sah, kamen ihm kurz Zweifel an seinem Vorhaben. Sollte er wirklich drei Monate in diesem alles andere als angenehmen Versteck verbringen? Aber wenn das der Preis ist, um dem Tod zu entkommen, dann bin ich bereit, ihn zu zahlen, dachte sich der Mann seufzend und stieg in die Kiste. Seinen Dienern gab er die Anweisung, sie zu versiegeln, ein langes Seil darum zu wickeln und sie dann an einer tiefen Stelle im Meer zu versenken. Das andere Ende des Seils sollten sie an eine Palme binden und ihn genau in drei Monaten und drei Tagen wieder an Land ziehen.

Als der Tod einige Wochen später auf die Liste derer schaute, deren Ende sich näherte, entdeckte er den Namen des jungen Mannes und erinnerte die Begegnung am Strand. Er war neugierig, was aus ihm geworden war und wie sich das Wiedersehen gestalten würde. Also begab er sich in die Welt der Lebenden und machte sich auf die Suche. Doch wohin er auch schaute, er konnte den jungen Mann nicht finden. Zur Sicherheit prüfte er noch einmal die Liste, ob er sich vielleicht getäuscht hatte, aber nein, der Name stand ohne Zweifel darauf. Er suchte weiter, wanderte von Dorf zu Dorf, schaute in jedes Haus, jede Hütte, ohne Erfolg.

Als der Tag, an dem der junge Mann sterben sollte, gekommen war, ging der Tod zurück an den Strand, an jene Stelle, wo sie sich vor zehn Jahren begegnet waren. Doch auch hier fand er keine Spur von ihm. Ratlos und erschöpft wanderte er am Strand entlang. Plötzlich stolperte er über ein straff gespanntes Seil und fiel kopfüber in den Sand.

Welcher Strohkopf spannt hier ein Seil?, dachte er bei sich. Er wollte schon weitergehen, da überkam ihn die Neugier, und er begann an dem Seil zu ziehen. Es war eine mühsame Plackerei, das Seil war länger, was daran hing, viel schwerer, als er gedacht hatte. Schließlich kam in den Fluten eine Holzkiste zum Vorschein, und es dauerte nicht lang, da hatten die Wellen sie an den Strand gespült. Verwundert betrachtete er das Gebilde. Klopfte dagegen. Als er nichts vernahm, öffnete er die Kiste, und heraus stieg der junge Mann.

»Hier steckst du also«, sagte der Tod wütend. »Ich habe mir die Füße wund gelaufen nach dir. Glaubst du wirklich, du kannst deinem Schicksal entkommen, indem du dich in einer Kiste versteckst?«

Der junge Mann fiel vor dem Tod auf die Knie. »Bitte, verschone mich«, flehte er. »Ich gebe dir die Hälfte meines Reichtums, wenn du Gnade walten lässt. Ich will nicht sterben.«

Der Tod blickte ihn streng an. »Habe ich dir nicht genau an diesem Strand einmal erklärt, dass niemand sterben kann, bevor seine Zeit gekommen ist? Hast du mir nicht zugehört?«

»O doch«, stammelte der junge Mann.

»Und niemand kann seinen Tod hinauszögern, wenn die Zeit gekommen ist, wie sehr man es auch möchte und was immer man unternimmt. Weißt du, warum nicht?«

»Nein.«

»Weil jeder sein eigenes Karma hat. Es ist das Ergebnis von all dem, was du in deiner vorherigen Existenz getan hast.«

Noch einmal begann der junge Mann laut zu klagen, zu jammern und zu bitten.

Mit einer Handbewegung brachte der Tod ihn zum Schweigen und begann mit seiner Arbeit.

Der Junge mit der Harfe

လူကလေးနှင့်သူ၏ စောင်းကောက်

Im Flussdelta des Irrawaddy, zwischen den Brackwassergebieten und dem Marschland, lebte ein Junge namens Maung Shin. Sein Vater gehörte zu den Bauern im Delta, die viel von Ackerbau und Viehzucht verstanden, und die Familie genoss das Privileg eines bescheidenen Wohlstands. Maung Shin war noch ein Knabe, als der Vater völlig unerwartet starb. Und so brach das Unglück herein. Maung Shins Mutter tat ihr Bestes, um die Familie über Wasser zu halten und so lange wie möglich vom Ersparten zu zehren, doch trotz der bescheidenen Lebensführung war das vorhandene Geld bald aufgebraucht.

Maung Shins Mutter hatte eine Schwester, die ganz in der Nähe lebte und sich einige Zeit vor dem tragischen Todesfall Geld von ihr geliehen hatte. Um die Not zu lindern, suchte Maung Shins Mutter ihre Schwester auf und bat um Rückzahlung der Summe. Doch zu ihrer Bestürzung wurde sie nur mit Hohn und erniedrigenden Worten abgespeist. Ihre Schwester lachte über die Forderung und behauptete, sie habe kein Geld, um ihre Schulden zu begleichen. Die arme Witwe, die ums Überleben ihrer Familie kämpfte, war zutiefst erschüttert, zumal sie wusste, dass die Schwester ein sorgloses Leben führte, über beträchtliche Mittel verfügte und mühelos imstande gewesen wäre, die Schulden zu tilgen. Und so entschied sie sich, die Familienbande zu kappen, ihr Dorf in der Nähe von Bago zu verlassen und mit ihrem Sohn an einem anderen Ort einen Neuanfang zu wagen.

Nun hatte Maung Shin schon in frühester Kindheit einzigartige Fähigkeiten als Bogenharfenspieler erkennen lassen. Die Klänge, die er den Saiten entlockte, waren so rein und überwältigend, dass sie auch ein Herz aus Stein erweicht hätten. Dazu kam, dass er ein begnadeter Sänger war, dessen klare Stimme seine edle Gesinnung und seine lauteren Absichten widerspiegelte. Seine Melodien, von einer sanften Brise davongetragen, tönten unvorstellbar schön. Da das Ersparte der Familie dahinschmolz und keine anderen verlässlichen Einnahmen in Sicht waren, begann Maung Shin, für die Einheimischen und die Pilger, die durch sein neues Heimatdorf kamen, Harfe zu spielen und zu singen. Mutter und Sohn lebten vornehmlich von den symbolischen Spenden, die sie in Anerkennung der vielgerühmten Talente des Jungen erhielten.

Maung Shin war zutiefst unglücklich über den Lauf der Ereignisse und die finanzielle Notlage, in der sich die Familie befand. Er konnte es kaum ertragen, den täglichen Überlebenskampf seiner Mutter mit anzusehen, und verspürte den dringenden Wunsch, mehr zu tun, um ihr die Bürde zu erleichtern und ihre Lebensumstände zu verbessern. Der karge Lohn, den er mit seiner Musik verdiente, reichte kaum aus, um auch nur die grundlegendsten Bedürfnisse zu erfüllen. Maung Shin gelangte zu dem Schluss, dass er eine zusätzliche Arbeit annehmen musste, wenn er das Los der Familie verbessern wollte. Doch da der junge Mann über das Harfespielen und Singen hinaus nur wenige Fähigkeiten besaß, die sich in klingende Münze umwandeln ließen, hoffte er, sich irgendwo als Hilfskraft verdingen zu können. Schließlich begegnete er einer Waldarbeiterbrigade, die den Auftrag hatte, die gelben Sandelholzbäume in der Region zu fällen, und bereit war, ihn in ihre Dienste zu nehmen. Das Sandelholz war als Baumaterial und wegen seines einmaligen ätherischen Öls ein begehrtes Handelsgut. Die Holzfäller befanden sich auf dem Weg zu den dicht bewaldeten und oft von Krokodilen heimgesuchten, Inseln im Irrawaddy-Delta.

Weil aber Maung Shin nur wenig Geschick beim Fällen der Bäume bewies, entschieden die Waldarbeiter, dass er als Schiffskoch von größerem Nutzen wäre, eine Aufgabe, die der junge Mann mit großem Eifer übernahm. Wenn er sich nicht in der Kombüse aufhielt und das Essen für die gesamte Mannschaft zubereitete, sammelte er allerlei Proviant in der Natur, um den Männern am Ende eines langen, harten Arbeitstages frische und schmackhafte Mahlzeiten vorsetzen zu können. Wenn sich Maung Shin auf der Suche nach Essbarem an Land aufhielt, legte er hin und wieder eine Pause ein, spielte auf seiner Bogenharfe und sang dazu. Die lieblichen Töne waren nicht nur in seinem Heimatdorf auf Begeisterung gestoßen, sondern zogen auch die Bewohner der idyllischen Delta-Inseln in ihren Bann. Doch hier erregte seine himmlische Musik nicht nur die Aufmerksamkeit der diesseitigen Welt. Auf diesen Inseln lebten nämlich einige Schatzgöttinnen, die sich bald von Maung Shins verzaubernden Klängen gefangen nehmen ließen. Es dauerte nicht lange, bis sie den jungen Mann regelmäßig aufsuchten und sich fast jeden Tag zu ihm auf das Boot gesellten, um zu singen und zu tanzen, wenn er Harfe spielte.

Als das Boot schließlich mit Nutzholz voll beladen war, machte der Bootsführer es für den Heimweg bereit. Doch als es seinen Liegeplatz verlassen wollte, verkeilte sich der Anker und ließ sich selbst unter Aufbietung aller Kräfte nicht lichten. Der Bootsführer und seine Mannschaft überprüften ihn, konnten aber keinen Grund dafür entdecken, warum er feststeckte. Nachdem sämtliche Möglichkeiten erschöpft waren, ihn von der Stelle zu bewegen, war klar, dass die Notlage auf irgendeine Freveltat während des Aufenthalts auf der Insel zurückzuführen war, begangen von einem Mitglied der Holzfällerbrigade. Jemand hatte den Zorn der Geister erregt. Da sich niemand dazu bekannte, beschloss die Gruppe, das Los entscheiden zu lassen. Aus einer Anzahl von Papierröllchen, von denen ein einziges mit einem roten Punkt gekennzeichnet war, musste jeder eines nehmen: Wer den roten Punkt zog, war als der Schuldige anzusehen.

Als die Lose gezogen und auseinandergerollt waren, zeigte sich der rote Punkt auf Maung Shins Los. Der Vorarbeiter der Holzfällerbrigade wusste, dass Maung Shin nichts Unrechtes getan und seine Tage auf der Insel damit verbracht hatte, Nahrungsmittel für die täglichen Mahlzeiten zu sammeln und zu musizieren, Tätigkeiten, die wohl kaum die Götter erzürnt haben konnten. Deshalb gelangte er zu dem Schluss, dass es sich um einen Irrtum handeln müsse, und die Lose wurden wieder eingesammelt und neu gemischt. Als Maung Shin abermals das Papierröllchen mit dem roten Punkt in den Händen hielt, entschieden der Kapitän und die Mannschaft aufgrund ihrer Zweifel erneut zu seinen Gunsten. Erst als der rote Punkt zum dritten Mal auf Maung Shins Los auftauchte, war die Botschaft unmissverständlich. Er war es, der den Zorn der Götter erregt hatte. Um sie zu besänftigen, ließ der Bootsführer ihn ohne viel Federlesens vom Boot in das schlammige Wasser werfen, in dem die Krokodile lauerten. Maung Shin ertrank elendig.

Falls jemanden Schuldgefühle plagten, so waren diese schnell verflogen. Mit dem Tod von Maung Shin waren die Götter offenbar versöhnt, denn nun konnte das Boot ablegen und ohne weitere Zwischenfälle den Heimweg antreten.

Die Mannschaft wusste nicht, dass die Schatzgöttinnen das Schiff am Auslaufen gehindert hatten, damit ihnen der Urheber der wundervollen Musik auf den Inseln erhalten blieb. Sie hatten dafür gesorgt, dass bei jeder Ziehung das Los mit dem roten Punkt Maung Shin zufiel. Die Schatzgöttinnen waren hocherfreut, dass es ihnen gelungen war, seine Abreise zu vereiteln; sie sammelten seine sterblichen Überreste vom Meeresgrund ein, und Maung Shin wurde in einen Nat verwandelt, ein Geistwesen, das den Namen U Shin Gyi erhielt. Noch heute bringen diejenigen, die sich auf das Wasser hinauswagen, gleich ob Fluss, See oder offenes Meer, dem jungen Harfenspieler, der keinerlei Schuld auf sich geladen hatte und nur durch das ungerechte Wirken der Göttinnen einen gewaltsamen Tod fand, kleine Opfergaben dar. Wenn man aufmerksam lauscht, heißt es, kann man inmitten der anbrandenden Wellen noch heute überirdische Klänge vernehmen, die von den seidenen Harfensaiten des Musikers ausgehen.

DER EHRLICHE HÄNDLER

ရိုးသားသောကုန်သည်

In einem burmesischen Dorf war, wie es in dem Land nicht unüblich ist, alle fünf Tage Markttag. Zu diesem Anlass kamen die Bauern aus der ganzen Gegend angereist, um ihre Waren feilzubieten. Auf dem Markt war es dann immer laut und voll, es roch nach Gewürzen, Fleisch und anderen Köstlichkeiten. Ein Bauer vom Stamm der Palaung war unter ihnen und baute auch an diesem Tag wieder seinen Stand auf. Neben anderen Dingen verkaufte er auch Hühnereier, die naturgemäß, genauso wie seine Hühner daheim, unterschiedlich groß waren.

Das Geschäft lief gut, und natürlich suchten sich die ersten Besucher des Marktes auch die größten Eier aus. Schließlich waren nur noch die kleinsten Exemplare übrig, und ein Kunde fing an, hart mit dem Bauern zu verhandeln. Der Bauer räumte ein, dass diese Eier besonders klein waren, und schlug ihm einen guten Preis vor. Sein Kunde verhandelte so lange weiter, bis der Bauer schließlich an einem so niedrigen Preis angelangt war, dass sich der Verkauf kaum mehr lohnte.

Der Kunde wollte dies nicht einsehen und war verärgert. Da sprach der Verkäufer: »Ich weiß ja, dass die Eier recht klein sind. Ich verspreche Ihnen, dafür sind sie absolut köstlich. Denken Sie daran: Weder habe ich die Eier gelegt, noch habe ich meine Hühner um diese Eier gebeten. Wenn ich Ihnen ein Ei legen könnte, wäre es groß wie eine Papaya!«

Der Kunde war einsichtig und erkannte nun die Aufrichtigkeit des Bauern. Er kaufte die restlichen Hühnereier, und die beiden verabschiedeten sich in größtem einvernehmlichem Respekt.

DER MAGISCHE KAMM

မှော်အစွမ်းရှိသောဘီး

Vor langer Zeit lebte das Volk der Karen in einem Dorf unter der wohlwollenden Anleitung des Dorfältesten. Das ganze Dorf war eine große Gemeinschaft, wie eine Familie arbeiteten, aßen und lebten sie zusammen und teilten ihren Besitz.

Zur Erntezeit aber geriet diese Gemeinde in große Bedrängnis: Es gab in der Gegend ein riesiges Wildschwein, das regelmäßig die Felder des Dorfes zerstörte, und es gelang den Karen nicht, dieses Tier zu töten. Ratlos kamen sie zu ihrem Dorfältesten und schilderten ihm ihre missliche Lage. Dieser fühlte sich in der Verantwortung. Ich bin zwar nicht mehr der Jüngste, dachte er, aber ich bin und bleibe das Oberhaupt dieses Dorfes. Also machte er sich auf und ging in den Wald. Er suchte nach Spuren des Wildschweines, sah Abdrücke seiner Hufe und entdeckte auch aufgerissene Stellen des Waldbodens, wo das Tier in der Erde gewühlt haben musste. Schließlich fand er den Bau des Wildschweins und legte sich dort auf die Lauer. Als er das leise, gleichmäßige Atmen des schlafenden Schweins hören konnte, schlich er näher und erstach es in seinem Bau.

Bei seiner Rückkehr wurde der Dorfälteste begeistert begrüßt. Die Dorfbewohner hatten sich große Sorgen um ihn

gemacht. Warum, fragten sie, habe er sich selber darum gekümmert und sich einer so großen Gefahr ausgesetzt?

Der Häuptling lachte nur: »Ich bin alt, meine Kinder.
Wenn ich sterbe, ist das doch ein geringerer Verlust, nicht
wahr?«

Aus den Hauern des Wildschweins wurde bald von den
besten Handwerkern des Dorfes ein wunderschöner Kamm
gefertigt. Doch was für eine Überraschung wartete auf das
ganze Dorf, als der Häuptling in einer feierlichen Zeremonie
damit zum ersten Mal gekämmt wurde! Vor den Augen aller
wurde das graue Haar, durch das der Kamm fuhr, wieder
schwarz, und der Dorfälteste verjüngte sich, bis er wieder ein
junger Mann war. Es schien, als hätten die Karen das Geheimnis der ewigen Jugend entdeckt.

Fortan alterte niemand mehr im Dorf, und niemand starb
mehr an Altersschwäche. Die Siedlung gedieh und wuchs,
doch schon bald wurde für die stetig wachsende Menge an
Menschen der Platz zu knapp. Da beschlossen die Karen,
sich ein neues Gebiet zu suchen, und brachen auf, mit allem,
was sie tragen konnten. Zur Bestimmung des neuen Ortes
sollte eine alte Bauernweisheit dienen, an die sie glaubten:
Wenn man ein Loch gräbt und es wieder auffüllt, kann man
die Qualität des Bodens ermessen. Ist die Oberfläche danach
wieder glatt, passt also genauso viel wieder hinein, dann ist
die Erde an dieser Stelle gut, die Beschaffenheit des Bodens
genau richtig.

Nach einiger Zeit gelangte die Gruppe an einen Strom. Sie
machten am Ufer Rast, prüften den Boden, befanden ihn
aber nicht gut genug. Beim Spielen entdeckten die Kinder im
Fluss eine den Karen unbekannte Muschelart. Sogleich wurde
ein Feuer angezündet und ein Topf mit Wasser aufgesetzt.

Doch wie lange sie auch kochten, die Muscheln wurden einfach nicht gar. Nach drei Tagen des Wartens entschied der Häuptling, man habe jetzt genug Zeit vergeudet; ein Teil seines Stamms hingegen wollte sich noch gedulden. Und so vereinbarte man, dass alle, die mit dem Häuptling aufbrechen wollten, auf ihrem Weg einen Pfad aus gestutzten Bananenblättern hinterlassen würden, damit ihnen die zweite Gruppe beizeiten folgen könne.

Die Zurückbleibenden warteten und warteten, und noch immer waren die Muscheln nicht essbar. Nach einer Woche gaben sie Blüten hinzu, die Kinder wiederum in der Nähe entdeckt hatten. Die Blütenblätter lösten sich im Wasser auf und färbten die ganze Brühe rot. Aus Furcht, sich zu vergiften, schütteten sie alles weg.

Nun wollten sie dem Pfad der Vorangegangenen folgen. Doch als sie aufbrachen, bemerkten sie, dass die abgeschnittenen Bananenblätter längst nachgewachsen waren! Es war Regenzeit, und deshalb waren die Pflanzen des Dschungels so schnell gewachsen, dass die Karen nicht erkennen konnten, wohin ihre Brüder und Schwestern gegangen waren.

So kam es, dass es heute zwei verschiedene Stämme der Karen gibt. Einige glauben sogar, der Häuptling mit seinem magischen Kamm halte sich immer noch irgendwo da draußen auf, und er sei der Einzige, der das geteilte Volk der Karen wieder vereinen könne.

Die Warnung der Mutter

အမေ၏ သတိပေးချက်

In einem Bauerndorf im Staate der Karen lebte eine Mutter allein mit ihrem Sohn. Sie bestellten ein kleines Feld, und obwohl sie hart arbeiteten und sich kaum Pausen gönnten, reichte es nur für das Nötigste. In einem Dorf von armen Bauern gehörten sie zu den Ärmsten, und ihre Nachbarn schauten auf sie herab.

Als der Sohn älter wurde, verliebte er sich in eine junge Frau aus einem anderen Dorf, die der Mutter gar nicht gefiel.

»Sie besitzt die Kräfte einer bösen Zauberin«, warnte sie.

Aber ihr Sohn ließ sich nicht beirren und wollte das Mädchen heiraten.

»Tue es nicht, sie wird dir nur Unglück bringen«, prophezeite seine Mutter. »Ich gebe dir einen Rat: Beobachte genau, was sie macht, und du wirst sehen, dass ich recht habe.«

Die beiden heirateten trotzdem, doch die Worte seiner Mutter verunsicherten den jungen Mann. Er wollte sichergehen, dass seine Frau keine bösen Zauberkräfte besaß, und dachte sich eine Prüfung für sie aus.

»Ich habe so Appetit auf einen Maulwurf, meinst du, du könntest mir einen fangen?«, bat er.

»Aber gewiss«, erwiderte sie und machte sich auf den Weg. Doch auch nach stundenlanger Suche fand sie keinen Maulwurf. Stattdessen entdeckte sie ein kleines Kind, das am Wegesrand spielte. Sie verwandelte es in einen Maulwurf und nahm es mit nach Hause. Dort zerschnitt sie es und bereitete mit dem Fleisch ein Curry für ihren Mann vor.

Der aber war ihr heimlich gefolgt und hatte alles gesehen.

Nun hatte er nur noch einen Wunsch, seine Frau so schnell wie möglich loszuwerden.

»Liebst du mich?«, wollte er wissen.

»Aber natürlich«, erwiderte sie.

Er ging mit ihr über die Felder in den Wald zu einem Kliff. »Meine Mutter hat uns verstoßen. Das Dorf will nichts von uns wissen, ich bin des Lebens müde«, behauptete er. »Bist du bereit, mit mir zu sterben?«

»Ja.«

»Bist du bereit, als Erste zu springen?«

»Ja«, sagte sie und sprang mit einem großen Satz in die Tiefe. Doch nur wenige Meter darunter wuchs ein Baum im Felsen, in dem sie sich verfing.

Ihr Ehemann aber glaubte, dass sie in ihren Tod gestürzt war, und machte sich erleichtert auf den Weg zurück ins Dorf.

Als die Zauberin merkte, dass sie betrogen worden war, stieß sie einen Fluch aus. Für seine Hinterlist sollte ihr Mann mit dem Leben bezahlen.

Und so geschah es: Noch im Wald wurde er von einem Wildschwein angegriffen und so schwer verletzt, dass er innerhalb von wenigen Minuten verblutete.

Aber auch die Zauberin konnte sich nicht befreien. Sie starb in den Ästen des Baums einen elenden Tod und verwandelte sich in einen Stein.

DER ÄNGSTLICHE SOHN

စိတ်ပူတတ်သောသား

Vor langer Zeit lebte in den Bergen Burmas ein verschworener Stamm in einem Dorf mitsamt seinem Häuptling. Dieser war stark, weise und wurde von allen respektiert. Die Gemeinschaft aber stand vor einer Schwierigkeit: Das zukünftige Oberhaupt, Sohn des jetzigen Häuptlings, war über alle Maßen ängstlich. Als Kind traute er sich nicht alleine zu spielen, nicht alleine zu essen, ja nicht einmal alleine in seinem Bett zu schlafen. Anfangs glaubte der Häuptling noch, dies würde sich mit der Zeit ändern, der Junge würde erwachsen werden und diese kindischen Eigenheiten hinter sich lassen.

Doch seine Hoffnungen wurden enttäuscht. Tatsächlich entwickelte sich der Sohn des Häuptlings zu einem fleißigen, verständigen jungen Mann, der bereitwillig alles lernte, was man ihm beibrachte – sei es Kampfsport oder Literatur. Nur seine Angst konnte er nicht ablegen. Dies bereitete seinem Vater große Sorgen, denn er wusste beim besten Willen nicht, was er dagegen tun konnte und wie das Dorf unter der Führung seines Sohnes bestehen und überleben würde.

Eines Tages verschwand der Häuptling spurlos – er war von einem Ausflug in den Wald nicht zurückgekommen.

Alle waren in Aufruhr, und die Krieger des Dorfes machten sich sofort daran, ihn zu suchen, hoffend, dass ihm nichts zugestoßen war.

Den Häuptlingssohn fragten sie gar nicht erst – langjährige Erfahrung hatte ihnen gezeigt, dass der Junge nutzlos war, was solche Dinge anging. Die Dörfler liefen einfach am Haus des Häuptlings vorbei und warfen traurige, manch einer auch verachtende Blicke durch die Fenster auf den jungen Mann, der reglos in seinem Zimmer kauerte.

Als er so allein im Dorf saß, kroch die Scham in den Körper des Häuptlingssohnes. Sie kroch in alle seine Gliedmaßen, seine Hände wurden taub, und sein Atem ging flach. Schließlich bemächtigte sie sich seines Herzens. Er schämte sich so sehr. Oh, und wie er sich schämte ob seiner verfluchten Feigheit! Es war doch nicht auszuhalten! Und dazu noch die Sorge um seinen Vater!

Schließlich kam der Moment, in dem die Scham und die Sorge noch schlimmer und größer waren als die Angst. Alles war besser, als sich hier wie ein nutzloses Häufchen Elend zu verkriechen, entschied der junge Mann und erhob sich. Er nahm den Bogen und die Pfeile seines Vaters und schritt zu den anderen.

Diese waren überrascht und erklärten ihm, dass er drei Dinge tun müsse, um sich als Krieger zu beweisen und in ihre Reihen aufgenommen zu werden. Er müsse ihnen die Feder eines Falken, den Stoßzahn eines Wildschweins und das Fell eines Panthers präsentieren.

Der Sohn machte sich auf. Da er ja durchaus ein guter Schütze war, erlegte er bald einen Falken und steckte sich eine Feder in seinen Gürtel. Nach stundenlanger Jagd gelang es ihm in der Abenddämmerung auch, ein Wildschwein niederzustrecken. Für die dritte Aufgabe kletterte er in einen Baum, legte sich dort auf die Lauer und blieb die ganze Nacht wach. Es gab Panther in diesem Dschungel – er hatte als Kind sogar einmal einen gesehen und vor Angst laut zu weinen begonnen. Meistens hielten die Raubkatzen jedoch Abstand zu den Menschen. In den frühen Morgenstunden hatte er dann Glück: Eines dieser schwarzen, so edlen Tiere schlich auf leisen Sohlen durch sein Blickfeld, und er tötete es mit einem gezielten Schuss.

Erfüllt von Stolz und gleichzeitig voller Sorge über das Schicksal seines Vaters rannte der Sohn zurück ins Dorf. Dort wurde er seinen Verdiensten gemäß geehrt und in die Reihen der erprobten Krieger des Stammes aufgenommen. Nun bat er natürlich darum, bei der Suche nach seinem Vater mithelfen zu können. Die Dörfler wiesen ihm die Aufgabe zu, einen berüchtigten Berg aufzusuchen, von dem es hieß, dass dort nur Geister lebten. Der einzige Besucher sei ein Schamane, der sich mit diesen Wesen austausche.

Auf dem Weg dorthin wurde er von einem maskierten Mann attackiert. Der Unbekannte sprang aus einem Baum auf ihn herab und schlug mit beiden Fäusten auf ihn ein. Die beiden lieferten sich einen kurzen, aber heftigen Kampf, bis der Angreifer die Flucht ergriff. Wütend folgte ihm der Häuptlingssohn bis in eine dunkle Höhle. Erst als er darin stand, begriff er, dass er in eine Falle getappt war. Er konnte kaum etwas sehen, und überall um sich herum vernahm er unheimliche, flüsternde Stimmen …

Auf einmal strömte gleißendes Sonnenlicht in die Höhle, das ihm in den Augen brannte. Als der junge Mann wieder aufsah, stand er vor einem langen Tisch mit vielen Stühlen, an denen die Ältesten seines Dorfes saßen. Und mitten unter ihnen lächelte sein Vater!

Der Häuptling kam stolz auf seinen Sohn zu und drückte ihn fest an sich. Dann wandte er sich an die Runde: »Wie kommt es, meine lieben Freunde, dass ihr meinen Sohn nun leibhaftig voller Mut, Kraft und Tatendrang so lebendig hier stehen seht?«

»Wegen der Liebe zu seinem Vater«, antworteten die Ältesten.

»So ist es«, nickte der Häuptling. Strahlend sah er seinen Sohn an, bevor er fortfuhr. »Ich führe diesen Stamm wie eine große Familie«, betonte er. »Es ist unsere größte Stärke, dass wir zusammenhalten und aufeinander aufpassen. Nur so können wir überleben!«

Der junge Mann nahm sich die Worte zu Herzen und versuchte, sie in die Tat umzusetzen. Als viele Jahre später sein Vater starb, übernahm er voller Stolz und Zuversicht das Amt des Häuptlings.

Die dankbare Schlange und der Mönch

ရဟန်းနှင့်ကျေးဇူးသိတတ်သောမြွေ

Vor langer Zeit lebte ein Mädchen namens Saw Nan Wai, was so viel wie »Knospende Blüte« bedeutet. Ein Glück verheißender Name, der jedoch nicht hielt, was er versprach. Das Mädchen stammte aus Hsipaw, einer Shan-Stadt im Norden von Burma. Es war ohne Eltern und ohne jegliche Familie aufgewachsen und wurde in die Obhut eines Klosters gegeben, wo es statt Hilfe nur Elend und Misshandlung erfuhr. Die Nonnen ließen sie die mühsamste Arbeit verrichten, beschimpften und schlugen sie. Irgendwann ertrug das Mädchen dies nicht länger, und sie beschloss, aus dem Kloster, das einem Kerker glich, zu fliehen und sich einen Unterschlupf in der Wildnis zu suchen.

Es gelang ihr nur mit großer Mühe zu überleben, bis sie eines Tages einem Einsiedler begegnete, der tief im Wald hauste. Der Mann besaß nichts außer einem großen Herzen und erbarmte sich des Mädchens, das einsam und verängstigt im Wald umherwanderte. Er nahm die Kleine bei sich auf und sorgte für sie. In den nachfolgenden dreizehn Jahren diente sie ihm als Gehilfin und erlernte und praktizierte dabei auch die Kunst der Meditation. Nun trat Ruhe in das Leben des Mädchens ein, das bisher nichts als Ein

Trauer und Schmerz erfahren hatte. Während der Zeit, die sie mit dem Einsiedler verbrachte, arbeitete sie hart und bemühte sich, ein rechtschaffenes und pflichtbewusstes Leben zu führen.

Der Einsiedler, der wusste, welchen Reiz die dunklen Wälder auf finstere Gestalten ausübten, hatte Saw Nan Wai eingeschärft, sich bei der Nahrungssuche nur auf ein ganz bestimmtes Gebiet zu beschränken, und sie befolgte die Anweisung des Einsiedlers getreulich. Eines Tages jedoch, als sie gerade Früchte und andere essbare Vorräte sammelte, gelangte sie versehentlich über die Grenzen hinaus. Sie hatte den geschützten Raum noch kaum verlassen, als sie auch schon auf eine Reihe von Banditen stieß, die sie angriffen und so schwer misshandelten, dass sie starb. Die letzten Sekunden ihres Lebens waren von Zorn und dem Bedürfnis nach grausamer Rache an ihren Mördern erfüllt. Weil sie aber in den letzten Augenblicken vor ihrem Tod Wünsche nach Rache hegte und so ihren niederen Instinkten nachgegeben hatte, wurde sie nicht als Mensch, sondern als Python wiedergeboren.

Verzweifelt suchte die Schlange Trost und Rat bei dem Einsiedler im Wald, dessen gütige Unterweisungen und Belehrungen ihr als Menschenkind geholfen hatten. Doch der ehemalige Lehrer des Mädchens war inzwischen ebenfalls gestorben und wiedergeboren worden. Für die Jahre des kontemplativen Lebens in der Natur war er mit einer neuen Existenz als Mönch in Bago belohnt worden. Als die Schlange davon erfuhr, begab sie sich auf die lange Reise, in der Hoffnung auf ein Wiedersehen mit dem früheren Einsiedler. Da Schlangen am Tag nicht viele Kilometer zurücklegen können, war es ein mühsames und schwieriges Unterfangen. Irgendwann erreichte sie völlig erschöpft Yangon und bat Passanten, sie nach Bago in das Kyi Taung Tawya Kloster zu bringen. Da niemand von dem Namen zuvor gehört hatte, wurde eine kleine Abordnung nach Bago entsandt, um zu erkunden, ob es dort tatsächlich ein Kloster dieses Namens gab.

In Bago angekommen, besuchten die Kundschafter aus Yangon zahlreiche Klöster und fanden erst nach mühsamer und langer Suche das von der Schlange genannte Kloster. Es war ein armer Tempel ohne nennenswerte finanzielle Unterstützung in einer abgelegenen Gegend der Stadt. Nach ihrer Ankunft in den frühen Abendstunden suchten sie sogleich den Abt des Klosters auf und erzählten ihm vom Anliegen der Schlange; der Abt war verwundert und bestand darauf, sie noch am selben Abend nach Yangon zu begleiten. Trotz der späten Stunde hatte die Pythonschlange gespannt auf die Rückkehr gewartet und wollte sich nun umgehend bei dem Menschen bedanken, der sie als Kind in seine Obhut genommen und so für sie gesorgt hatte.

Der Mönch bemühte sich nach Kräften, doch zunächst schien er kaum Erinnerungen an sein früheres Leben zu haben, und noch weniger mochte er glauben, dass die Schlange die junge Frau sein könnte, die bei ihm aufgewachsen war. In dieser Nacht hatte der Mönch jedoch lebhafte Träume mit zahlreichen Bildern von seinem früheren Leben als Einsiedler; er entsann sich auch seiner jungen Gehilfin, des kleinen Mädchens, das alleine durch den Wald gewandert war. Am folgenden Morgen suchte er in aller Frühe die Schlange erneut auf. Mithilfe einer jungen Seherin war er in der Lage, direkt mit der Python zu sprechen. Die Schlange bat ihn um die Erlaubnis, sich auf seiner Schulter niederzulassen. Der Mönch erwiderte, wenn sie tatsächlich in einem anderen

Leben Gefährten gewesen seien, müsse sie den Beweis dafür erbringen, indem sie die Fesseln ihres Gewichts abstreife und ihren Körper schrumpfen lasse, sodass er nicht schwerer wäre als eine Feder. Die Schlange entsprach bereitwillig seiner Bitte, glitt mit ihrem riesigen Leib am Arm des Mönches entlang und ruhte einige Minuten auf seiner knochigen Schulter – eine Last, die zu tragen er nie imstande gewesen wäre, wenn die Schlange ihr Gewicht beibehalten hätte.

Der Mönch aus dem Kloster Kyi Taung Tawya gelangte zu der Überzeugung, dass die Schlange tatsächlich das junge Mädchen war, das er in seinem früheren Leben als Einsiedler gekannt hatte. Dennoch zögerte er, die Verantwortung für die Riesenschlange zu übernehmen. Er selbst war schon alt, und ein Reptil dieser Größe benötigte große Mengen an Verpflegung, die das arme Kloster einfach nicht erübrigen konnte. Dazu kam, dass bereits eine Reihe anderer Tiere auf dem Klostergelände lebte. Viele von ihnen gehörten zur bevorzugten Nahrung von Pythons. Als er der Schlange seine Bedenken berichtete, flehte sie ihn an, sie nicht alleinzulassen. Sie gelobte feierlich, in Einklang mit allen bereits vorhandenen Tieren zu leben. Zudem prophezeite sie, dass sich der Mönch keine Sorgen wegen der Nahrung machen müsse, da diese dem Kloster in Form von milden Gaben zufließen würde. Der Mönch erklärte sich einverstanden, die Schlange in die Obhut des Klosters zu nehmen, solange sie ihre Versprechen erfülle. Nach dieser Übereinkunft begaben sich der Mönch und das Tier noch am selben Morgen auf den Rückweg nach Bago. Gegen Mittag erreichten sie das Eingangstor des Klosters. Die Schlange wurde freigelassen und glitt in aller Ruhe in die Ordinationshalle, wo sie friedlich verweilte, wie sie es dem Mönch gelobt hatte.

Die Geschichte sprach sich herum, und seit diesem Tag herrscht im Kloster kein Mangel an Pilgern. Aus allen Regionen des Landes strömen sie herbei, um einen Blick auf die dankbare Schlange zu werfen, ein heiliges Tier oder möglicherweise eine Heilige in der Gestalt einer Schlange. Die Besucher huldigen der verehrungswürdigen Kreatur in der Hoffnung, sie möge einen Teil ihrer Kraft auf sie übertragen. Manche legen Geldscheine und ein Stück Schlangenhaut neben sie, weil sie glauben, dass durch die unmittelbare Berührung die Stärke des Tieres auf beides übergeht. Ein Teil des Geldes verbleibt an Ort und Stelle als Opfergabe für die Schlange. Das Stück Haut und der Rest des Geldes werden in der Geldbörse der Pilger verwahrt, um eine dauerhafte Verbindung zu den magischen Kräften der Schlange zu schaffen.

Wie die Pythonschlange vorhergesagt hatte, spendeten Pilger von nah und fern dem Kloster große Geldbeträge, die den Wiederaufbau und die Renovierung vieler Stupas, Tempel in Bago und Umgebung ermöglichten.

BRUDER UND SCHWESTER

မောင်နှစ်မနှစ်ယောက်

Vor langer Zeit lebten in einem Dorf des Stamms der Danu zwei Waisenkinder, der Junge hieß Saw Shwe und seine Schwester Naw Ngwe. Ihre Eltern waren früh gestorben, die Geschwister waren einander sehr zugetan und hatten doch ein sehr beschwerliches Leben. Sie waren arm, arbeiteten viel auf dem Feld und wurden dennoch nur selten satt.

Eines Tages breitete sich im Dorf und dann in der ganzen Region eine schreckliche Dürre aus. Drei Jahre vergingen ohne einen Tropfen Regen. Die Felder vertrockneten, die Flüsse versiegten, die Tiere starben. Verzweifelt suchten die Dorfbewohner den Dschungel nach etwas Essbarem ab.

Saw Shwe und Naw Ngwe teilten sich ihre wenigen Vorräte gut ein, aber am Ende besaßen sie nur noch ein einziges Reiskorn. Sie wussten nicht, wie sie es aufteilen sollten, deshalb beschlossen sie, es zu lutschen und hin und her zu tauschen. So reichte es für einige Zeit, aber dann verschluckte die Schwester das winzige Korn aus Versehen. Ihr Bruder wurde sehr wütend und herrschte sie an, sie sei schuld an ihrer misslichen Lage und müsse deshalb etwas zu ihrer Verbesserung tun. Er schickte sie in den Dschungel, um einmal mehr nach Essen zu suchen, und setzte sich selbst, halb verhungert, vor die Tür ihrer Hütte.

Naw Ngwe streifte mit gebrochenem Herzen durch den Wald, niemals hatte sie ihren geliebten Bruder um die kümmerlichen Reste seines Essens bringen wollen. Sie suchte mehrere Tage lang, doch wie all die anderen Dörfler mühte sie sich vergeblich. Jedes Stück Borke, jeder Halm, jede Beere, die essbar waren, hatten die Menschen schon vor langer Zeit verzehrt. Als sie auch beim dritten Sonnenuntergang noch immer nichts gefunden hatte, starb sie an Hunger, Schwäche und Verzweiflung.

Währenddessen hoffte ihr Bruder auf die Rückkehr seiner Schwester. Er machte sich große Vorwürfe, dass er sie allein in den Wald geschickt hatte, und bereute seine Wut zutiefst, doch es fehlte ihm die Kraft, ihr zu folgen. Über dem langen Warten schlief er ein und wachte nicht wieder auf. Er starb mit einem tiefen Schmerz im Herzen, weil er nicht bei seiner Schwester war.

Nach ihrem Tod verwandelten sich die Kinder in kleine Vögel, die noch heute durch das Land fliegen. Der Bruder ruft nach seiner Schwester: »Naw Ngwe, Naw Ngwe!« Und sie antwortet mit einem fortwährenden »Kyaut Py, Kyaut Py!« – ich habe Angst, ich habe Angst!

Die Flut

ရေလွှမ်းမိုးခြင်း

Vor einiger Zeit wohnte eine alte Frau mit ihren zwei Enkeln am Rande eines Dorfes. Das Mädchen war neun Jahre alt, der Junge sieben, ihre Eltern waren vor einigen Jahren gestorben. Die drei lebten in großer Armut, die anderen Dorfbewohner blickten auf sie herab und behandelten sie wie Aussätzige.

Eines Tages ging das ganze Dorf an den nicht weit entfernten Fluss zum Fischen. Wie üblich waren die drei nicht eingeladen, doch die Großmutter schickte die Kinder hinterher. Vielleicht würde sich jemand erbarmen, mit ihnen zu spielen oder sie würden auf eine andere Art Anschluss an die Gemeinde finden.

Der Tross gelangte an den Fluss, und die Haken wurden ins Wasser geworfen. Doch heute schien ein glückloser Tag zu sein – niemand fing einen Fisch. Stundenlang saßen die Männer am Ufer und wurden immer wütender.

Irgendwann erinnerte sich jemand an den alten Aberglauben, dass die Fische kommen würden, wenn man kleine Stücke Menschenfleisch ins Wasser schmeißen würde. Zuerst lachten alle, doch der Gedanke blieb in den Köpfen hängen. Immer mehr Augen schielten zu den beiden Kindern herüber, die sich verschüchtert am Rande der Gruppe aufhielten. Die würden doch niemandem fehlen, nicht wahr? Niemand mochte die Familie, und waren das nicht ohnehin Waisen, Ausgestoßene?

Bedrohlich kamen einige der Männer auf das Mädchen zu, das ängstlich zu weinen anfing. Kurz unentschlossen ließen sie von ihr ab und wandten sich zu ihrem Bruder. Dieser hatte nicht wirklich verstanden, was vor sich ging, und lachte unsicher. Die Männer zögerten nicht und schnappten ihn sich. Laut schreiend vor Angst rannte seine Schwester in die Büsche und versteckte sich.

Im Dorf wartete die Großmutter in der Tür auf die Rückkehr ihrer Liebsten. Schließlich sah sie eine lange Kolonne herannahen. Die Dörfler kamen zurück! Alle Männer waren schwer beladen mit Fischen, es sah aus, als hätten sie einen sehr guten Fang gemacht. Die alte Frau suchte in der Menge nach ihren Enkeln, doch sie waren nicht dabei.

Am Fluss traute sich die Schwester erst nach stundenlangem Weinen ängstlich aus ihrem Versteck. Sie trat ans Wasser und sah eine kleine Garnele darin schwimmen. Hatte ihre Großmutter nicht erzählt, dass in einem Tier in der Nähe eines Toten die Seele dieses Menschen hausen könnte? Sie schöpfte das Tierchen behutsam in einen Eimer und lief tränenüberströmt nach Hause.

Derweil wartete die Großmutter immer noch vor ihrer Hütte auf ihre Enkel. Inzwischen machte sie sich große Sorgen, denn die Sonne stand schon tief am Himmel. Schließlich sah sie in der Ferne ein kleines Mädchen, das sich mit schnellen Schritten näherte. Sie fiel der Großmutter in die Arme und weinte unaufhörlich, dazwischen brachte sie schluchzend Erklärungen hervor.

Heiß und kalt lief es der alten Frau den Rücken hinunter

bei der Schilderung dieser ungeheuerlichen Tat. Nach dem Ende der Erzählung begannen ihre Hände vor Wut zu zittern, und sie richtete sich auf. Aus der hintersten Ecke der kleinen Hütte holte sie einen Stab hervor, der seit Generationen in der Familie weitervererbt wurde und eines Tages ihrem Enkel hätte gehören sollen. Dann nahm sie ihre kleine Enkelin an die Hand, und die beiden brachen auf. Zusammen kletterten sie immer höher in die Berge. Das war sehr beschwerlich, doch die Wut trieb die alte Frau weiter.

Schließlich waren sie auf dem höchsten Berg der Umgebung angelangt. Die Großmutter nahm das Mädchen in den Arm und gab ihm einen Kuss. Dann richtete sie sich auf und sprach mit wutentbrannter Stimme einen Fluch aus. Sie verfluchte die Menschen, die ihr den Enkel geraubt hatten. Sie verfluchte die Menschen, die jegliches Mitgefühl und jede Menschlichkeit hatten vermissen lassen. Sie verfluchte diese unheilbar kranke Welt, in der so etwas geschah.

Dann rammte sie den Stab mit aller Kraft in den Boden.

Von dort oben konnten die alte Frau und das kleine Mädchen sehr gut sehen, wie die Flüsse über die Ufer traten. Wie das Wasser anstieg, das Dorf und alle anderen Dörfer überspülte. Wie es die Felder und Wälder verschluckte und schließlich die Bergspitze erreichte und auch sie mitriss. Am Ende blieb nichts weiter übrig als eine glatte Wasseroberfläche – und die Überreste der alten Welt, die auf dem Grund eines neuen Ozeans lagen.

DER WEISE LEHRER UND SEIN SCHÜLER
MAUNG PAUK KYAING

ပညာရှိဆရာကြီးနှင့်တပည့် မောင်ပေါက်ကြိုင်း

In einem kleinen Dorf unweit der Stadt Tagaung lebte ein älteres Ehepaar mit seinem einzigen Kind, einem Sohn mit Namen Maung Pauk Kyaing. Die beiden wollten ihrem Kind naturgemäß die bestmögliche Ausbildung angedeihen lassen, und als er ihrer Meinung nach alt genug war, schickten sie ihn zu einem hoch angesehenen Lehrer nach Taxila. Sie waren überzeugt, dass er dort eine Ausbildung erhalten würde, die jede andere übertraf. Bedauerlicherweise zeitigte die Erfahrung nicht die erhofften Ergebnisse. Wie sich herausstellte, war Maung Pauk Kyaing die Gabe der Lernfähigkeit nicht gegeben. Er war nicht in der Lage, den vermittelten Unterrichtsstoff in seinem Gedächtnis zu bewahren, und nach mehreren Jahren fruchtloser Bemühungen traf der unglückliche Schüler Vorbereitungen, in sein Elternhaus zurückzukehren.

Obwohl sich Maung Pauk Kyaing als schlechter Schüler erwiesen hatte, verfügte er über andere bemerkenswerte Eigenschaften, vor allem über eine robuste körperliche Verfassung, gekoppelt mit einer raschen Auffassungsgabe. Da sein Lehrer dies erkannt hatte, wollte er ihn nicht nach Hause schicken, ohne ihm zumindest ein paar Erkenntnisse näherzubringen und zu zeigen, dass die Zeit unter seiner Anleitung nicht vollends vergeudet war.

Kurz bevor sich der Junge auf den langen Heimweg begab, wandte sich der Lehrer an Maung Pauk Kyaing und erklärte, dass er ihm eine letzte Lektion mit auf den Weg geben wolle. Die darin enthaltene Botschaft würde ihm für den Rest seines Lebens dienlich sein. Der Schüler, inzwischen zu einem jungen Mann herangereift, war dankbar für die Anleitung und hörte aufmerksam zu, als ihm sein Lehrer drei Ratschläge erteilte. Sie lauteten: »Nur wer sich auf die Reise begibt, erreicht sein Ziel. Nur wer Fragen stellt, erhält Antworten. Wer weniger schläft, hat mehr vom Leben.«

Ausgerüstet mit diesen neuen Lebensweisheiten, die sich in sein Gedächtnis einbrannten, trat Maung Pauk Kyaing zuversichtlich den Heimweg an. Wie sein Lehrer vorausgesagt hatte, war die Reise zweifellos der einzige Weg, um von einem Ort zum nächsten zu gelangen. Vielleicht würden sich die fruchtlosen Lehrjahre durch diese Ratschläge seines Lehrers letztendlich doch noch als lohnenswert erweisen. Nach mehrwöchiger Reise erreichte der junge Mann die Region Tagaung. Die Hauptstadt selbst liegt im Mandalay-Distrikt, am Ostufer des Irrawaddy-Flusses. Als er sich der Metropole näherte, traf er auf eine Anzahl von Ministern aus dem Königspalast, die ihm eröffneten, das Königreich Tagaung sei derzeit ohne Herrscher. Da die Abschiedsworte seines Lehrers ihm noch immer gewärtig waren und er mehr über die Situation erfahren wollte, zögerte Maung Pauk Kyaing nicht zu erfragen, welche Umstände dazu geführt hatten.

Die Minister berichteten, dass der König vor geraumer Zeit ermordet worden sei und dass jeder seiner gekrönten Nachfolger, der gemeinsam mit der verwitweten Königin den verwaisten Thron bestiegen hatte, am darauffolgenden Morgen tot aufgefunden worden war. Durch das gewaltsame Ableben so vieler Thronanwärter hatte das hohe Amt verständlicherweise einiges von seinem Reiz eingebüßt und war entschieden weniger begehrt, als es unter anderen Umständen gewesen wäre. Die Minister, deren Bestand an Kandidaten erschöpft war, wussten nicht mehr, an wen sie sich noch wenden sollten. Neugierig, was den Tod so vieler hoffnungsvoller junger Männer verursacht haben könnte, stellte sich Maung Pauk Kyaing selbst als Kandidat zur Verfügung. Er wollte wissen, wie die Könige ums Leben gekommen waren.

Die Minister waren hocherfreut und auch erleichtert über das Angebot. Obwohl sie davon überzeugt waren, dass Maung Pauk Kyaing ein ähnliches Schicksal wie seine Vorgänger erwartete, versprach die Ankunft eines neuen Kandidaten ein wenig den Druck zu mindern, der auf ihnen lastete, zumindest während der Zeitspanne, in der die Vorbereitungen für die Amtseinführung des erhofften neuen Königs getroffen wurden. Mit weithin vernehmbaren Fanfarenklängen wurde er zum Schloss geleitet, wo man ihm einen ehrenvollen Empfang bereitete, wie es seinem Stand als künftiger König entsprach. Zahlreiche Bottiche wurden mit Wasser gefüllt und mit duftenden Essenzen und Segenssprüchen versehen. Das Wasser diente dazu, Körper, Geist und Seele zu reinigen, um den jungen Mann für die verantwortungsvolle Aufgabe zu rüsten. Nach Beendigung der rituellen Waschung kleidete man Maung Pauk Kyaing in kostbare Gewänder, wie sie einem Herrscher geziemten, und stellte den Königsthron neben den der mehrfach verwitweten Königin. Während der Krönungsfeierlichkeiten waren die Minister und andere Beobachter des Palastes höchst beeindruckt von der inneren Kraft, die dieser Zufallskandidat ausstrahlte, obwohl man ihn doch noch am Morgen klar und deutlich vor seinem möglichen Schicksal gewarnt hatte. Als die Höflinge und Minister Aufstellung nahmen, um dem neuen König den Treueschwur zu leisten, befanden sich etliche darunter, die es bedauerten, dass ein so beherzter und mutiger junger Mann am nächsten Morgen nicht mehr unter den Lebenden weilen würde.

Doch diejenigen, die darüber nachsannen, kannten weder Maung Pauk Kyaing noch das kostbare Wissen, das er als Abschiedsgeschenk von seinem vielgerühmten Lehrer erhalten hatte. An jenem Abend, als sich die Königin und ihr Gemahl anschickten, sich in ihre Gemächer zurückzuziehen, erinnerte sich der frischgebackene König an den letzten Teil der Lektion, die ihm sein Lehrer mit auf den Weg gegeben hatte. Und so kämpfte er, obwohl erschöpft von dem langen anstrengenden Tag, mit aller Kraft gegen den Schlaf an. Während er wach lag, zog er alle Möglichkeiten in Betracht, die zum Tod der Könige geführt haben könnten. Wie sein Lehrer gesagt hatte, erhielt nur derjenige Antwort, der Fragen stellte. Auf seine Fragen hin hatte man ihm berichtet, die Leichen der Könige seien schwarz verfärbt gewesen, was die Vermutung nahelegte, dass sie vergiftet worden waren. Als Maung Pauk Kyaing die Situation jedoch eingehender überdachte, begann eine andere Möglichkeit Gestalt anzunehmen. Was wäre, wenn nicht Gift, sondern der feurige Atem und die mächtigen Fänge eines ein- oder mehrköpfigen Naga-Drachen den Tod seiner Vorgänger verursacht hätte?

Der König schmiedete einen Plan. Er rief seine Kammerdiener und bat sie, ihm eine große Anzahl Blattstiele von Bananenstauden und ein fein geschliffenes Schwert zu besorgen. Sobald die »Stämme« gesammelt waren, band der König sie zu einem Bündel vom Umfang eines Menschen zusammen, bedeckte sie mit seinen Kleidern und breitete eine Bettdecke darüber, sodass es den Anschein hatte, als liege er schlafend in seinem Bett. Trotz seiner überwältigenden Müdigkeit befolgte Maung Pauk Kyaing die Worte seines Lehrers und widersetzte sich dem Schlaf. Stattdessen bezog er, das Schwert in der Hand, hinter den schweren Vorhängen des Schlafgemachs Stellung und harrte der Dinge, die da kommen würden. Die Nacht verging nur langsam, das Warten schien kein Ende zu nehmen, und die Stille im Schloss verstärkte das Unheimliche, Beklemmende seiner Lage. Als er sich nicht mehr länger gegen den Schlaf zur Wehr zu setzen vermochte und sein Versteck gerade verlassen wollte, vernahm er ein leises Scharren. Es klang, als würde ein schwerer Gegenstand langsam über den harten Fliesenboden des Palastes hin und her geschleift. Das Geräusch wurde zunehmend lauter, wer oder was den Lärm auch immer auslösen mochte, kam zweifellos rasch näher.

Maung Pauk Kyaing spähte aus seinem Schlupfwinkel hinter dem Vorhang hervor, gerade rechtzeitig, um einen Naga von furchterregenden Ausmaßen zu entdecken, der in den Raum glitt, die riesige Silhouette von den feuerroten, wutentbrannten Augen erhellt: Ihr Widerschein brachte die endlosen Schuppenreihen zum Funkeln, die den mächtigen, bei jedem Schritt über den Fußboden peitschenden Schwanz bedeckten. Sobald der Drache in das Schlafgemach gelangte, sprang er ohne zu zögern auf das mannsgroße Bündel, in dem er die schlafende Gestalt des Königs vermutete. Er bohrte seine tödlichen Fänge in die biegsamen Blattstiele der Bananenstauden, sie verhakten sich darin, und verzweifelt, aber vergeblich bemühte sich der Naga, sich zu befreien.

Maung Pauk Kyaing, der das Geschehen beobachtet hatte, stürzte mit dem Schwert in der Hand auf den Drachen zu und schlug mit kräftigen Hieben auf ihn ein. Während der Naga sich vor Zorn und Schmerz krümmte, gelang es Maung Pauk Kyaing, den bösartigen Eindringling und Königsmörder zu töten und seinen Leib zu vierteilen. Erst als der Drache zerstückelt vor ihm lag, begab sich Maung Pauk Kyaing zur wohlverdienten Ruhe.

Am Morgen betraten die Kammerdiener mit großer Beklommenheit das königliche Schlafgemach; sie fürchteten, sich abermals den sterblichen Überresten eines Opfers gegenüberzusehen, das einem bedauerlichen Schicksal anheimgefallen war. Doch statt einen weiteren König zu Grabe tragen zu müssen, waren sie überglücklich, dass Maung Pauk Kyaing die Nacht nicht nur überlebt, sondern es auch geschafft hatte, das Ungeheuer zu besiegen, das für das gewaltsame Ende seiner Vorgänger verantwortlich war. Wegen seines Scharfsinns, seines Wagemuts und seiner heldenhaften Tapferkeit wurde Maung Pauk Kyaing als ein wahrhaftiger und verehrungswürdiger Herrscher gefeiert.

Die Leichenteile des Naga wurden eingesammelt und der Königin überbracht. Als sie den Beweis für den Tod des Ungeheuers vor Augen hatte, geriet sie außer sich. Inzwischen war offenkundig, dass der Naga der heimliche Geliebte der Königin gewesen war und das Paar gemeinsam geplant hatte, jedes Hindernis für ihren Liebesbund aus dem Weg zu räumen. Wohl wissend, dass ein solches Komplott mit der Todesstrafe geahndet wurde, machte die Königin ihrem Gemahl einen listenreichen Vorschlag, um dem Schuldspruch zu entgehen. In der Hoffnung, das Vertrauen des Königs zurückzugewinnen, gab sie vor, dankbar zu sein, dass er dem

Naga den Garaus gemacht hatte, da der sie jede Nacht zur Liebe gezwungen habe. Sie bat den König, ihre Hinrichtung aufzuschieben und innerhalb einer bestimmten Zeitspanne ein Rätsel zu lösen, das sie ersonnen hatte. Falls es ihm gelinge, würde sie ihrem Tod entgegensehen; andernfalls solle er sich einverstanden erklären, sie zu begnadigen und an ihrer Stelle zu sterben.

Da der König sowohl gerecht als auch abgeneigt war, eine Frau mit königlichem Blut hinrichten zu lassen, beschloss er, sich der Königin gegenüber großmütig zu erweisen, und stimmte zu. Vielleicht ließ er sich auf die Mutprobe ein, weil er keinen Zweifel hatte, sie zu bestehen, denn schließlich hatte er auch das Geheimnis des Königsmörders gelöst, was keinem anderen gelungen war. Doch als die Königin, die in dem Ruf stand, besonders durchtrieben zu sein, das Rätsel vortrug, bereute Maung Pauk Kyaing seine Großzügigkeit. Es lautete: »1000 für das Häuten, 100 für das Nähen, Haut für ein Kissen und Knochen für Haarnadeln«.

Maung Pauk Kyaing dachte angestrengt nach, doch es gelang ihm nicht, den Sinn der Worte zu entschlüsseln, so sehr er sich auch bemühte.

Als die Tage vorübergingen und noch immer keine Lösung des Rätsels in Sicht war, mehrte sich die Besorgnis bei den Untertanen. Sie wollten keinen weiteren Herrscher verlieren, vor allem keinen, der sich als so edel und furchtlos erwiesen hatte. Als nur noch ein Tag blieb, um das Rätsel der Königin zu lösen, war das ganze Land einer Verzweiflung nahe; der unmittelbar bevorstehende Ablauf der Frist und die damit verbundenen Folgen kamen bei jeder Versammlung im Königreich zur Sprache, das Tierreich eingeschlossen.

Zur selben Zeit vermissten Maung Pauk Kyaings Eltern ihren einzigen Sohn schmerzlich. Doch die Kunde von einem neuen König verbreitete sich schnell, und als die Eltern von Maung Pauk Kyaings Heldentaten und der Krönung erfuhren, eilten sie zu ihm. Unterwegs, ermüdet von der beschwerlichen Reise, beschlossen sie, in der Mittagszeit eine Rast unter einem Schatten spendenden Baum einzulegen. Die Krumen, die von der Wegzehrung des alten Paares abfielen, lockten einige Krähen an. Diese Vögel, schon immer eine Gattung, die gerne weitschweifige Reden schwingt, schienen an diesem Tag besonders mitteilungsbedürftig zu sein. Da das Paar aus einem kleinen Dorf stammte, in dem Mensch und Natur eng miteinander verwoben sind, war es vertraut mit dem Verhalten der Tiere und konnte sich sogar mit einigen von ihnen verständigen. Als die Krähen in Hörweite kamen, vernahmen die Eltern erstaunt, dass sie sich über ihren Sohn, den soeben gekrönten König, unterhielten. So erfuhren sie von dem Unheil, das ihm drohte.

Zutiefst besorgt, begannen die beiden Alten, in aller Eile die Überreste der Wegzehrung einzupacken. Doch just vor ihrem Aufbruch hörten sie, wie eine Krähe eine Artgenossin fragte, ob sie die Bedeutung des Rätsels verstünde. Das Paar wartete, gespannt auf die Antwort. Die Krähe behauptete, die Lösung zu kennen. Sie hatte sich nach dem Tod des Drachen in das Gemach der Königin geschlichen, in der Hoffnung, dort die Überreste des getöteten Drachen zu finden und sich daran gütlich zu tun. Sie beschrieb, was sie mit eigenen Augen gesehen hatte, nachdem man der Königin den zerstückelten Drachen übergeben hatte. Sie hatte dem Gerber 1000 Silbermünzen bezahlt, damit dieser den Drachen vollständig häutete; danach hatte sie der Hofschneiderin 100 Silbermünzen gegeben, damit sie aus der Haut einen Kopfkissenbezug nähte, auf den die Königin ihr Haupt betten konnte. Die Knochen des Drachen wurden ebenfalls verwahrt und zu Haarnadeln geschnitzt, um das Haar der Königin zu schmücken.

Die beiden Alten waren sich über die Bedeutung des Gehörten nicht ganz klar, aber sie wussten, dass sich ihr Sohn in großer Gefahr befand, und eilten deshalb unverzüglich zum Palast von Tagaung. Maung Pauk Kyaing war überglücklich, sie in die Arme zu schließen, doch das Wiedersehen nahm alsbald eine betrübliche Wendung, als er schilderte, in welcher Notlage er steckte. Daraufhin erzählten sie ihm von der Unterhaltung der Vögel, die sie zufällig belauscht hatten. Als er den Bericht seiner Eltern vernahm, erkannte der König, dass die Erklärung der Krähe die Lösung des Rätsels sein musste.

Zum ersten Mal seit vielen Nächten fiel er wieder in einen tiefen und erholsamen Schlaf. Als die Königin am darauffolgenden Morgen vor ihn trat, präsentierte Maung Pauk Kyaing zu ihrer Verblüffung, ganz zu schweigen von ihrem Leidwesen, die richtige Antwort. Damit niemand an der Gültigkeit zweifeln konnte, wurden sowohl der Kissenbezug aus der Haut als auch die Haarnadeln aus den Knochen des Drachen als Beweis vorgelegt. Als die Königin erkannte, dass ihr Racheplan gescheitert war, bereitete sie sich auf die Hinrichtung vor. Der König, der ein wahrhaft großmütiges Herz besaß und gerade erst die verstörende Aussicht auf seinen eigenen Tod vor Augen gehabt hatte, verschonte sie ein zweites Mal.

Der Rat, den Maung Pauk Kyaing von seinem Lehrer als Abschiedsgeschenk erhalten hatte, hatte ihm den Weg gewiesen und ihn befähigt, König zu werden. Während seiner langen und segenbringenden Amtszeit hielt sich Maung Pauk Kyaing stets daran. Unter seiner weisen und fähigen Herrschaft erlebte das Königreich von Tagaung ein gedeihliches Wachstum, und sein Ruf als kluger und weiser Monarch war in aller Munde. Dem König und der Königin wurden schließlich zwei blinde Knaben geboren, die ein weiteres legendäres Königreich in Burma errichteten.

DAS OMEN

နိမိတ်လက္ခဏာ

Vor langer Zeit wurden zwei Brüder königlichen Geblüts geboren, Thamala und Wimala genannt. Thamala, der Ältere von beiden, wurde schließlich König, während sein jüngerer Bruder den Rang eines Kronprinzen beibehielt.

In den fruchtbaren Ebenen der Region, in der König Thamala herrschte, gingen viele seiner Untertanen Ackerbau und Viehzucht nach. Zu den zahlreichen Gehöften gehörte auch ein kleines Stück Land, auf dem ein Ehepaar Gemüse anbaute. Als besonders ertragreich erwies sich die Ernte ihrer Kürbisse, eine leuchtend goldgelbe Feldfrucht, die einen lebhaften Kontrast zu den wuchernden grünen Blättern bildete, die von den dicken, kunstvoll ineinander verschlungenen Ranken herabhingen. Das Ehepaar hatte eine Tochter, die nicht nur gutwillig, sondern auch von außerordentlichem Liebreiz war, sodass keiner der Vorübergehenden umhinkonnte, sie zu bemerken, wenn sie ihren Eltern beim Bestellen der Felder oder dem Einbringen der reichen Ernte zur Hand ging. Ihre makellose Haut besaß einen nahezu ätherischen Schimmer, als spiegelte sie den goldenen Glanz der Kürbisse wider.

Als die Erntezeit nahte, beschloss König Thamala, es sei

an der Zeit, sowohl eine Braut heimzuführen als auch seine Soldaten auszusenden, um sein Reich genauer in Augenschein zu nehmen. Sie erhielten die ausdrückliche Anweisung, nach Kandidatinnen Ausschau zu halten, die infolge ihrer besonderen Vorzüge als seine künftige Gemahlin in Betracht kommen könnten. Während die Männer in Erfüllung ihrer Pflicht die weit verstreuten Regionen des Reiches inspizierten, gelangten sie schließlich auch zu dem kleinen Bauerngehöft mit der reichen Gemüseernte. Als die Bauerntochter die nahenden Soldaten erblickte, wurde sie von Furcht vor den unbekannten Besuchern ergriffen und lief auf das Kürbisfeld, um sich zu verstecken. Doch ihre strahlende Schönheit war schwer zu verbergen, und die Männer entdeckten sie alsbald im dichten Blätterwerk. Obwohl sie schon seit geraumer Zeit die ländlichen Regionen durchkämmt hatten, war ihnen noch kein Mädchen begegnet, dessen Erscheinungsbild sich mit dem der Bauerntochter zu messen vermochte. Ihre erlesene Schönheit war offenkundig, trotz der einfachen Kleidung und der Schmutzflecken, die von der kopflosen Flucht in die Kürbisfelder herrührten. Überzeugt, dass der König über die Wahl dieser bezaubernden Kandidatin höchst erfreut sein würde, zogen die Soldaten sie aus dem Gewirr der Blätter und Feldfrüchte hervor, in dem sie Zuflucht gesucht hatte. Dann kehrten sie in aller Eile zum Palast zurück, um dem König das schöne Mädchen zuzuführen, das sie in ihrem sonderbaren Versteck aufgespürt hatten.

In der Tat war der König überaus angetan von der jungen Frau, die seine Soldaten unter den Kürbisreben erspäht hatten, und nahm sie zu seiner Gemahlin. Sie wurde liebevoll die Kürbiskönigin genannt in Anspielung auf ihre Herkunft und die Umstände ihrer Entdeckung. Bald darauf wurde dem König und der Königin ein Sohn geboren. Es herrschte großer Jubel im ganzen Reich, doch es gab jemanden, der sich nicht über die Nachricht freuen konnte: Kronprinz Wimala. Da er die Königskrone für sich selbst begehrte, empfand er die Geburt eines Anwärters mit besseren Aussichten auf den Thron als unerträglich.

Nicht gewillt, sich durch den neugeborenen Rivalen von seiner Stellung in der Thronfolge verdrängen zu lassen, zettelte er einen Aufstand gegen seinen älteren Bruder an. Bereits nach kurzer Zeit wurde der König im Kampf getötet, und der Kronprinz bestieg den Thron. Um sicherzugehen, dass kein anderer einen Anspruch auf die Herrschaft geltend machte, schickte er seine Schwägerin und ihren jungen Sohn ohne jede Vorwarnung in die Verbannung, an einen weit entfernten Ort im Grenzgebiet zwischen dem Reich der Karen und der Mon.

Die Abreise musste so überstürzt erfolgen, dass der Hofstaat der Königin nicht in der Lage war, angemessene Vorbereitungen zu treffen, und die beschwerliche Reise endete tragisch für Mutter und Kind. Die unglückliche Königin war so erschöpft, dass sie den Säugling nicht länger mit ihrer Milch ernähren konnte. In der Hoffnung, dass jemand ihn finden und sich seiner annehmen würde, legte sie ihn, gut in Decken gewickelt, am Wegesrand ab.

Abgesehen von Tieren verschiedenster Art, von denen viele gefährlich waren, lebten nur wenige Bewohner in diesem Grenzgebiet des Reiches. Unter ihnen war eine Witwe, die eine Büffelherde hütete und bei den Bewohnern der Region unter dem Namen Mi Nan Kaye bekannt war. Als sie eines Morgens durch die Hügellandschaft streifte, entdeckte sie zu ihrer großen Verwunderung einen kläglich weinenden

Säugling im hohen Gras. Da dies ein bevorzugter Weidegrund der Büffel war und der Kleine auf dem Weg der herannahenden Herde lag, beeilte sich Mi Nan Kaye, die riesigen Tiere aufzuhalten, um zu verhindern, dass er unter ihre Hufe geriet. Er war in Tücher gewickelt, die ihr unvorstellbar kostbar erschienen, und die Erlesenheit des Stoffes weckte in der Büffelhirtin die Überzeugung, dass der Knabe aus einem vornehmen Haus, möglicherweise sogar aus einem Königshaus, stammte und ausgesetzt worden war. Da sie ihn in unmittelbarer Nähe der Grenze gefunden hatte, die das Reich der Karen und der Mon voneinander trennte, nannte sie ihn Kwan Eet Thar, was in der Sprache der Mon »Prinz der Grenze« bedeutet.

Obwohl sie kaum die Mittel dazu hatte, ein Kind großzuziehen, nahm die Witwe ohne zu zögern den weinenden Säugling in ihre Obhut. Sie molk ihre Herde und ernährte ihn mit Büffelmilch. Nach und nach kam das geschwächte Findelkind zu Kräften und entwickelte sich schließlich zu einem gesunden Knaben, der seiner Ziehmutter auf Schritt und Tritt folgte, wenn sie ihre Herde durch das unwegsame Gelände in der Grenzregion führte. Anhand seiner täglichen Erfahrungen und Beobachtungen lernte er nicht nur, wie man für die anvertrauten Tiere sorgt, sondern wurde auch auf die zahllosen Wunder der Natur aufmerksam. Als der Knabe zu einem jungen Mann herangewachsen war, drängte ihn die Büffelhirtin, die Kampfkünste zu erlernen, wie es den Sitten und Gebräuchen ihrer Vorfahren aus dem Volk der Karen und der Mon entsprach. Die jahrelangen Wanderungen mit der Herde, die durch die zerklüftete Landschaft führten, hatten Körper und Geist des Jungen geprägt und gestählt. Es erstaunt daher nicht, dass er sich als außerordentlich begabter

und gelehriger Schüler erwies, der sich rasch die Grund-
kenntnisse aneignete und besonderes Talent für die traditio-
nelle burmesische Boxkunst erkennen ließ, Lethwei genannt.
Diese Boxkampf-Variante war eine der wichtigsten Formen
des Zweikampfes, die von fast allen Männern ausgeübt wurde,
ungeachtet ihrer Herkunft oder sozialen Rangordnung.

Sobald er die verschiedenen Kampfmethoden beherrschte,
kehrte der junge Mann zu seiner Ziehmutter aufs Land
zurück, wo er wieder der friedvolleren Tätigkeit nachging,
die Herde zu hüten. Als Nan Kaye älter wurde, begannen
die körperlich anstrengenden Wanderungen über Stock und
Stein ihren Tribut zu fordern. Es fiel ihr zunehmend schwer,
über die Tiere zu wachen, und so übernahm Kwan Eet Thar
die Verantwortung für die Herde, damit seine Ziehmutter zu
Hause bleiben und sich ausruhen konnte.

Dem jungen Mann gefiel die Arbeit als Hirte mit den gemächlichen Wanderungen durch die sanfte Hügelkette an
der Seite der Büffel. Eines Tages, als er durch die Landschaft
streifte, begegnete Kwan Eet Thar einem Jäger. Der kam gerade aus dem Palast, wo ihm Gerüchte zu Ohren gekommen
waren, die er nun an den jungen Büffelhirten weitergab. Eine
Gruppe von Aufrührern bereite einen Umsturz vor und plane,
König Wimala zur Abdankung zu zwingen. Drahtzieher und
Rädelsführer sei ein Mann namens »Lumbar«, was so viel wie
Hüne bedeutet, weil der Mann dem Vernehmen nach mehr
als zwei Meter maß. Der Jäger erzählte, dass Lumbar und
sein Gefolge in Kürze in sieben großen Schiffen eintreffen
würden, um dem König den Krieg zu erklären. Kwan Eet
Thar lauschte gebannt, da er nur selten auf eine Menschen-
seele traf, wenn er die Herde hütete, geschweige denn auf
jemanden mit Neuigkeiten über eine mögliche Palastrevolte.

Der junge Mann flehte den Jäger an, ihn mitzunehmen, um seinen Beitrag zum Schutz des Palastes und des Königreichs zu leisten. Er erklärte, dass er es in den Kampfkünsten zu wahrer Meisterschaft gebracht habe und deshalb gewillt sei, stellvertretend für den König ganz alleine gegen den Hünen anzutreten. Der Jäger musterte den Jungen, der sich an der Schwelle des Mannseins befand, und stellte fest, dass er bestens in Form war und vor Kraft strotzte.

Der Jäger verabschiedete sich mit dem Versprechen, dem König von diesem Angebot zu berichten. Als er den Palast erreichte, schilderte er die Begegnung mit dem jungen Büffelhirten, wies auf seine offensichtliche Stärke, seine vermutlichen Fähigkeiten und die Bereitschaft hin, das Königreich gegen den hochgewachsenen Marodeur zu verteidigen. Der König, den die bevorstehende Auseinandersetzung mit Schrecken erfüllte, ging auf den Vorschlag des Jägers ein, den jungen Mann in den Palast zu bringen.

Bei seiner Ankunft waren alle gebührend beeindruckt von seinen Charaktereigenschaften und seiner offenkundigen körperlichen Stärke. Der König war dankbar, dass Kwan Eet Thar die Herausforderung annehmen und gegen den Hünen kämpfen wollte. Als Belohnung bot er ihm die Hand seiner Tochter und damit die Aussicht, als Kronprinz der nächste Anwärter auf den Thron zu werden. Da Kwan Eet Thar sich auf ein Unterfangen von solcher Tragweite nicht einlassen wollte, ohne zuvor mit seiner Ziehmutter zu reden, erbat er sich Bedenkzeit und die Erlaubnis, zu ihr zu reisen.

Der Bitte wurde stattgegeben, und bei seiner Rückkehr in die Grenzregion der Mon und Karen erklärte Kwan Eet Thar seiner Ziehmutter, was geschehen war. Mi Nan Kaye hörte aufmerksam zu und ermutigte ihn, in den Palast zurückzukehren und die Herausforderung anzunehmen. Nachdem sie ihm ihren Segen erteilt hatte, gab sie ihm zum Abschied noch einen wichtigen Rat mit auf den Weg. Da sie wusste, dass die hünenhafte Gestalt dem Herausforderer in einem Nahkampf einen Vorteil verschaffen würde, empfahl sie Kwan Eet Thar, eine List anzuwenden: »Da kommt deine Mutter«, solle er rufen, wenn er in Bedrängnis geriete. Sobald sich sein Gegner umdrehen würde, um sich zu überzeugen, ob diese Behauptung der Wahrheit entsprach, solle er sich mit dem Speer auf ihn stürzen. Die Abschiedsworte Mi Nan Kaye überdenkend, machte sich Kwan Eet Thar auf den langen Rückweg zum Palast.

Bei seiner Ankunft wartete sein Gegner bereits ungeduldig auf ihn. Der Hüne war tatsächlich von beispielloser Größe; seine Gliedmaßen wirkten endlos, sein Kopf befand sich in einer solchen Höhe, dass er die Sicht auf die Sonne zu versperren schien. Ein Mann mit weniger Ehrgefühl und Entschlossenheit hätte es sich bei diesem Anblick noch einmal gründlich überlegt, ob er es mit so einem menschlichen Koloss aufnehmen sollte. Doch Kwan Eet Thar waren solche Gedanken fremd, und er machte sich auf der Stelle bereit für den Kampf. Es folgte ein erbittertes Ringen, Kwan Eet Thar erwies sich, trotz des Größenunterschieds, als harter Gegner, auch wenn nach mehreren Scharmützeln offenkundig wurde, dass die Kräfte auf beiden Seiten nachließen. In der Hitze des Gefechts wusste sich Kwan Eet Thar schließlich keinen anderen Rat mehr, als zur List seiner Ziehmutter zu greifen. Sein Schrei, »Da kommt deine Mutter« rief genau die von Nankarai vorhergesehene Wirkung hervor. Er nutzte den Moment der Ablenkung und besiegte seinen Gegner. Damit war der Thron gerettet, und der dankbare König gab ihm, wie versprochen, seine Tochter zur Frau und erhob ihn zum Kronprinzen.

Anlässlich der Hochzeit eröffnete ihm seine Ziehmutter, dass sie ihn vor langer Zeit im Grenzgebiet gefunden hatte, in kostbare Gewänder gekleidet, wie man sie in ihrem entlegenen Winkel des Landes nur selten sah. Als die Geschichte dem König zu Ohren kam, erkannte er, dass der Ehemann seiner Tochter der Neffe war, den er im Säuglingsalter mit seiner Mutter aus dem Reich verbannt hatte.

Der König verstand sofort, dass das kein Zufall war: Kwan Eet Thars Rückkehr und dessen erfolgreiche Verteidigung des Königreichs, das war ein deutliches Omen. Und so übergab Wimala dem rechtmäßigen Thronerben umgehend die Herrschaft.

Wie schreibt man »Büffel«?

ကျွဲကိုဘယ်လိုရေးမလဲ

Es begab sich zu einer Zeit, als im neugegründeten Königreich von Ava große Aufregung herrschte. Der König war zutiefst besorgt über die Zustände im Land, Streit und Zwietracht loderten überall. Selbst die Lehren Buddhas schienen in vielen Orten nicht mehr befolgt zu werden. Deshalb sandte er seine Mönche aus, damit sie in alle Dörfer reisten, den Menschen zuhörten und sie ermahnten, die Worte des Erleuchteten nicht zu vergessen.

Einer dieser Mönche kam mit seinen Begleitern in ein Dorf im Nordosten, nahe der Grenze zu China. Die Menschen dort empfingen ihn freundlich, teilten ihm aber schon bald mit, dass sie seine Anwesenheit als unnötig erachteten. In ihrem Dorf seien die religiösen Pflichten nie vernachlässigt worden, das Kloster sei auch immer in der Hand fähiger Mönche und Äbte gewesen. So begegneten die Bewohner diesem Missionar aus der fernen Hauptstadt zwar mit Respekt, aber auch einer gewissen Zurückhaltung.

Schließlich näherten sie sich dem Besucher mit einer Frage. »Wir glauben, dass Ihr nicht so gelehrt und fromm seid wie unser Abt, Euer Ehren«, sagten sie zu dem Mönch. »Willigt Ihr ein, diese Frage in einem religiösen Disput endgültig zu klären?«

Der Mönch war einverstanden, und die Dörfler bereiteten alles für diesen Wettkampf vor. Es war geplant, dass sich die Gelehrten gegenseitig Fragen über ihre Religion stellen sollten. Die Antwort musste innerhalb einer Minute erfolgen, wer die Zeit überschritt oder keine befriedigende Erwiderung gab, hatte verloren.

Als der Tag gekommen war, führten die Dorfbewohner ihren Besucher in eine eigens vorbereitete Halle. Feierlich wurde der Abt hereingeleitet, und die Zuschauer jubelten. Die beiden nahmen einander gegenüber auf zwei edlen Stühlen Platz, die mit Samt und Gold ausgeschmückt waren. Der Dorfvorsteher ließ einen lauten Gong ertönen, und in die feierliche Stille hinein sprach er: »Nun wird der Disput zwischen unserem Abt und dem Mönch aus der Königsstadt beginnen. Es möge der Gastgeber die erste Frage stellen!«

Der Entsandte des Königs lehnte sich mit gerunzelter Stirn zurück in gespannter Erwartung einer schwierigen ersten Prüfung. Nach einer kurzen Pause beugte sich der Abt nach vorn und sagte laut: »Wie schreibt man das Wort Büffel?«

Überrascht und sprachlos schüttelte der Mönch den Kopf. Erwarteten die Umstehenden nun eine Antwort auf eine derart elementare, lächerlich simple Frage? Er konnte es nicht fassen. Meinte der Abt das ernst? Er schaute ihn an, in der Erwartung einer Erklärung oder weiteren Frage, doch sein Gegenüber schwieg. Der Blick des Mönches ging hinüber zu seinen Begleitern aus Ava, doch diese schienen genauso überrascht.

Der Mönch lächelte und räusperte sich auf der Suche nach einer klugen Antwort auf diese dumme Frage. Als er endlich die Stimme erheben wollte, ertönte wieder der Gong des

Dorfvorstehers. Die zulässige Zeit sei überschritten, sagte er und erklärte den Abt zum Sieger. Während die Dörfler ausgelassen ihren Sieg feierten und den Abt zurück in sein Kloster trugen, verließen der Mönch und seine Begleiter das Dorf – nicht sicher, was sie dem König berichten sollten.

Die Geschichte zweier Händler

ကုန်သည်နှစ်ယောက်ပုံပြင်

Vor langer Zeit lebten einmal eine arme Großmutter und ihre Enkelin in einem kleinen Haus an einem Fluss am Rande ihres Dorfes. Die Familie war einmal sehr wohlhabend gewesen und hatte zu den angesehensten Mitgliedern der Dorfgemeinschaft gezählt, doch von diesem Reichtum war kaum noch etwas übrig geblieben. In ihrer Hütte standen nur ein paar armselige Möbel, nachts pfiff der Wind durch die undichten Wände, und zum Kochen hatten die beiden nur einen alten, rostigen Topf auf einer provisorischen Feuerstelle. Ein bronzener Becher war das einzig Wertvolle, was sie besaßen. Da sie aber dessen Ursprung nicht kannten, wussten sie auch nicht, wie kostbar er war. Für die alte Frau und ihre Enkelin war das nur ein ganz gewöhnlicher Becher.

Eines Tages setzten zwei Hausierer, die billigen Schmuck im Dorf verkaufen wollten, über den Fluss. Der erste Händler kam zum Haus der beiden und enthüllte langsam Ketten, Ohrringe, Armbänder und vieles mehr. Er pries schwärmerisch seine Ware an, und das junge Mädchen war gleich begeistert. Oh, wie das glitzerte und glänzte! Sie hatte bei ein paar der anderen Mädchen solche Ketten schon einmal gesehen und bat die Großmutter nun, ihr etwas Schmuck zu kaufen. Diese musste traurig eingestehen, dass sie weder Geld noch etwas von Wert besaßen, um es gegen die Ware des Händlers einzutauschen.

In diesem Augenblick erspähte der Verkäufer den bronzenen Becher. Er verlangte ihn zu sehen und betrachtete das Gefäß eingehend, um seinen Wert zu schätzen. Dieser Händler war sehr gierig, er wollte den Becher zwar haben, ihn aber nicht gegen seinen Schmuck eintauschen. Deshalb warf er ihn achtlos in den Schlamm und behauptete, dieser Becher sei überhaupt nichts wert. Insgeheim hegte er die Hoffnung, die beiden Frauen würden den Becher dort liegen lassen, und er könnte ihn später auf seinem zweiten Rundgang einstecken. Dann packte er seinen Schmuck zusammen und ging fort.

Die beiden Frauen waren ratlos. Hatte der Fremde nicht ausdrücklich nach dem Becher verlangt und ihn dann liegen lassen? Verwirrt hoben sie das Gefäß auf, um vielleicht noch jemand anderen nach seinem Wert zu fragen.

Bald darauf besuchte der zweite Händler die Großmutter und ihre Enkelin, und sie zeigten ihm das fragliche Stück. Dieser Mann war ein gerechter und ehrlicher Mensch. Nachdem er den Becher untersucht hatte, erklärte er, dass dieser Gegenstand etwas ganz Besonderes sei, mehr wert als all der Schmuck, den er bei sich hatte. Er polierte eine Ecke des stumpf gewordenen Metalls, und die beiden Frauen staunten über den strahlenden Glanz der Bronze.

Wie freudig reagierte die Enkelin auf diese Nachricht! Auch die Großmutter lobte den Anstand des Mannes und willigte schließlich ein, den Becher gegen den gesamten Schmuck des Hausierers zu tauschen. Freudig wickelten sie das Geschäft ab, der Händler bestieg das Boot und fuhr mit dem Becher zurück auf die andere Seite des Flusses. Der erste, der lügnerische Verkäufer, bog gerade noch rechtzeitig um die Ecke, um zu sehen, wie der ehrbare Kaufmann mit seinem neuen Besitz an Land ging. Ganz blass wurde er vor Neid.

Die weisse Krähe und die Liebe

ကျီးဖြူနှင့်အချစ်

Hoch auf einem Berg in der Nähe Bagans lebte eine junge Frau namens Zanthi. In Wahrheit war sie eine Naga-Prinzessin und stammte von einer unheilvollen Schar drachenähnlicher Schlangenwesen ab, die in einem fernen unterirdischen Königreich hausten. Sie hatte ihren Vater über lange Zeit angefleht, die Unterwelt verlassen zu dürfen, um menschliche Gestalt anzunehmen und sich der Welt der Menschen anzuschließen. Sie war des ruch- und gesetzlosen Treibens der Naga überdrüssig und wollte ein tugendhafteres Leben führen. Es gelang ihr, ihren Vater von der Ernsthaftigkeit ihres Vorhabens zu überzeugen, und als er sie in Frieden ziehen ließ, wählte sie als ihren Wohnsitz die Kuppe eines hohen Berges, der unberührte Natur in Hülle und Fülle bot.

In ihrem neuen Domizil stand die Prinzessin bereits im Morgengrauen auf, sobald das erste Sonnenlicht über die zerklüfteten Konturen der Berge fiel, und begann mit ihren Meditationsübungen, denen sie einen beträchtlichen Teil des Tages widmete. Da sie so viel Zeit alleine in der urwüchsigen Natur verbrachte, wurde sie allmählich vertraut mit den Verhaltensweisen und Gewohnheiten der anderen Lebewesen, die auf dem Berg beheimatet waren.

Eines Tages, als sie tief in ihre beschaulichen Gedanken versunken war, wurde sie durch einen ohrenbetäubenden Lärm, der aus den Wäldern rings um den unteren Hang des Berges zu ihr heraufdrang, jäh aus ihrer Tagträumerei gerissen. Zanthi war mittlerweile an das Kommen und Gehen ihrer tierischen Mitbewohner gewöhnt und konnte jede einzelne Art an ihrer jeweiligen Lautsprache erkennen. Da sie auch die Geräusche des Windes und anderer Naturerscheinungen kannte, die am Geäst der Bäume rüttelten, wusste sie, dass sich das Gehörte auf nichts dergleichen zurückführen ließ. Wer oder was mochte hinter diesem schrecklichen Krach stecken? Es klang wie das laute Klappern von Hufen einer großen Anzahl von Pferden, die beim Durchqueren des Waldes durch das Unterholz brachen. Rhythmus und Gangart sagten ihr, dass es sich keineswegs um eine auf Abwege geratene Herde von Wildpferden handelte, sondern vielmehr um eine berittene Garde, welcher Art auch immer. Bei dem Gedanken wurde ihr ein wenig beklommen zumute.

Doch als Pferde und Reiter aus dem Gehölz auftauchten, schwand ihre Besorgnis. Der Anführer war ein junger Mann von außerordentlich anziehender Gestalt mit sonnendurchglühter Haut und wohlwollender Miene, und Zanthi spürte, dass sie nichts zu befürchten hatte. Als sich die Truppe näherte, entdeckte der Prinz die liebliche Prinzessin, die ihn von einem Felsvorsprung aus mit Bedacht in Augenschein nahm. Er war noch nie einer Frau von so erlesener Schönheit begegnet; selbst die Pracht der unberührten Natur, die sie umgab, verblasste neben ihr. Gebannt von der unerwarteten Begegnung mit der zauberhaften Bergbewohnerin, wollte er ihre Gegenwart um keinen Preis missen und befahl deshalb seinen Männern, an dieser Stelle eine Rast einzulegen und die Zelte aufzuschlagen. Der Prinz verbrachte einige glückselige Tage mit Zanthi, wich nie von ihrer Seite. Doch ungeachtet der wunderbaren Zeit, die sie miteinander erlebten, und der unverhofften tiefen Gefühle drängten die zahlreichen Verpflichtungen den Prinzen zur Heimkehr. Er wusste, dass er die sanfte Schöne schon bald verlassen musste. Er durfte die Verantwortung, die er gegenüber seinem Volk und seinem Hofstaat trug, nicht vernachlässigen. Doch bevor er widerstrebend Abschied nahm, schwor der Prinz seiner geliebten Zanthi ewige Treue. Er versprach ihr, sie so bald wie möglich in den königlichen Palast nachkommen zu lassen, wo sie endgültig vereint sein würden.

Schweren Herzens sah Zanthi zu, wie die Männer ihre Zelte abbrachen, die Pferde bestiegen und sich mit ihrem geliebten Prinzen an der Spitze des Konvois auf den langen Ritt zu Tal begaben. Doch das Geständnis seiner Liebe und das Versprechen, das er ihr vor dem Aufbruch gegeben hatte, trugen dazu bei, ihr Mut zu machen. Keine Sekunde verlor sie die Truppe aus den Augen, als sie sich den Weg über das felsige Gelände bahnte, bis die Waldregion sie abermals verschluckte und ihren Blicken entzog. Selbst dann verharrte sie noch eine Weile auf ihrem Posten auf dem Felsvorsprung und lauschte den Geräuschen der Reiter, als sie durch das dichte Unterholz trabten. Zanthi war sicher, bald würde ihr der Prinz die Botschaft schicken, dass er sie in seinem Palast erwartete.

Doch als die Tage vorübergingen, ohne dass eine Nachricht von ihm eintraf, begann sie sich zu sorgen. Vielleicht war ihm auf dem Rückweg zum Palast ein Unheil widerfahren. Als sich die Tage zu Wochen und die Wochen zu Monaten ausdehnten, nahm die Niedergeschlagenheit der Prinzessin zu. In der Zwischenzeit hatte sie entdeckt, dass sie ein Kind von dem Sonnenprinzen erwartete, und als der Zeitpunkt der Niederkunft nahte und sie immer noch kein Lebenszeichen von ihm erhalten hatte, war sie verzweifelt. Sie beauftragte daher einen Vogel, dem Prinzen die Nachricht zu überbringen, dass sie bald sein Kind zur Welt bringen würde. Aus der Vielzahl der gefiederten Geschöpfe des Berges wählte sie eine weiße Krähe als Botin, die bei Tag und bei Nacht sichtbar war, da ihre Federn sowohl im Sonnenschein glänzten als auch das sanfte Licht des Mondes widerspiegelten, wenn sie sich in wichtiger Mission ihren Weg durch die Lüfte bahnte. Die Krähe wurde mit der Anweisung entsandt, erst dann zurückzukehren, wenn sie sicher sein konnte, dass der Prinz Zanthis Nachricht erhalten hatte.

Die Krähe, mit der ihr anvertrauten Botschaft fest in ihren Krallen, glitt über die Gebirgskette hinweg, aus großer Höhe erspähte sie den mächtigen Irrawaddy und hielt den Kurs, indem sie den Biegungen des Flusses folgte. Schon bald erreichte sie die Ausläufer des Geländes, das den königlichen Palast des Prinzen umgab. Es dauerte nicht lange, und die Bewohner des Palastes wurden auf die ungewöhnliche Gegenwart einer weißen Krähe aufmerksam, die oben auf der Mauer des Palastes hockte und eine Schriftrolle umklammert hielt. Man lockte die Krähe, vom Schutzwall herunter und brachte sie zum Prinzen, der das Schreiben öffnete. Als er die Nachricht las, die ihm Zanthi geschickt hatte, fühlte er sich augenblicklich in die traumhafte Zeit zurückversetzt, die er mit der schönen Bergbewohnerin verbracht hatte.

Die zahlreichen Pflichten und Zerstreuungen des Prinzen hatten ihn daran gehindert, wie versprochen nach der Bergprinzessin zu schicken, und nachdem einige Monate vergan-

gen waren, begann die Erinnerung an die Zeit mit ihr zu ver-
blassen. Doch die Nachricht von der bevorstehenden Geburt
des Kindes rief ihm das Glück und die Liebe ins Gedächtnis
zurück, die er in Zanthis Gegenwart empfunden hatte. Der
Prinz empfand nun tiefe Reue, dass er über den täglichen
Pflichten sein Versprechen vergessen und die Prinzessin nicht
aufgefordert hatte, zu ihm zu kommen. Um seine Schuldgefühle zu mildern und seiner tiefen Freude über die Nachricht Ausdruck zu verleihen, wählte der Prinz den kostbars-
ten Rubinring aus, einen purpurrot funkelnden Stein als ein
Symbol seiner innigen Liebe zu der schönen Prinzessin. Er
wickelte den Ring sorgfältig in ein weiches Seidentuch und
bat die Krähe, ihn der Prinzessin in seinem Auftrag zu überbringen.

Die Krähe begab sich mitsamt dem kostbaren Päckchen
auf den langen Rückweg ins Gebirge. Doch kaum hatte sie
den Palast hinter sich gelassen, bemerkte sie einen Hafen, in
dem sich allem Anschein nach Kaufleute und Schiffer aus
den verschiedensten Regionen des Landes zusammengefun-
den hatten, um Waren zu kaufen, zu verkaufen und Tausch-
handel zu treiben.

Da die Krähte wusste, dass noch ein langer und beschwerlicher Weg vor ihr lag, hielt sie es für ratsam, ein wenig Nahrung zu sich zu nehmen, um sich für den Rückflug zu stärken.
Sie entdeckte eine Reihe von Händlern, die lärmend bei-
sammen saßen, aßen und tranken, und hoffte, einen Teil der
Reste der üppigen Mahlzeit für sich stibitzen zu können. Da
das Päckchen mit dem Ring sie daran hinderte, herumzu-
hüpfen und nach Essbarem Ausschau zu halten, legte sie es
am Fuße eines nahe gelegenen Baumes ab, wo sie es im Auge
behalten und schnell wieder aufnehmen konnte, wenn sie

den Heimflug antrat. Für die Krähe war die Mahlzeit ein Festgelage, da alle nur erdenklichen Leckerbissen unter den Tischen verstreut waren, an denen die Händler in fröhlicher Runde tafelten und Geschichten austauschten. Die Krähe war so vertieft in den Genuss der Köstlichkeiten, dass sie den Schatz vergaß, der nur wenige Schritte entfernt von ihr lagerte. Es geschah aber, dass einer der Händler in unmittelbarer Nähe des Baumes vorüberging, das sorgfältig eingewickelte Säckchen erspähte und, neugierig auf den Inhalt, es öffnete.

Der Händler war nicht auf die Leuchtkraft der Farbe vorbereitet, auf die sein Blick fiel, als sich ihm der Inhalt des Päckchens enthüllte. Der tiefrote Stein strahlte ein Feuer aus, das nur von der Kraft der wahren Liebe übertroffen werden konnte. Gebannt von der Pracht des Rubins, wurde dem Händler bewusst, dass er einen ungeheuer kostbaren Ring vor sich hatte, und als er sich umsah und niemanden entdeckte, der den Schatz bewachte, konnte er der Versuchung nicht widerstehen, das Juwel verstohlen in seine Tasche gleiten zu lassen. Wohl wissend, dass der Besitzer jederzeit zurückkehren konnte, um das Säckchen zu holen, kaschierte er den Diebstahl, indem er den Ring rasch gegen ein Dunghäufchen von annähernd gleicher Größe und Gewicht austauschte und in das weiche Seidentuch wickelte.

Die Krähe, dank der Köstlichkeiten, die ihr vom Bankett der Kaufleute zugefallen waren, gestärkt und bereit, die Reise fortzusetzen, kehrte zum Fuß des Baumes zurück, wo sie das kostbare Päckchen abgelegt hatte. Sie nahm es auf, flog auf schnellstem Weg zum Berggipfel zurück und überreichte Zanthi das Geschenk. Obwohl die Prinzessin seit Monaten nichts von ihrem Prinzen gehörte hatte, hegte sie nach wie vor die heimliche Hoffnung, dass es eine einleuchtende Erklärung für sein Schweigen geben musste und er ihre Liebe erwiderte. Mit zitternden Fingern öffnete sie das schöne Seidentuch, das ihr der Prinz geschickt hatte und das gewiss eine Botschaft enthielt. Doch als nur ein Dunghaufen zum Vorschein kam, konnte die Botschaft nicht deutlicher sein. In diesem Augenblick erstarb in ihr auch der letzte Funken Hoffnung. Es würde kein glückliches Wiedersehen mit ihrem geliebten Prinzen geben. Zanthis Herz war gebrochen, und auch die natürliche Schönheit der Berglandschaft hatte für sie jeglichen Reiz verloren. Den irdischen Gefilden entsagend, warf die Prinzessin ihre liebreizende menschliche Hülle ab, die ihr nichts als Kummer und Leid beschert hatte, und nahm wieder ihre ursprüngliche Gestalt als Naga-Drachenprinzessin an. Doch bevor sie in das Reich ihres Vaters in der Unterwelt zurückkehrte, kroch sie zu einer nahe gelegenen Höhle und legte dort im Schatten eines Baumes drei Eier ab. So war sie nun von den letzten Überresten ihrer irdischen Verstrickungen befreit. Sie nahm ein für alle Mal Abschied von ihrem früheren Bergparadies und stieg wieder hinab in das Königreich der Nagas.

Bald darauf erklomm ein Jäger den Berg, auf der Suche nach Wild und anderem essbaren Getier. Da der Aufstieg anstrengend war, hielt er Ausschau nach einem Platz, an dem er sich ein paar Minuten ausruhen konnte. Der weitläufige Schatten, den der Baum in der Nähe der Höhle warf, weckte seine Aufmerksamkeit, und er beschloss, dort eine kurze Verschnaufpause einzulegen. Nachdem er wieder zu Kräften gekommen war, ließ er den Blick über die Umgebung schweifen und bemerkte ein sonderbares Funkeln im Innern der Höhle. Er fragte sich, ob er vielleicht auf eine geheime

Schatzkammer gestoßen war, und wollte der Sache auf den Grund gehen. Doch statt Gold und Juwelen entdeckte er unweit des Eingangs zur Höhle drei Eier, ein jedes ungewöhnlicher als das andere. Eines war von einem so tiefen Braun, als bestünde es aus poliertem Ebenholz, das zweite war von einem so strahlenden Weiß wie der Schaum auf den Wellen, die am Meeresufer anbranden, und das dritte besaß einen Schimmer, als wäre es aus purem Gold. Obwohl der Schatz nicht gerade das war, was sich der Jäger erhofft hatte, erkannte er doch, dass es sich um einen außergewöhnlichen Fund handelte. Da er nicht wusste, ob sich der Besitzer der Eier in der Nähe aufhielt, bettete er sie rasch in ein Polster aus Moos, stopfte sie in seinen Ranzen und machte sich ohne zu zögern an den Abstieg.

Der Heimweg des Jägers führte über Felsen und unebene Pfade, keine günstige Wegstrecke für jemanden, der eine so zerbrechliche Fracht wie Eier mit sich führt. Es kam, wie es kommen musste: Der Jäger rutschte auf einem feuchten Stein aus und stürzte. Das goldfarbene Ei zerbrach. Rubine und zahlreiche andere Juwelen quollen aus der Hülle, und einen Augenblick lang war die Erde an der Stelle, an der das Ei zersplittert war, mit Edelsteinen übersät, deren Funkeln ein prächtiges Farbenspiel am Himmel entfachte. Doch das Feuerwerk war nur von kurzer Dauer, da die schweren Juwelen rasch im weichen Erdboden versanken.

Enttäuscht machte der Jäger Rast am Ufer eines Sees, da wurde er von einem plötzlich hereinbrechenden Unwetter überrascht. Flüsse traten über ihre Ufer, und die beiden verbliebenen Eier wurden von der reißenden Strömung des Irrawaddy erfasst und fortgeschwemmt. Das dunkelbraune Ei gelangte auf magische Weise nach Thandwe, wo es unversehrt am Flussufer lag, bis ihm ein wunderschönes Menschenkind entschlüpfte, eine Prinzessin, die später zur Herrscherin dieser Region wurde. Das glänzende weiße Ei wurde vom Fluss bis Nyaung-U mitgeführt, wo die Sandbänke als Polster dienten und die zarte Hülle vor dem Zerbrechen schützten. Dort entdeckte ein altes Bauernpaar, das eines Tages die Buchten nach Verwertbarem durchkämmte, das schimmernde ovale Ei am Rande des Wassers. Es lag für die beiden Alten auf der Hand, dass es sich um ein ganz besonderes Ei handelte, und so hoben sie es behutsam auf und beschlossen, einen Einsiedler zu Rate zu ziehen, der für seine Weisheit und Tugendhaftigkeit bekannt war und vielleicht Aufschluss über die Bedeutung des Fundes geben konnte.

Der Einsiedler bemerkte den außergewöhnlichen Glanz, der von dem Ei ausging, und ermahnte das Paar, besonders gut auf den Schatz achtzugeben, der durch eine glückliche Fügung des Schicksals in ihre Obhut gelangt sei. Er sagte voraus, dass eines Tages ein Junge mit einer edlen Gesinnung und einer ruhmreichen Zukunft daraus hervorgehen würde. Die beiden Alten, die keine eigenen Kinder hatten, waren überglücklich über die Prophezeiung des Einsiedlers und hüteten das Ei wie ihren Augapfel. Eines Tages zeigten sich erste Risse in der Schale, und es dauerte nicht lange, bis ihr ein kleiner Junge von vollkommener Gestalt entschlüpfte. Seine Haut wies einen ähnlichen Schimmer auf wie die äußere Hülle des Eis. Das Paar freute sich und nannte ihn Pyusawhti. Es lag auf der Hand, dass die Prophezeiung des Einsiedlers eingetroffen war, da sich der Junge durch außerordentliche Klugheit, Anmut und Charaktereigenschaften auszeichnete, die bei einem so jungen Menschen ungewöhnlich waren.

Die Eheleute, die dem Jungen so viele Vorteile wie möglich auf seinem Lebensweg mitgeben wollten, brachten ihm alles bei, was sie über die Natur, den Wechsel der Jahreszeiten und die beste Zeit zum Pflanzen und Ernten der Feldfrüchte wussten. Sie lehrten ihn auch, wie wichtig es sei, andere mit Respekt und Einfühlsamkeit zu behandeln. Als Pyusawhti alt genug war für den Beginn einer formalen Erziehung und Ausbildung, gab ihn das Paar in die Obhut eines hoch angesehenen Mönches. Der Mönch war sehr zufrieden mit seinem außergewöhnlichen Schüler, der sich auf allen Wissensgebieten als gelehrig und begabt erwies. Der Unterricht im Kloster war umfassend, wobei der Schwerpunkt auf der religiösen Unterweisung und den Kampfkünsten lag. Es heißt, dass Pyusawhti es in der Kunst des Bogenschießens zu wahrer Meisterschaft brachte.

Während Pyusawhti seine Ausbildung erhielt, hatte sein leiblicher Vater den Thron bestiegen und war zum König seines Reiches gekrönt worden. Er war immer noch von tiefer Traurigkeit erfüllt, dass es ihm nicht gelungen war, sich wieder mit seiner schönen Bergprinzessin zu vereinen oder mitzuerleben, wie ihr gemeinsames Kind aufwuchs. Er hatte viele Jahre nah und fern nach Mutter und Kind gesucht, doch alle Bemühungen waren vergebens. Seine Verzweiflung und die Vorwürfe, die er sich machte, waren so groß und so offenkundig, dass selbst die Geister Mitleid mit dem niedergeschlagenen Herrscher empfanden. Und so erfuhr er von der Rast der Krähe während des Rückflugs, dem damit verbundenen Diebstahl des Rubinringes und dem anschließenden Austausch gegen den Dung. Zur Strafe für ihre Pflichtvergessenheit versengte der König, der von der Sonne abstammte und ihre Macht zu entfesseln vermochte, das

Federkleid der Krähe. Seit dieser Zeit sind die Krähen nicht mehr weiß, sondern kohlschwarz.

Die Geister wiesen dem König den Weg zu der kleinen Ansiedlung Nyaung-U. Der König war überglücklich, dort seinen so wohlgeratenen Sohn vorzufinden, und wurde nicht müde, ihm von seiner Herkunft und seiner Mutter zu erzählen. Er bereute noch immer zutiefst, das Versprechen gebrochen zu haben, das er der Prinzessin gegeben hatte. Er wusste, dass die von ihm verschuldete Traurigkeit Zanthi bewogen hatte, der Erde zu entsagen, da sie glauben musste, der Prinz habe sie verraten. Gemeinsam ehrten Vater und Sohn ihr Andenken und brachten ihr in einer der Naga-Höhlen im Umkreis Milch und Blumen als Opfergaben dar.

Bis heute versuchen Paare in Burma, die sich einen Sohn wünschen, die Nagas mit ähnlichen Opfergaben gnädig zu stimmen.

Mu Yeh Peh und der Preis der Liebe

မူယေးဖေနှင့်အချစ်၏ တန်ဖိုး

Es gab einmal eine Zeit in der Geschichte Burmas, in der das Volk der Shan einen großen Teil des Landes beherrschte. So auch ein kleines Dorf der Karen, in dem eine junge Frau namens Mu Yeh Peh lebte. Sie war für ihre Schönheit weit bekannt und besaß darüber hinaus noch eine ganz außergewöhnliche Gabe – sobald sie Wasser trank, fing dieses an, aus ihr heraus golden zu strahlen, ihr Gesicht und ihre Kehle leuchteten hell und wunderschön.

Die Kunde von dieser übernatürlich anmutenden Erscheinung verbreitete sich schnell, und bald hörte auch der Shan-König davon. Zu dieser Zeit war es üblich, dass die Könige mehrere der schönsten und außergewöhnlichsten Mädchen ihres Königreiches zur Frau nahmen. Der Monarch war neugierig geworden und brach mitsamt Gefolge auf zu dem Dorf, in dem Mu Yeh Peh lebte.

Die Nachricht vom bevorstehenden Besuch des Königs verbreitete sich in Windeseile, und Mu Yeh Peh stand vor einer unmöglichen Entscheidung: Sie war in einen jungen Mann verliebt, den sie heiraten wollte. Außerdem war es für die Karen unter fremder Herrschaft ausgeschlossen, außerhalb ihres Stammes zu heiraten. Für Mu Yeh Peh galt dies umso mehr, weil sie ob ihrer Schönheit und ihrer wundersamen Kraft von allen Karen verehrt wurde und zu einer Art Heiligen des Stamms geworden war. Und so beschlossen die Karen, die junge Frau in Windeseile in einen Schleier zu hüllen und in den Bergen zu verstecken.

Bald darauf traf der König ein. Als er hörte, dass seine Braut nicht da war, und ihm auch niemand sagen konnte, wo sie war und wann sie wiederkommen würde, geriet er außer sich vor Wut. Hatte er diese ganze Reise etwa vergeblich angetreten? Er befahl, die Karen mit schwerer Zwangsarbeit zu bestrafen, bis Mu Yeh Peh sich zeigen würde.

Aber auch unter dem Joch dieser Strafe verriet kein Karen die junge Schönheit. Der König saß derweil in seinem Palast und wurde von Tag zu Tag erboster. Schließlich verkündete er, dass fortan alle Frauen der Karen jeden Tag schwerste Holzbretter zum Palast schleppen müssten. Dort würde man sie dann zum Trinken zwingen, in der Hoffnung, dass Mu Yeh Peh sich auf diese Weise offenbaren würde.

Die Gesuchte aber wurde weiter in den Bergen versteckt gehalten. Als ihr jedoch zu Ohren kam, mit welchen Maßnahmen der König die Frauen ihres Stammes quälte, beschlichen sie Zweifel. Sollte sie sich nicht doch den Königstruppen stellen? Den Heiratsantrag des Königs würde sie ablehnen, und dann? Vermutlich wäre es ihr Todesurteil.

Einen Tag und eine Nacht rang Mu Yeh Peh mit sich, dann fiel ihre Entscheidung: Es gab keine andere Wahl, sie musste sich stellen und ihren Stamm aus dem Elend befreien.

Mu Yeh Peh mischte sich unter die Frauen, die sich, mit schweren Holzbrettern beladen, zum Palast schleppten. Dort stellte sie sich zum befohlenen Wassertrinken an. Vor den

Augen der königlichen Wachen nahm sie einen Schluck, und sogleich wurde sie am goldenen Glanz erkannt und zum König geführt, der ihr einen Heiratsantrag machte. Höflich, aber bestimmt lehnte sie ab und flehte um Gnade. Doch der König kannte kein Erbarmen und ließ sie in einen Kerker werfen. Krank vor Sehnsucht nach ihrem Geliebten und hadernd mit ihrem Los verbrachte sie dort einige Tage, bis sie von Soldaten abgeholt wurde. Wenn sie noch Zweifel an ihrem Schicksal gehabt hatte, dann waren diese spätestens in diesem Augenblick verflogen. Die Wachen führten sie auf einen großen öffentlichen Platz vor dem Schloss. Dort hatten sie ein Loch ausgehoben, in das sie Mu Yeh Peh hineinstießen. Der König überwachte das Geschehen voller Grimm und erteilte dann das Kommando: Zwei Elefanten begannen, einen großen Baumstamm in Richtung der Grube zu rollen, der Mu Yeh Peh unter sich begraben sollte. Doch als die Elefanten Mu Yeh Peh sahen, verweigerten sie den Dienst!

Der König tobte vor Wut. Man sollte so schnell wie möglich blinde Elefanten herbeiführen, befahl er, was dann auch geschah. Nur mit Mühe gelang es den Soldaten, die Menge in Schach zu halten, und nun sollte die Hinrichtung beginnen.

Die Tiere näherten sich langsam der Grube. Da erklomm Mu Yeh Pehs Geliebter, der begabteste Kletterer weit und breit, einen hohen Bambusstamm, bis dieser sich immer weiter nach unten bog und in die Grube neigte. Er wollte seine Geliebte greifen und mit ihr fliehen!

Doch der Bambus war zu kurz. Der junge Mann konnte Mu Yeh Peh nicht erreichen, und anstatt mit ihr zu entkommen, wurde er festgenommen und zu ihr in das Erdloch geworfen.

Die Elefanten rollten die Baumstämme heran, bis das Holz die Grube für immer verschloss. Mu Yeh Peh und ihr Geliebter starben gemeinsam in inniger Umarmung.

Noch heute warten viele Karen auf die Wiedergeburt Mu Yeh Pehs in der Hoffnung, dass sie ihren Stamm einen und in eine bessere Zukunft führen möge.

Die Schöne und der Faulpelz

မိန်းမချောနှင့်လူပျင်း

Die Villa des zu großem Wohlstand gekommenen Reishändlers war prächtig geschmückt. Durch die Flure wehte der Geruch von köstlichen Currys, gebratenen Fischen, frischen Früchten. Es war der Tag, an dem seine einzige, für ihre Schönheit in der ganzen Stadt bekannte Tochter heiraten wollte. Ihr Ehemann stammte ebenfalls von begüterten Eltern, und nach Meinung des Reishändlers stand einer glücklichen Zukunft des Paares nichts im Wege.

In den Monaten nach der Trauung ließ er für sie einen eigenen kleinen Palast erbauen, der über und über mit Gold verziert war. Es sollte an nichts fehlen. Doch nach einiger Zeit begann sich der Schwiegersohn unwohl zu fühlen. Er wollte hinaus in die Welt, Abenteuer erleben und nicht vom Geld seiner Eltern und Schwiegereltern leben.

»Wir haben doch alles, was wir zu unserem Glück brauchen. Geh nicht fort«, bat ihn seine Frau. »Unsere Eltern werden für uns und unsere Kinder sorgen. Warum willst du dich den Gefahren einer langen Reise aussetzen?«

»Weil ich nicht durch eine fremde Nase atmen möchte«, erwiderte ihr Mann. »Ich will mein eigener Herr sein und die Welt entdecken.«

Die Schwiegereltern flehten ihn an, es sich anders zu überlegen. Er hatte eine wunderschöne Frau, einen kleinen Palast, warum trotzdem die Gefahren einer Reise in ferne Länder auf sich nehmen?

Aber der junge Mann beharrte auf seinen Plänen, kaufte ein Schiff und brach auf.

Zurück blieb eine tief enttäuschte und gekränkte Ehefrau, die auf Rache sann. Mein Mann respektiert meine Wünsche nicht, dachte sie zu sich selbst, so werde ich auch seine Wünsche nicht respektieren. Er ist auf der Suche nach Abenteuern, so werde auch ich mich auf die Suche nach ihnen machen. Er verachtet den Reichtum meiner Eltern, er wird sehen, was er davon hat!

Sie befahl ihren Dienern, den größten Faulpelz und Dummbatz der Gegend zu finden und zu ihr zu bringen.

Zu ihrem Erstaunen stand am Abend ein junger, sehr gut aussehender Mann vor ihr. Sie lud ihn ein zu bleiben, und in der Dunkelheit der Nacht begannen sie ein heimliches Liebesspiel, das von Woche zu Woche leidenschaftlicher wurde.

Die Monate vergingen, und eines Tage wollte der Faulpelz von seiner Geliebten wissen, was eigentlich geschehen würde, wenn ihr Ehemann zurückkäme? Daran hatte sie noch keinen Gedanken verschwendet, und gemeinsam sannen sie auf eine List. In der folgenden Nacht gingen sie zum Friedhof und gruben den Leichnam einer kurz zuvor verstorbenen jungen Frau aus, schleppten die Tote zum Palast, legten sie in das Ehebett, zündeten den Palast an und flohen in eine andere Provinz.

Die Flammen waren gefräßig. Bis auf die Grundmauern brannte das Gebäude nieder, und die Eltern fanden nur noch den verkohlten Leichnam einer Frau. Ihre Herzen wurden ganz krank vor Kummer und ihre Sinne verwirrt.

Die Tochter hingegen hatte allen Schmuck und viele Edelsteine mit auf die Flucht genommen und lebte von dem Reichtum zunächst prächtig. Da ihr Geliebter jedoch ein wahrer Faulpelz war und auch sie das Arbeiten nicht kannte, neigte sich ihr Vermögen bald dem Ende.

»Was machen wir eigentlich, wenn alles Geld ausgegeben ist?«, fragte der Faulpelz, der vom süßen Leben fett und dick geworden war.

Darauf hatte seine Geliebte erst einmal keine Antwort. Es dauerte einen ganzen Tag und eine Nacht, bis sie einen Plan ausgeheckt hatte. »Du bist so dick geworden«, erklärte sie, »dass dich in unserer Stadt kein Mensch mehr erkennt. Mein Äußeres hat sich nicht so sehr verändert, und wenn meine Eltern mich sehen, werden sie mich für eine Doppelgängerin ihrer verstorbenen Tochter halten und gut für uns sorgen.«

Die beiden wanderten zurück in die Stadt, aus der sie stammten, und hockten sich als Bettler verkleidet in die Nähe der Villa des Reishändlers. Es vergingen nur wenige Stunden, da kam die Mutter des Weges. Als sie ihre Tochter sah, rief sie laut: »Ich traue meinen Augen nicht. Du bist das Ebenbild unseres verstorbenes Kindes.«

»Wir sind nur arme Bettler und bitten um ein kleines Almosen«, erwiderte die Tochter mit verstellter Stimme.

»O nein, ihr seid ein Geschenk! Folgt mir in unser Haus. Ihr sollt verwöhnt werden, es wird euch an nichts fehlen.«

Die beiden bekamen feine Kleider und gutes Essen, und der Reishändler und seine Frau in ihrer Trauer luden sie ein zu bleiben. Der Anblick eines Menschen, der ihrem Kind so sehr ähnelte, sei ihnen ein unermesslicher Trost. Sie ließen den niedergebrannten Palast Stein für Stein wieder aufbauen und baten die vermeintlichen Bettler, dort einzuziehen.

Die Zeit verging, und eines Tages segelte ein stolzes Handelsschiff in den Hafen, voll beladen mit Gold, Edelsteinen, feinstem Tuch und exotischen Gewürzen. Es war der Ehemann, der sich sofort voller Freude auf den Weg zu seinen Schwiegereltern machte. Sein Herz zerbrach, als er von dem Feuer und dem grausamen Tod seiner Frau hörte. Geplagt von Trauer, schlechtem Gewissen und Schuldvorwürfen wanderte er durch die Stadt. Umso größer war seine Überraschung, als er plötzlich vor einem Palast stand, der dem abgebrannten so sehr ähnelte. Er ging hinein, streifte durch die Zimmerflure, bis er schließlich das Schlafzimmer erreichte und dort seine Frau in den Armen ihres Geliebten fand.

»Du verwechselst mich«, widersprach sie. »Ich bin nicht deine Ehefrau, sondern eine Bettlerin.«

Ihre Eltern eilten herbei, ebenso die Nachbarn, alle bezeugten sie das verheerende Feuer und den Fund des verkohlten Leichnams.

Der Mann ließ sich nicht beirren. »Seit meiner Abreise vergehe ich vor Sehnsucht nach meiner geliebten Frau. Glaubt ihr wirklich, ich würde sie nicht erkennen?«

Weil jeder behauptete, die Wahrheit zu sagen, und niemand eine Lösung fand, wurde die oberste Richterin des Landes gerufen, um den Fall zu hören und ein Urteil zu sprechen.

Sie hörte sich die verschiedenen Fassungen der Geschichte an und forderte dann alle auf, den Saal zu verlassen. Sie wolle abschließend mit jedem der Betroffenen unter vier Augen reden.

Als sie mit dem Ehemann allein war, sprach sie: »Alle Zeugenaussagen und die Beweise sprechen gegen dich. Wenn du die Wahrheit sagst, versuchst du eine Frau, die dich betrügt und schamlos lügt, zurückzubekommen. Das ist unverzeihlich. Wenn du die Unwahrheit sagst, versuchst du, die Frau eines anderen Mannes zu bekommen. Auch das ist unverzeihlich. Warum nimmst du nicht mich als Frau? Ich habe keinen Mann, genieße hohes Ansehen und bin, mit Verlaub, auch nicht hässlich.«

»Verehrte Richterin«, entgegnete der Mann, »bei aller Hochachtung, Ihr Angebot ist verlockend, aber ich weiß, dass Sie mich nur in Versuchung bringen wollen. Ich bin verheiratet. Die angebliche Bettlerin ist meine Frau, die ich liebe und die ich gegen ihren Willen verlassen habe, um unnötige Abenteuer zu erleben.«

Die Richterin schickte ihn hinaus und verlangte nun nach dem Faulpelz.

»Mein Lieber«, begann sie freundlich, »du wirkst, als würdest du dir nicht allzu viele Sorgen machen. Warum begehrst du die Frau eines anderen Mannes? Nimm mich, ich habe Geld, lebe allein und freue mich über einen Mann. Wir könnten ein Leben in Luxus führen.«

»Sehr gern«, entgegnete der Dummbatz hocherfreut. »Eine Frau ist so gut wie die andere.«

Die Richterin schickte auch ihn hinaus und wollte nun die angebliche Bettlerin sprechen.

»Meine Gute, ich verstehe Sie nicht. Warum wollen Sie bei dem Faulpelz bleiben, wenn Sie die Ehefrau dieses angesehenen und wohlhabenden Weltenfahrers sein können?«

»Geschätzte Richterin«, erklärte die Frau. »Sie sind eine Frau, ich bin eine Frau, und wir beide wissen, dass Frauen wie Früchte sind. Wenn die Frucht am Baum hängt, gehört sie zu dem Baum, fällt sie hinunter, liegt sie auf der Erde und kann nicht mehr an den Baum zurückkehren.«

Die Richterin schüttelte den Kopf und beorderte alle Betroffenen zurück in den Saal, um ihr Urteil zu verkünden: »Die Frau«, hob sie an, »gehört zu dem heimgekehrten Seefahrer. Der Faulpelz beging Ehebruch und schuldet eine Entschädigung. Aber was kann dieser Nichtsnutz schon bieten? Er besitzt kein Geld, kein Vieh, keinen Hof.«

An die angebliche Bettlerin gewandt erklärte sie: »Eine Frucht kann nicht an den Baum zurück, aber eine Tochter zu ihrer Mutter.«

Zum Schluss richtete sie das Wort an den Ehemann: »Ihre Frucht ist verfault, wenn Sie darauf bestehen, spreche ich sie Ihnen zu. Aber wenn Sie meinen Rat hören wollen: Segeln Sie wieder auf die Weltmeere hinaus und machen sich auf die Suche nach einer neuen Liebe!«

DER FISCHER UND SEINE BELOHNUNG

တံငါသည်နှင့်ၚင်းနှင့်ထိုက်တန်သည့် ဆုလာဘ်

Die Fischer an der Küste hatten ihre Boote an Land gezogen und fest an Palmen vertäut. Die Farben des Himmels und des Meeres verrieten ihnen, dass ein schwerer Sturm aufzog und sie vorsichtig sein mussten.

Da kam ein Abgesandter des Hofs angeritten und verlangte nach frischem Fisch. Der König wollte zu jeder Mahlzeit mindestens einen gebratenen Fisch essen, und in der Palastküche war keiner mehr vorrätig. Als er sah, dass auch die Körbe der Fischer leer waren, traten ihm vor Angst die Schweißperlen auf die Stirn. Der Monarch konnte recht ungehalten werden, wenn seine Wünsche unerfüllt blieben, und gerade beim Essen und seinen Lieblingsspeisen kannte er kein Pardon. Der Diener bat die Fischer hinauszurudern, doch die deuteten nur auf die tiefschwarzen Wolken und die Schaumkronen, die sich auf den immer höher werdenden Wellen kräuselten. Sie wollten nicht ihr Leben riskieren. Der Abgesandte flehte sie an, ihm zu helfen, sie wüssten ja gar nicht, was mit ihm geschehen würde, wenn er ohne Fisch an den Hof zurückkehrte. Doch ein junger, besonders mutiger Fischer empfand Mitleid mit ihm und erklärte sich bereit, die Gefahr auf sich zu nehmen.

Gemeinsam schoben sie sein Boot in die Brandung, er ruderte nach Leibeskräften und war bald darauf zwischen den tiefen Wellentälern kaum mehr auszumachen.

Der Sturm wütete immer kräftiger, es begann zu regnen, und allmählich fürchteten die Fischer, dass das Meer ihren Kameraden für immer verschlungen hatte. Es vergingen Stunden, der Bedienstete des Hofs war dabei, seinen Mut zu verlieren, als plötzlich ein besonders hoher Brecher das Ruderboot zurück an Land spülte. Darin saß der Fischer, in den Händen hielt er einen großen, fetten Fisch.

Gemeinsam eilten sie zum Schloss, und der Fischer wurde sogleich zu den Gemächern des Königs geführt. Vor der letzten Tür wartete der Haushofmeister auf ihn. Er betrachtete den Fisch. »Einen guten Fang hast du da gemacht«, sagte er spitz. »Aber was immer du gleich als Belohnung bekommst, die Hälfte davon gehört mir.«

»Ich habe im Sturm mein Leben riskiert«, protestierte der Fischer empört. »Ich gebe dir ein Zehntel.«

»Nein. Wir machen halbe-halbe, oder ich lasse dich nicht hinein.«

»Warum sollst du überhaupt etwas bekommen?«

»Weil du sonst den König nicht siehst und gar nichts bekommst. Ganz einfach.«

Der Fischer sah ein, dass er machtlos war, und erklärte sich einverstanden. Der Haushofmeister öffnete die schwere Tür und verkündete die Ankunft eines Fischers mit einem frischen Fisch. Der Monarch betrachtete das Tier, und ihm lief das Wasser im Mund zusammen. Der Koch bereitete es zu, und schon wenig später schwelgte der König in seiner Lieblingsspeise. Als er satt und zufrieden auf seinen Kissen ruhte, ließ er den Fischer zu sich rufen.

»Dir gebührt mein Dank«, sprach der Herrscher. »Was wünschst du dir? Womit kann ich mich erkenntlich zeigen? Edelsteine? Ein neues Boot?«

Der Fischer blickte zu Boden und schüttelte den Kopf. »Nein, mein verehrter König, nichts dergleichen. Ich möchte nichts als zwanzig Peitschenhiebe auf den nackten Rücken.«

Der König prustete vor Lachen. »Humor besitzt du auch, großartig. Aber ich meine es ernst. Du darfst dir eine Belohnung aussuchen. Äußere deinen Wunsch, und er wird erfüllt.«

Der Fischer wiederholte seine Worte, und dem erstaunten König blieb nichts anderes übrig, als nach einer Peitsche zu verlangen.

Der junge Mann zog sein Hemd aus, und der König schlug zu, so sanft er konnte.

»Mein Gebieter, nicht so zaghaft. Hauen Sie, so doll Sie können.«

Der König wollte sein Versprechen halten und ließ nun die Peitsche mit aller Kraft auf den Rücken niederfahren. Nach dem zehnten Schlag sprang der Fischer auf und rief: »Halt, nun ist es genug. Der Haushofmeister ist an der Reihe.«

Der König verstand nicht und wandte sich an seinen Diener, der das Geschehen wortlos und mit einem Gesicht bleich wie Kreide verfolgt hatte.

Mit stockenden Worten gestand er die von ihm erzwungene Abmachung und erhielt darauf seine zehn Peitschenhiebe.

Anschließend entließ der König ihn, weil er seine Macht missbraucht hatte, und bestellte den mutigen Fischer zu seinem neuen Haushofmeister.

Der beste Geschichtenerzähler

ပုံပြောအကောင်းဆုံးသောသူ

In einem Dorf lebten vier junge Männer, die schon von Kindesbeinen an eine enge Freundschaft verband. Nach getaner Arbeit auf dem Feld trafen sie sich am liebsten im Teehaus und erzählten sich die wundersamsten Geschichten. Oft saßen sie bis spät in der Nacht zusammen und wetteiferten darum, wer der beste Geschichtenerzähler sei.

Eines Tages sahen sie einen Fremden am Nebentisch hocken und eine Nudelsuppe essen. Er trug einen edlen Longyi, ein kostbares Hemd und eine noch viel kostbarere Weste darüber. Die vier Freunde steckten ihre Köpfe zusammen und überlegten sich eine List, wie sie dem Reisenden seine teure Kleidung abnehmen könnten.

Nach einer Weile gesellten sie sich zu ihm und begannen ein Gespräch. Sie fragten, woher er komme und wohin sein Weg ihn führen solle. Irgendwann schlugen sie ihm einen Wettstreit vor. Jeder von ihnen sollte eine möglichst aberwitzige Geschichte zum Besten geben. Wer sich anmerken ließ, dass er an der Wahrheit der Erzählung zweifle, würde zum Sklaven der anderen werden. Als Richter wollten sie den Besitzer des Teehauses berufen.

Der Fremde fand Gefallen an dem Vorschlag und willigte

ein. Sie bestellten noch eine Runde Tee, Kekse und geröstete Melonenkerne zum Knabbern, und der erste der jungen Männer begann zu erzählen.

»Meine Mutter liebte Früchte, und von allem Obst war die Mango ihr die liebste Frucht. Vor unserem Haus wuchs ein großer, stolzer Mangobaum, und als ich noch in ihrem Bauch steckte, bat meine Mutter meinen Vater, für sie ein paar von den köstlichen Früchten zu ernten. Mein Vater erwiderte, dass er das gerne tun würde, aber die reifen Mangos hingen zu hoch am Baum, es wäre zu gefährlich, ihn zu erklimmen. Er gehe jedoch gern auf den Markt, um ihr welche zu kaufen. Meine Mutter aber bestand darauf, dass es Früchte von ihrem Baum sein mussten, denn keine waren süßer und saftiger. Und so bat sie meine drei Brüder, ihr welche zu pflücken. Doch auch die erklärten ihr, dass es zu gefährlich wäre, auf den Baum zu steigen. Meine geliebte Mutter war so enttäuscht, dass ich es nicht lange ertragen konnte. In der Nacht kroch ich aus ihrem Schoß und bestieg den Baum. In den folgenden Stunden erntete ich fast den ganzen Baum leer und stapelte die frischen Mangos vor dem Bett meiner schlafenden Mutter zu einer Pyramide. Kurz vor Sonnenaufgang kroch ich wieder in ihren Leib zurück. Als sie erwachte, traute sie ihren Augen nicht. Niemand wusste, wie die Mangos vom Baum in ihr Schlafzimmer gekommen waren, aber sie konnte nun so viel von ihnen essen, wie sie wollte, und auch noch meine Brüder und die Nachbarn damit beschenken.«

Der junge Mann nippte an seinem Tee und blickte erwartungsvoll in die Runde.

Aber der Reisende nickte nur zustimmend.

Und so begann der zweite junge Mann zu erzählen.

»Nicht weit von unserem Haus entfernt steht ein alter

Eukalyptusbaum. Der ist so groß, dass sein Wipfel an manchen Tagen an den Wolken kratzt. Kurz nach meiner Geburt, ich werde kaum älter als zwei Wochen gewesen sein, beschloss ich, den Baum zu erkunden. Hinaufzuklettern war viel mühsamer als gedacht, aber noch viel schwieriger war es, wieder hinabzusteigen. Als ich in der Mitte angekommen war, ging es nicht mehr weiter, und ich fürchtete schon, auf dem Baum übernachten zu müssen. Da fiel mir ein, dass der Schmied im Dorf eine lange Leiter besaß. Ich rannte so schnell ich konnte zu ihm, borgte sie mir und lief zurück zum Baum. Mithilfe der Leiter konnte ich dann auch den Rest sicher hinunterklettern.«

Der Fremde lächelte, und in seinem Blick lag nicht der geringste Zweifel an der Wahrheit der Geschichte.

Die vier Freunde schauten sich enttäuscht an. Nun war der dritte junge Mann an der Reihe.

»Schon als ganz kleines Kind liebte ich es, allein durch den Dschungel zu streifen. Einmal, ich war gerade ein Jahr alt geworden, sah ich einen Hasen in einem Busch verschwinden und kroch neugierig hinterher. Ich krabbelte immer tiefer ins Dickicht, doch statt eines Hasen lag plötzlich ein Tiger vor mir. Er schaute mich aus großen, hungrigen Augen an. Ich fragte ihn, ob er einen Hasen habe vorbeilaufen sehen. Der Tiger schüttelte nur den Kopf, riss sein Maul auf und fletschte mit den Zähnen. Es gab keinen Zweifel, er wollte mich mit Haut und Haar verspeisen. Er solle mich in Ruhe lassen, sagte ich ihm, doch das dumme Tier hörte nicht. Es kam immer näher, und mir blieb nichts anderes übrig, als ihm einen kräftigen Hieb zu versetzen. Ich hatte wohl etwas zu doll zugeschlagen, denn der Tiger brach in der Mitte entzwei und war auf der Stelle tot.«

Gespannt blickte der junge Mann von einem zum anderen. Seine Zuhörer schwiegen nachdenklich, doch es lag kein Argwohn in ihren Gesichtern.

Und so begann der vierte junge Mann zu erzählen.

»Ich möchte vorausschicken, dass ich sehr gern Fisch esse und ihn ebenso gern selber angle. Im vergangenen Jahr reiste ich für ein paar Tage an den Strand, lieh mir von einem Fischer sein Boot aus und ruderte hinaus aufs Meer. Doch auch nach Stunden hatte ich nichts gefangen, obgleich die Gewässer reich an Fisch sein sollten. Ich sprach mit anderen Fischern, und die berichteten das Gleiche. Seit Tagen kehrten sie ohne Fang an Land zurück, selbst die besten Köder nutzten nichts.

Ich beschloss, der Sache nachzugehen, sprang ins Meer und tauchte in die Tiefe. Das Wasser war angenehm warm und klar, nur Tiere konnte ich darin nicht entdecken. Nach drei Tagen und Nächten fand ich endlich des Rätsels Lösung. Auf dem Meeresgrund lag ein Fisch, groß wie ein Berg. Er bewegte sich kaum, hin und wieder nur öffnete er sein Maul, und wie durch eine magische Kraft angezogen verschwanden darin alle Fische weit und breit. Ich schwamm zu dem Ungetüm und tötete es mit einem Faustschlag. Vom langen Tauchen war ich hungrig geworden und entschied mich, das Tier an Ort und Stelle zu essen. Ich entzündete ein Feuer, grillte und verspeiste es. Anschließend tauchte ich wieder auf, schwamm zurück ans Ufer und sagte den anderen Fischern, dass das Problem gelöst sei und sie bald wieder mit vollen Netzen zurückkehren würden.«

Siegesgewiss schaute der Erzähler in die Runde, doch alle nickten, niemand äußerte auch nur die geringsten Bedenken, ob diese Begebenheit so wohl stimmen könnte.

Nun war es an dem Fremden, seine Geschichte zu erzählen.

»Es ist noch gar nicht so lange her, da besaß ich eine große Anzahl an Papayabäumen. Einer von ihnen war ganz besonders groß und schön gewachsen, doch er wollte keine Früchte tragen. Meine Arbeiter rieten mir, ihn abzuholzen, aber ich brachte es nicht übers Herz. Im folgenden Jahr hingen plötzlich vier große Früchte an ihm, schöner und prächtiger als an allen anderen Bäumen. Als sie reif waren und gelbrot in der Sonne glänzten, nahmen wir sie ab. Als ich sie aufschnitt, kletterte aus jeder einzelnen Frucht ein junger Mann heraus, und die vier wurden fortan meine Arbeitssklaven. Leider waren sie träge und faul und liefen nach wenigen Wochen einfach fort. Seitdem reise ich durch das Land auf der Suche nach ihnen. Heute ist mein Glückstag, denn ich habe sie gefunden. Ihr und sonst niemand seid meine entlaufenen Arbeitssklaven. Packt eure Sachen und kehrt zurück mit mir auf meinen Hof.«

Die vier jungen Männer erstarrten vor Schreck. Nicht einmal ihren Tee rührten sie mehr an. Wenn sie dieser Geschichte Glauben schenkten, müssten sie den Worten des Fremden folgen und sich mit ihm auf den Weg in seine Heimat machen. Glaubten sie ihm aber nicht, hätten sie die Wette verloren und müssten sich ebenfalls als seine Sklaven verdingen.

Der Reisende musterte sie mit einem breiten Lächeln. »Und?«, fragte er.

Als sie nichts erwiderten, wollte nun der Besitzer des Teehauses von ihnen hören, ob sie diese Geschichte für wahr hielten. Keiner der vier brachte einen Ton heraus. Also erklärte er den Reisenden zum Gewinner der Wette.

»Da ihr nun meine Sklaven seid«, sagte der Sieger, »gehört mir auch all euer Besitz. Zieht eure Hosen und Hemden aus und gebt sie mir. Danach schenke ich euch die Freiheit.«

Die vier Männer taten, wie ihnen geheißen. Der Mann schnürte ihre Kleidung zu einem großen Bündel und verließ damit fröhlich singend das Dorf.

Das Krokodil und das Äffchen

မိချောင်းနှင့်မျောက်လည်

Vor langer Zeit lebte ein Krokodil mit seiner Frau am Ufer eines mächtigen Stroms. Die Frau fühlte sich oft krank und schwach, und eines Tages erklärte sie ihrem Mann, dass nur der Verzehr eines Affenherzens sie heilen könnte. »Bitte, Liebling«, flehte sie ihn an, »bring mir das Herz eines jungen Äffchens.«

Das Krokodil liebte seine Frau sehr und machte sich sogleich auf die Suche. Beide Seiten des Flusses waren von hohen Bäumen gesäumt, und das Krokodil sah in ihren Wipfeln oft Affen herumtoben. Dabei war ihm einer ganz besonders aufgefallen, weil er so neugierig und mutig war. Auf den Zweigen, die über das Wasser reichten, wagte er sich am weitesten vor und kletterte geschickt und ohne Furcht auf die höchsten Äste. Er war klein von Statur, musste aber ein großes Herz haben. So schwamm das Krokodil in die Mitte des Stroms und hielt nach diesem Affen Ausschau. Es trieb den ganzen Tag im Wasser, und als es kurz davor war, aufzugeben, entdeckte es das Äffchen in einem Mangobaum.

»Hör mal, Affe«, rief es, »die Früchte auf der anderen Seite des Flusses sind viel, viel größer und saftiger. Wenn du willst, bringe ich dich hinüber.«

»Ich glaube dir kein Wort«, erwiderte der Affe. »Warum

sollen sie dort besser sein als hier? Du willst mich nur fressen.«

»Aber nein, ich meine es nur gut mit dir«, behauptete das Krokodil. Doch das Äffchen ließ sich nicht beirren.

Diese Begegnung wiederholte sich in den folgenden Tagen ein ums andere Mal. Das Krokodil berichtete von den unfassbar großen Bananen und den köstlichen Papayas am anderen Ufer, und der Affe blieb bei seinem Misstrauen. Doch schon bald siegte seine Neugierde, und er bat das Krokodil, ihn wie versprochen hinüberzubringen.

Er kletterte auf den Rücken, das Krokodil schwamm los, nur um in der Mitte des Stroms langsam abzutauchen.

»Was machst du?«, schrie der Affe entsetzt. »Ich werde ertrinken.«

Nun gestand das Krokodil, dass es in der Tat gelogen hatte und den Affen nun töten werde, weil seine kränkliche Frau das Herz begehre.

Da lachte der Affe. »Töte mich, wenn du willst«, rief er. »Aber mein Herz bekommst du nicht. Glaubst du wirklich, wir Affen tragen es mit uns herum? Wie sollen wir so leicht von Baumwipfel zu Baumwipfel springen, wenn wir immer unser schweres Herz dabeihaben?«

Das Krokodil wurde nachdenklich.

»Wir verstecken unsere Herzen in Bäumen«, fuhr der Affe fort. »Wir legen sie in kleinen Höhlen oder Nestern ab. Wenn deine Frau unbedingt ein Affenherz haben will, dann bringe mich ans Ufer, und ich besorge dir nicht nur eins, sondern gleich zwei.«

Das Krokodil schwamm an Land und ließ das Äffchen frei.

Kurz drauf kehrte es mit zwei außergewöhnlich großen

und saftigen Feigen zurück. Es behauptete, dies seien besonders kräftige Affenherzen und gab sie dem Krokodil. Das
kehrte glücklich und zufrieden heim zu seiner Frau.

Die aß die Früchte in dem Glauben, Affenherzen zu verspeisen, und erfreute sich von dem Tage an bester Gesundheit.

DIE KLUGEN AFFEN

မျောက်လည်များ

Vor einiger Zeit lebte ein Hutmacher, der große Strohhüte herstellte. Diese Hüte brauchten die Menschen bei ihrer Arbeit auf den Feldern, um sich vor der Sonne zu schützen, und so machte er meistens gute Geschäfte. Eines Tages, als er eine Ladung Hüte hergestellt hatte, packte er sie alle in einen großen Korb und machte sich auf den Weg zum nächsten Dorf. Dort war Markttag, und viele Menschen würden seine Hüte kaufen wollen.

Der lange Marsch war mühsam, die Sonne schien am blauen Himmel, und so machte der Hutmacher nach einiger Zeit Rast im Schatten eines großen Banyan-Baums. Er wollte eigentlich nur kurz verschnaufen, doch in der Hitze schlief er schnell ein.

Einige Zeit später erwachte er wieder, sah zur Sonne und bemerkte, dass er eine ganze Weile geschlafen hatte. Nun musste er sich beeilen, um noch rechtzeitig ins Dorf zu kommen. Ärgerlich blickte er sich nach seinen Hüten um. Doch er traute seinen Augen kaum – alle Hüte waren weg! Nur der auf seinem eigenen Kopf war noch da. Hastig lief der Hutmacher um den großen Baum herum, völlig ratlos, wie das geschehen sein konnte. Er suchte in den Büschen und bei den Wurzeln, doch er fand keinen einzigen Hut.

Irgendwann hörte er ein Lachen aus der Baumkrone über ihm und sah nach oben. In den Wipfeln saß eine große Gruppe Affen, und jeder hatte einen Strohhut auf dem Kopf! Sie bogen sich vor Lachen, während der Hutmacher unten schimpfte und drohte und sich verrenkte, um seine Hüte wiederzubekommen. Sogar seine wütenden Bewegungen ahmten sie nach!

Dieses Spiel der Affen machte den Hutmacher zornig und brachte ihn schließlich auf eine Idee. Die Tiere erinnerten ihn an ungezogene Kinder. Vielleicht kann ich sie ja überlisten, dachte er.

Laut sagte er: »Oh, was für ein schöner Hut.« Er nahm seinen Hut in die Hände, betrachtete ihn von allen Seiten und setzte ihn sich schließlich wieder auf den Kopf. Die Affen taten es ihm gleich.

Als Nächstes meinte der Hutmacher: »Es ist so warm heute, nicht wahr?« Dabei nahm er den Hut wieder ab und fächelte sich damit Luft zu. Oben in den Wipfeln kreischten die Affen vor Vergnügen und ahmten ihn nach.

Der Mann, der seinen Strohhut wieder aufgesetzt hatte, nahm ihn nun erneut vom Kopf und inspizierte ihn kritisch. »Oh, dieser Hut gefällt mir nicht mehr«, sagte er schließlich und schmiss ihn entschieden auf die Erde.

Die Affen lachten, nahmen die Hüte in die Hände und warfen sie allesamt auf den Boden.

Der Hutmacher lachte zufrieden, während die Affen, erbost über diese List, im Baum schrien und tobten, sich aber nicht hinunterwagten. Schnell sammelte der Mann seine Hüte ein und setzte seinen Weg fort.

Viele Jahre später übernahm der Sohn des Hutmachers das Geschäft seines Vaters. Dieser Sohn bekam selber Kinder, von denen der Älteste sich entschloss, in der Tradition seines Großvaters ebenfalls Hüte zu flechten. So kam es, dass sich, über zwanzig Jahre später, ein junger Mann mit einem großen Korb voller Strohhüte auf den Weg ins gleiche Dorf machte, denn dort war wieder einmal Markttag.

Der Weg war immer noch beschwerlich, es war wieder ein heißer Tag, und der junge Mann machte unter demselben Baum Rast, unter dem schon sein Großvater ein Nickerchen gehalten hatte. Auch der Enkel schlief ein und fand bei seinem Erwachen all die Hüte nicht mehr, die er in mühevoller Arbeit geflochten hatte. Er schaute sich suchend um, ratlos, was geschehen sein könnte. Auf einmal erinnerte er sich an eine Geschichte, die ihm sein Großvater immer erzählt hatte, als er noch ein kleiner Junge gewesen war. Also spähte er hinauf in die Baumkrone, und natürlich saßen dort ganz viele Affen, mit einem breiten Grinsen im Gesicht und Strohhüten auf dem Kopf.

Der junge Mann nahm seinen Hut, betrachtete ihn kurz und setzte ihn sich wieder auf.

Die Affen hoch über ihm taten es ihm gleich: Sie inspizierten ihre Hüte und stülpten sie dann wieder über ihre Köpfe.

Der junge Hutmacher fächelte sich mit seinem Hut theatralisch Luft zu. Wieder kreischten die Affen, schwangen sich in den Ästen hin und her, ahmten ihn nach.

Selbstbewusst nahm der Enkel nun seinen Hut in die Hand. Er hielt ihn hoch in die Luft, für alle gut zu sehen. Die Affen hingen an seinen Lippen. Dann verzog er angeekelt sein Gesicht und sagte laut: »Dieser Hut gefällt mir gar nicht mehr.« Energisch pfefferte er den Hut vor sich ins Gras.

Nun brachen die Affen hoch oben in lautes Gelächter aus. Sie kreischten und bleckten ihre Zähne, sie tobten durch die Baumkrone, warfen ihre Hüte in die Luft und fingen sie wieder auf. Doch kein einziger Affe warf seinen Hut auf den Boden.

Völlig ratlos stand der junge Hutmacher am Fuß des Baumes. Da sah er, wie einer der Affen zu ihm nach unten kletterte. Mit einem großen Satz landete das Tier schließlich vor ihm. »Du hast deinen Großvater, der dir Geschichten erzählt und dir die eine oder andere List verrät«, sagte er mit einem breiten Grinsen. »Aber wir haben auch unsere Großväter!«

Drei Frauen und ein Mann

အမျိုးသမီးသုံးယောက်နှင့်အမျိုးသားတစ်ယောက်

Es lebte einst ein sehr gut aussehender junger Mann, der für seine Klugheit, sein einnehmendes Wesen und seinen Witz in der ganzen Stadt bekannt war. Er war der Sohn einer wohlhabenden Familie und hätte seine Kindheit ohne große Sorgen verbracht, wäre da nicht seine Angst vor Schlangen gewesen. Wann immer er eine Schlange im Garten oder beim Spielen entdeckte, mochte sie auch noch so klein und harmlos sein, rannte er schreiend nach Hause und wollte sich kaum beruhigen. Des Nachts träumte er oft von Kobras und Vipern, die ihn verfolgten, und wie schnell er auch vor ihnen weglief, sie holten ihn ein und bissen ihn.

Die Furcht vor Schlangen verließ ihn auch nicht, nachdem er geheiratet hatte. Häufig sagte er zu seiner Frau, dass er bestimmt eines Tages an einem Schlangenbiss sterben werde. Doch unter keinen Umständen dürfe sie ihn, wie es üblich war, einäschern. Sie solle seinen Leichnam auf ein Floß binden und den Fluss hinunter dem Meer zutreiben lassen.

Eines Tages vernahm die Frau einen entsetzlichen Schrei aus dem Garten. Sie eilte hinaus, auf dem Weg vor ihr lag reglos ihr Mann, durch das Gras schlängelte sich eine Giftschlange davon. Die Frau brach in lautes Wehklagen aus. Sie rief nach einem Schreiner, um ihrem geliebten Ehemann wenigstens den letzten Wunsch erfüllen zu können. Der Tischler baute ein Floß, und unter vielen Tränen wurde der junge Mann auf seine letzte Reise geschickt.

Flussabwärts wohnte ein Schlangenbeschwörer mit seinen drei Töchtern. Die schwammen und spielten gerade im Wasser, als der Leichnam vorbeitrieb. »Seht mal, ein Floß mit einem Toten drauf«, rief die Älteste. Ihre Schwester schwamm hinaus und zog es mit aller Kraft an Land. Die Jüngste der drei lief nach Hause und holte den Vater. Der untersuchte den leblosen Körper, sah den Schlangenbiss und erklärte seinen Töchtern, dass der junge Mann noch nicht tot sei und er ihn retten könne. Sie schleppten ihn in ihre nahe gelegene Hütte, der Vater saugte das Gift aus der Wunde, rieb die Brust mit einer seiner Tinkturen ein, und schon bald darauf erwachte der Totgeglaubte. Die drei Schwestern verliebten sich auf den ersten Blick in ihn, und es begann ein heftiger Streit, wer ihn heiraten dürfe.

»Er gehört mir«, rief die Erste. »Ich habe ihn auf dem Wasser treibend entdeckt.«

»Red keinen Unsinn«, zeterte die Zweite. »Wäre ich nicht hinausgeschwommen und hätte das Floß an Land gezogen, wäre er jetzt gar nicht bei uns. Ich habe ein Anrecht darauf, seine Frau zu werden.«

»Nein«, widersprach die Dritte. »Ihr dummen Gänse. Hätte ich nicht unseren Vater geholt, wäre er vor euren Augen gestorben. Deshalb darf nur ich ihn heiraten.«

Der Zank der Schwestern wurde immer erbitterter, bis schließlich die Älteste erklärte, sie sollten damit aufhören. »Es gibt viele junge Männer, lasst uns nicht weiter streiten. Wenn wir uns nicht einigen können, soll er seines Weges gehen.«

Die zweitälteste Schwester war mit dem Vorschlag einverstanden, die dritte nicht. »Wenn ihn von uns keine bekommt, dann soll ihn gar keine Frau heiraten«, rief sie und streifte in Windeseile ein magisches Band über den Knöchel des überraschten jungen Mannes. Im Nu verwandelte sich dieser in einen wunderschönen Papagei und flog davon.

Auf der Suche nach Futter landete der Vogel im Garten des Königs. Es war ein großzügiger Park mit vielen prächtigen Blumen, und der Papagei zerrupfte sie eine nach der anderen. Wütend versuchte der Gärtner, das Tier mit ein paar Steinwürfen zu vertreiben, doch er war kein guter Werfer und verfehlte sein Ziel. Schließlich aber gelang es ihm, den Vogel in eine Falle zu locken. Er brachte ihn zum König, berichtete aufgebracht, was dieser Tunichtgut von einem Papagei angerichtet habe, und bat um Erlaubnis, ihn zu töten.

Der König jedoch fand Gefallen an dem hübschen Tier mit seinem bunten Gefieder, ließ einen goldenen Käfig anfertigen und schenkte es seiner Tochter. Die junge Prinzessin, die sich in ihrem kostbar eingerichteten Turmzimmer oft fast zu Tode langweilte, schloss den Papagei sofort ins Herz und beschäftigte sich viele Stunden am Tag mit ihm. Sie brachte ihm einige Wörter bei und zähmte ihn so weit, dass er auf ihrer Schulter saß und ihr aus der Hand fraß.

Eines Tages bemerkte sie ein kleines, buntes Bändchen um seinen Fuß. Neugierig zog sie daran, und vor ihren Augen verwandelte sich der Vogel zurück in den schönen jungen Mann, der er gewesen war. Die beiden verliebten sich ineinander und begannen ein ebenso heimliches wie leidenschaftliches Liebesabenteuer, das über Monate unentdeckt blieb. Wann immer sich jemand dem Zimmer der

Prinzessin näherte, streifte sie ihrem Geliebten das magische Band über den Fuß, und er verwandelte sich wieder in den Papagei.

Irgendwann jedoch wurden die Kammerdienerinnen misstrauisch ob der lauten und fröhlichen Geräusche, die seit geraumer Zeit aus den Gemächern der Prinzessin drangen. Sie schlichen zur Tür und spähten durch das Schlüsselloch. Ein junger Mann! Im Schlafzimmer der Prinzessin! Die Entsetzensschreie der Hofdamen hallten durch das ganze Schloss. Im Glauben, einen Eindringling töten zu müssen, eilten die Palastwachen heran und durchsuchten die Gemächer der Prinzessin, doch sie fanden nichts außer der Tochter des Königs und ihren Papagei. Das Tier war so unruhig, dass der Kommandant es sich näher anschauen wollte. Bevor er nach dem Vogel greifen konnte, schlug dieser mit den Flügeln und flog durch den Raum. Die spitzen Lanzen der Soldaten machten ihm Angst, laut und aufgeregt kreischend entschwand er zum Fenster hinaus.

Alles wäre gut gewesen, wäre er dabei nicht mit dem Bändchen an einem Haken im Rahmen hängen geblieben. Es fiel vom Fuße ab, und der Papagei verwandelte sich, vor den Augen der Palastwachen, zum Menschen. Er stürzte in einen Busch zu Füßen des Schlossturms, blieb dort benommen liegen, hatte sich dabei aber glücklicherweise nicht verletzt. Als er die Rufe der heraneilenden Soldaten hörte, sprang er auf und rannte davon.

Er war ein schneller Läufer, seine Verfolger aber gaben nicht auf. Langsam ließen seine Kräfte nach, und er schaute sich verzweifelt nach einem Versteck um. In der Ferne entdeckte er eine Villa und lief, so schnell ihn seine Füße trugen, dorthin. Er stürmte hinein und platzte in das Mittagessen eines reichen Händlers mit seiner Frau und seiner Tochter.

»Sie müssen mich retten«, flehte der junge Mann. »Die Soldaten des Königs sind hinter mir her, aber ich habe nichts verbrochen.«

Der Hausherr wusste aus eigener Erfahrung, dass der König nicht immer ein Gerechter war. »Setz dich an den Tisch und tu so, als ob du zu uns gehörst«, sagte er und legte Teller und Besteck vor den Fremden.

Kurz darauf stürmten die Palastwachen herein. »Wir suchen einen Einbrecher«, riefen sie, »und wir haben ihn in dieses Haus laufen sehen.«

»Wir haben nichts bemerkt, aber schaut euch nur um«, erwiderte der reiche Händler. »Bitte erlaubt mir in der Zwischenzeit, mit meiner Frau, meiner Tochter und unserem Schwiegersohn unser Mahl in Ruhe zu Ende zu essen.«

Die Soldaten stellten das ganze Haus auf den Kopf, und da sie nicht wussten, wie der Mann aussah, den sie suchten, schöpften sie auch keinen Verdacht. Am Ende entschuldigten sie sich bei der Familie für die Störung, verließen die Villa und setzten ihre Suche fort.

Die Tochter aber hatte sich Hals über Kopf in den Besucher verliebt und bat ihre Eltern, ihn heiraten zu dürfen. Sie konnten ihrem einzigen Kind keinen Wunsch abschlagen, und da auch der junge Mann einverstanden war, wurden sie wenige Tage später getraut.

Der Prinzessin jedoch war das Herz gebrochen. Sie sprach kein Wort mehr, wollte nicht essen und nicht trinken und wurde sehr krank. Ihr Vater ließ die berühmtesten Medizinmänner im ganzen Reich rufen, aber niemand wusste, was der Prinzessin fehlte oder wie man ihr Leiden lindern konnte.

Der König gesellte sich zu seiner Tochter und befahl allen, ihre Gemächer zu verlassen. »Liebstes«, hob er an, »du bist mir das Wichtigste auf der Welt. Sag mir, gibt es denn gar nichts, was ich für dich tun kann?«

Da brach die Prinzessin ihr Schweigen, erzählte, was geschehen war und dass ihr Herz am Liebeskummer zerbrechen werde, wenn sie ihren Geliebten nicht wiedersehe.

Der König wusste Rat. Er befahl seinen Hofschauspielern, ein Stück aufzuführen, und lud alle reichen Familien und Edelmänner seines Reichs zur Vorstellung ein. Wer der Einladung nicht Folge leiste, habe mit einer schweren Strafe zu rechnen.

Während der Aufführung ging die Prinzessin durch die Reihen und musterte jeden Besucher gründlich. Es dauerte nicht lange, da entdeckte sie ihren Geliebten und seine frisch angetraute Frau. »Du hast mir meinen Mann gestohlen«, schrie die Prinzessin wütend.

»Er hat dich offensichtlich verlassen«, erwiderte die junge Braut kühl, »nun ist er bei mir.«

Da sprang eine weitere Frau auf und erklärte, dass dieser Mann ihr tot geglaubter Ehemann sei und zu ihr gehöre.

Der Streit tobte immer heftiger, sodass der König den obersten Richter des Landes zu Hilfe rief.

Der hörte sich die Geschichten der drei Frauen an und sprach nach einiger Bedenkzeit folgendes Urteil: »Die erste Frau hielt ihren Mann für tot und übergab ihn dem Fluss. Damit war die Ehe erloschen. Die Prinzessin lebte später in einem eheähnlichen Verhältnis mit ihm. Sie befreite ihn von seinem Fluch und sorgte für ihn. Aber sie beschützte ihn nicht, als er in Not geriet und die Soldaten ihres Vaters ihn jagten und töten wollten. Deshalb kann auch sie keine

Ansprüche geltend machen. Die Tochter des reichen Händlers und ihre Familie hingegen gewährten ihm Unterschlupf. Ohne ihre Hilfe wäre er von den Soldaten gefangen und hingerichtet worden. Deshalb ist nur sie seine rechtmäßige Ehefrau.«

DIE GESCHICHTE VOM VATER UND SEINEM SOHN ODER WOHER DER WIND UND DAS WASSER IHRE KRAFT HABEN

အဖေနှင့်သားပုံပြင် သို့မဟုတ် လေနှင့်ရေတို့ စွမ်အားရရှိရခဲ့ပုံများ

Es lebte einst in einem Dorf ein Mann mit seiner Frau, deren sehnlichster Wunsch es war, ein
Kind zu bekommen. Sie übten sich in Geduld,
wie ihre Nachbarn es ihnen rieten. Sie tranken
die Kräutertees, die der Medizinmann ihnen braute. Sie versuchten es an jenen Tagen, die ihnen der Astrologe als die
günstigsten errechnet hatte.

Es nützte alles nichts.

Sie hatten ihre Hoffnungen fast aufgegeben, da wurde die
Frau doch noch schwanger und gebar einen Sohn. Für ihren
Mann war dies der schönste Tag in seinem Leben. Er konnte
sich nicht sattsehen an dem Wunder, das er in seinen Armen
hielt. Der Kleine war sehr groß, weitaus größer und kräftiger
als andere Säuglinge. Der Mann störte sich nicht daran. »Jedes Kind ist anders«, beschied er die staunenden Nachbarn.

Es verwunderte ihn auch nicht, dass das Kind bereits nach
wenigen Stunden seine ersten Worte sprach. »Ich habe Hunger«, rief der Junge laut und deutlich.

»Appetit ist gesund«, sagte der Vater und begann den Sohn
zu füttern. Der Kleine hörte gar nicht auf zu essen. Im Alter
von einem Monat aß er zum Frühstück mehr als sonst drei
Kinder am ganzen Tag. Mit einem Jahr war er ein Nimmer-

satt, der bei jeder Mahlzeit so viel Reis und Gemüse verspeiste, dass davon eine ganze Familie hätte satt werden können.

»Mit dem Kind stimmt etwas nicht«, tuschelten die Nachbarn und beäugten es misstrauisch. Doch die Eltern liebten ihren Sohn über alles und wollten davon nichts hören. Auch als der Junge über die Maßen zu wachsen begann, störte sie das nicht im Geringsten. »Jedes Kind ist anders«, wiederholte der Vater wieder und wieder.

Als der Junge mit fünf Jahren seine Eltern um mehr als einen Kopf überragte und am Tag so viel aß wie drei Familien zusammen, war er auch seiner Mutter nicht mehr geheuer.

»Unser Kind wird mir unheimlich«, sagte sie zu ihrem Mann eines Abends, als der Junge schlief.

»Fängst du auch noch damit an«, entgegnete er erbost. »Er ist unser geliebter Sohn. Soll er doch essen und wachsen, so viel er will.«

Damit sein Kind ja nicht hungern musste, stand der Vater noch vor der Sonne auf, um die Felder zu beackern, und er tat es gern. Doch erst als der Junge zu einem jungen Mann herangewachsen war, aber sowohl sein Körper als auch sein Appetit nicht aufhören wollten zu wachsen, begann auch der Vater, sich Sorgen zu machen. Er musste sich eingestehen, dass sie alte Eltern waren und ihre Kräfte allmählich nachließen. Wie lange würden sie noch in der Lage sein, den Hunger ihres Kindes zu stillen? Zumal es keine Anstalten machte, ihnen bei der Feldarbeit zur Hand zu gehen.

Und so sprach der Vater zu seinem Sohn: »Mein geliebter Junge, du bist so groß und kräftig, und deine Eltern werden langsam müde von der vielen Arbeit. Es ist an der Zeit, dass du uns hilfst.«

»Aber selbstverständlich«, erwiderte der Junge. »Das mache

ich gern. Sag mir nur, was ich tun kann, und ich werde es erledigen.«

Erleichtert erklärte ihm der Vater, dass in den kommenden Wochen ein Teil des Waldes gerodet werden musste, um Platz für neue Felder zu schaffen. Am nächsten Tag ging er zum Schmied des Dorfes und kaufte ein neues Beil. Als er es seinem Sohn gab, lächelte dieser ihn liebevoll an. »Mein verehrter Vater, was soll ich mit einem so kleinen Werkzeug. Besorge mir eine anständige Axt, damit ich dir auch richtig helfen kann.«

So ging der Mann noch einmal zum Schmied und erwarb die größte Axt, die es gab. Doch auch diese wirkte in den mächtigen Händen seines Sohnes wie ein Spielzeug. Schließlich fertigte der Schmied eine Axt an, die so groß und schwer war, dass er sie gemeinsam mit zwei Gesellen schleppen musste.

»Die ist genau richtig«, rief der Sohn erfreut. »Lieber Vater, nun zeige mir die Bäume, die ich fällen soll.«

Wohlgestimmt machten sich die beiden auf den Weg. Es war ein großes Stück Wald, das weichen sollte, und der Bauer fürchtete, dass es Wochen dauern würde. Der Sohn hingegen zeigte sich unbeeindruckt von der Arbeit, die vor ihnen lag. »Vater, du hast so viel für mich gearbeitet. Geh du doch nach Hause und ruh dich aus. Ich werde anfangen, und du wirst heute Abend sehen, wie weit ich gekommen bin.«

Wohl war dem Vater nicht bei dem Gedanken, sein Kind allein zu lassen, sei es auch noch so groß und kräftig. Doch seine Gelenke schmerzten, er war erschöpft und dankbar für das Angebot.

Als er am Nachmittag zurückkehrte, war nicht ein Baum gefällt und sein Sohn verschwunden. Voller Angst lief der

Bauer durch den Wald auf der Suche nach ihm. Er fand ihn auf einer Lichtung schlafend, den Kopf auf einen Felsen gebettet. Der Vater betrachtete zärtlich seinen schlafenden Jungen. Er war ein Riese, sicher, aber doch auch noch ein Kind, und was für ein liebes. Obgleich noch so viel Arbeit vor ihnen lag, brachte er es nicht übers Herz, ihn zu wecken.

Kurz darauf erwachte der Sohn von allein und erschrak, als er seinen Vater erblickte. »Es tut mir so leid. Ich war ein wenig müde und wollte mich nur kurz ausruhen. Nun habe ich den ganzen Tag verschlafen. Verzeih mir.«

»Das macht nichts«, antwortete der Vater liebevoll. »Dann fangen wir eben morgen an. Nun ist es zu spät. Lass uns nach Hause gehen, du hast bestimmt Hunger.«

»O nein. Laufe du vor, ich werde mit der Arbeit beginnen und komme später nach.«

»Aber es wird bald dunkel.«

»Das macht nichts. Mach dir keine Sorgen.«

»Eltern machen sich immer Sorgen«, wandte der Bauer lächelnd ein und begab sich auf den Weg zu seiner Frau.

Und sein Sohn begann mit der Rodung. In Windeseile fällte er die Bäume, es genügten wenige seiner kräftigen Schläge, und auch die größten Stämme knickten um, als wären es Strohhalme. Es dauerte nicht lange, und weit und breit standen kein Baum und kein Busch mehr. Zufrieden machte er sich auf den Heimweg.

Als der Vater am nächsten Morgen sah, was sein Sohn geleistet hatte, konnte er vor Stolz kaum an sich halten. Jeder im Dorf sollte wissen, wie fleißig und hilfsbereit sein Kind war. Die anderen Bauern staunten nicht schlecht, als sie die gefällten und sorgsam gestapelten Bäume erblickten. Doch aus der Verwunderung erwuchsen schnell Neid und Missgunst. Was für sie eine wochenlange Plackerei bedeutete, erledigte dieser Riese in wenigen Stunden. Nicht anders würde es bei der Bestellung der Felder und der Ernte aussehen. Der alte Bauer und seine Frau würden kaum mehr arbeiten müssen und trotzdem bald zu den reichsten Bewohnern des Dorfes gehören.

Und so begannen sie die Saat der Angst und des Zweifels zu säen. Bei jeder Gelegenheit warnten sie den alten Bauern vor seinem Kind. Er war ein Riese mit übermenschlichen Kräften, der noch immer wuchs und stärker wurde. Jetzt war er vielleicht noch gutmütig und friedsam, was aber, wenn er als junger Mann wütend und aggressiv wurde, sich im Streit gar gegen die Eltern wandte? Niemand wäre in der Lage, ihm Einhalt zu gebieten. Er stelle eine Gefahr dar für alle Bewohner des Dorfes und nicht zuletzt auch für seine Eltern. Es sei höchste Zeit, ihn loszuwerden.

Der Vater wollte von all dem nichts hören. Es war nichts als dummes Gerede von geschwätzigen Leuten. Er liebte seinen Sohn viel zu sehr, um sich auch nur für eine Sekunde mit dem Gedanken zu beschäftigen, ihn fortzuschicken.

Als die Dorfbewohner merkten, dass der Alte nicht auf sie hörte, beschlossen sie, Vater und Sohn in einen Hinterhalt zu locken und zu töten. Sie luden die beiden ein, mit ihnen auf die Jagd zu gehen. Und da der Bauer keinen weiteren Streit wollte und der Junge ein stets hilfsbereiter Mensch war, willigten sie sogleich ein.

Ein paar der Bauern schickten die beiden voraus in eine Schlucht, die bekannt war für ihre gefährlichen Steinschläge. Die anderen versuchten mit vereinten Kräften, eine Steinlawine auszulösen. Und tatsächlich gelang es ihnen, ein paar Felsbrocken ins Rollen zu bringen, diese rissen andere mit sich und gingen in ohrenbetäubendem Getöse auf Vater und Sohn nieder. Der Alte brachte sich mit einem Sprung hinter eine Felswand in Sicherheit, der Sohn hingegen blieb ruhig stehen, fing den größten der Felsen auf und schleppte ihn ins Dorf. Der Brocken war so groß und schwer, dass zehn Männer nicht ausgereicht hätten, ihn zu tragen. Der Junge lud ihn ab, gab dabei aber nicht genügend acht, sodass der Felsbrocken ins Rollen kam, quer durch das Dorf donnerte und eine Spur der Verwüstung hinterließ. Hütten, Häuser, Ställe, alles was in seinem Weg stand, hatte er mit sich gerissen. Wie durch ein Wunder waren keine Menschen ums Leben gekommen, dafür aber mehrere Schweine, Kühe und Kälber.

Die Dorfbewohner waren außer sich vor Wut. Hatten sie den Alten nicht gewarnt? Hatten sie nicht vorausgesagt, welche Gefahr der Riesenjunge für alle bedeutete? Nur durch Zufall hatte es keine Toten gegeben, beim nächsten Mal hätten sie sicher nicht so viel Glück. Es sei nun höchste Zeit, das Kind aus dem Weg zu schaffen.

Der Alte wusste nicht, was er tun sollte. Er liebte seinen Sohn, aber die Dorfbewohner hatten womöglich recht: Es war nur eine Frage der Zeit, wann er mit seiner unglaublichen Kraft schlimmes Unheil anrichten würde. Tieftraurig sann er tagelang nach einer Lösung, aber ihm fiel keine ein.

»Was bekümmert dich so?«, fragte der Sohn. »Kann ich dir helfen?«

»Nein«, erwiderte der Alte, und es schnürte ihm das Herz zu.

Schließlich bat er sein Kind, ihm in den Wald zu folgen, um gemeinsam einen Baum zu fällen. Als sie einen mächtigen Stamm gefunden hatten, schlug er vor, sich erst einmal ein wenig auszuruhen. Nach wenigen Minuten war der Sohn eingeschlafen, und der Vater setzte die Axt genau so an den Baum, dass er im Fallen den Jungen erschlagen würde. Als er den letzten Axthieb gesetzt hatte und der Stamm sich zu neigen begann, erwachte das Kind. Im letzten Augenblick konnte er dem Ungetüm ausweichen.

»Warum hast du mich nicht geweckt?«, fragte er arglos den Vater. »Ich hätte die Arbeit gern für dich gemacht.« Er schulterte den schweren Stamm und trug ihn ins Dorf. Dort ließ er ihn im Hof der Familie aber so ungeschickt fallen, dass die kräftigen Äste und die Krone das ganze Haus und den Stall zerstörten.

Nun war auch der Vater überzeugt, dass sein Sohn eine Gefahr für andere war. Aber ihn selber zu töten, das hätte er niemals übers Herz gebracht.

Und so griff er auf Drängen der Dorfbewohner zu einer List. Er leide unter schlimmen Magenschmerzen, behauptete er, und laut Medizinmann könne ihn nur eine Portion Tigerfleisch wieder heilen. Unverzüglich machte sich der Sohn auf die Jagd nach dem Raubtier und kehrte nur wenige Stunden später mit einem erlegten Tiger zurück.

Nun brauche er auch noch das Blut von mindestens einem halben Dutzend Kobras, erklärte der Vater. Wieder machte der Sohn sich auf die Suche und stand schon bald mit sechs getöteten Giftschlangen in der Tür. »Ich hoffe, du wirst nun schnell wieder gesund. Gibt es noch etwas, was ich für dich tun kann?«

Der Vater verlangte nach einem Khonran, einem so seltenen wie gefährlichen Vogel, und der treue und gutgläubige Junge machte sich auf die Suche. Tagelang streifte er durch die Wälder, ohne auch nur eine Spur des Vogels zu finden. Er wanderte weiter, kletterte auf Bäume und erklomm Hügel, denn für seinen Vater wollte er nichts unversucht lassen. Am fünften Tag endlich entdeckte er in der Krone eines mächtigen Baumes das Nest eines Khonran. Er kletterte hinauf, fand es aber leer. Geduldig wartete er auf die Rückkehr des Vogels.

In der Zwischenzeit plagte den Vater ein schlechtes Gewissen. Wie hatte er nur auf die anderen Dorfbewohner hören können? Wie hatte er sich nur eine so bösartige List ausdenken können, bei der ein gutmütiger Sohn sein Leben riskiert, um eine erfundene Krankheit des Vaters zu heilen? Und so machte sich der Alte auf die Suche nach seinem Kind. Nach einer langen Wanderung entdeckte er ihn in der Krone eines Baums. Gerade als er seinen Namen rufen wollte, kamen zwei Khonrane angeflogen. Mit einem kräftigen Hieb tötete der Junge einen der beiden. Der andere aber stieg in den Himmel hinauf, um gleich darauf auf den Eindringling hinabzuschießen. Seinen langen, harten Schnabel stieß er dem Jungen direkt ins Herz.

Unter lautem Getöse fiel der Sohn vom Baum und landete vor den Füßen seines Vaters. »O Vater, ich werde gleich sterben. Sag mir, wohin nur mit meiner Kraft?«

Dem Alten brach das Herz. »Mein Sohn, verzeih mir. Gib deine Kraft dem Wasser und deinen Atem dem Wind.«

DER LANGE WEG ZUR WEISHEIT

ပညာရှိခြင်းသို့ဦးတည်သွားရသောခရီးဝေး

Vor langer Zeit lebten einmal ein Vater und eine Mutter, die nur ein Kind hatten und diesen Jungen über alles liebten. Die wohlhabende Familie wohnte in einer prächtigen Villa, und es fehlte ihnen an nichts. Trotzdem waren sie in ständiger Sorge um ihren Sohn und behüteten ihn sehr. Aus Angst vor Krankheiten und schlechten Einflüssen erlaubten sie ihm keinen Kontakt zu anderen Kindern, die Lehrer kamen ins Haus, ansonsten kümmerten sich ausschließlich seine Eltern und die Bediensteten um ihn. Die Eltern glaubten, dass ihr Kind ein Leben ohne Entbehrungen führte, und bemerkten nicht, wie einsam es in Wahrheit war. Wenn ihr Sohn sich langweilte, und das war oft der Fall, rannte er durch den Garten und erschreckte Vögel oder jagte Insekten und Geckos, zumindest so lange, bis ihm auch das überdrüssig wurde.

Eines Tages hielt er es nicht mehr aus und schlüpfte auf der Suche nach Abwechslung unbemerkt durch das Tor auf die Straße. Er entdeckte viele Dinge, die ihm fremd waren, und staunte sehr. Drei Tage lang beobachtete er in den Abendstunden das Treiben der Leute. Dabei fiel ihm auf, dass Abend für Abend viele Menschen in dieselbe Richtung strömten. Seine Neugier war geweckt, und nach einigem Zögern traute er sich, einen Passanten zu fragen, was es mit all diesem Trubel denn auf sich hatte. Der Fremde erzählte ihm, dass die Menschen den Predigten eines im ganzen Land bekannten Mönches zuhörten, der viel zu erzählen wusste über die Lehren Buddhas und die Kunst, ein moralisches Leben zu führen. Wie aufregend war diese Ankündigung für einen Jungen, der in seinem Leben bisher nur das Haus seiner Eltern gekannt hatte!

Gleich am nächsten Abend besuchte er das Kloster und lauschte den Worten des Mönches. Er war sogleich überwältigt! Diese wohltuende Stimme, aus der so viel Weisheit und Gelassenheit sprach. Er wusste, dass fortan für ihn nichts anderes mehr infrage kam, als Novize zu werden, dem Pfad des Buddha zu folgen und nach Erleuchtung zu streben. Aufgeregt lief er nach Hause, die Scham um sein ständiges Davonstehlen schon vergessen, um seine Eltern zu bitten, ihn ins Kloster zu schicken.

Traurig hörten Vater und Mutter ihm zu und schüttelten sodann ihre Köpfe. Für sie waren dies nichts weiter als die Spinnereien ihres Kindes, das zum ersten Mal in die schädliche, dreckige, verführerische Außenwelt vorgedrungen war. Zudem war er ihr einziger Sohn, sie wollten ihn nicht gehen lassen. Sie brauchten ihn, damit er heiratete, die Familie erhielt und sich um sie kümmerte, wenn sie alt waren. Der Sohn war zutiefst enttäuscht. Er benötigte die Einwilligung der Eltern, sonst würde das Kloster ihn nicht aufnehmen. Er bettelte und flehte, doch ohne Erfolg. Seine Eltern blieben hart.

Tief enttäuscht zog sich der Junge zurück. Er sprach nicht mehr mit ihnen, er aß und trank nichts. Voller Wut und Trauer lag er in seinem Bett und weigerte sich aufzustehen. Im Laufe von sechs Tagen magerte das ohnehin schon schmächtige Kind, unter inständigen, aber erfolglosen Bitten seiner Eltern, immer weiter ab.

Am siebten Tag sagte der Mann zu seiner Frau: »Wir haben Angst, unser Kind an das Kloster zu verlieren, aber wenn es so weitergeht, verlieren wir es auf andere Weise. Wir können unseren Sohn doch nicht verhungern lassen!« Auch die Mutter war der Meinung, dass es so nicht weitergehen konnte. Leise betraten die Eltern das dunkle Schlafzimmer ihres Jungen und verkündeten ihm ihre Entscheidung. Begeistert, alle Erschöpfung und Schwäche vergessend, sprang der Junge auf und lief zum Kloster. Dort wurde ihm der Kopf geschoren, und er schlüpfte in das Novizengewand.

Einige Jahre blieb er bei den Mönchen, und alle lobten den eifrigen, scharfsinnigen und beflissenen jungen Mann, zu dem er wurde. Er war der Disziplinierteste beim Meditieren, der Fleißigste bei den täglichen Aufgaben und der Verständigste bei Gesprächen über den achtfachen Pfad, die fünf Sittlichkeitsregeln oder die vier edlen Wahrheiten. Mit der Zeit merkte er jedoch, dass er seinen hohen Zielen von Weisheit, innerem Frieden und absoluter Konzentration beim Meditieren inmitten des Trubels im Kloster nicht näher kam. Er sprach mit seinem Lehrmeister, einem älteren Mönch, und der schickte ihn in den Wald, damit er dort, fernab aller Ablenkungen, seinen Geist üben und erforschen könne.

Nun verbrachte der junge Mönch lange Zeit im Wald und widmete sich voller Inbrunst der von ihm selbst gestellten Aufgabe. Doch auch nach zwölf Jahren in der Einsamkeit der Natur erfüllte sich sein Wunsch nach Erleuchtung nicht. Natürlich wusste er viel über die Lehren des Buddha, doch seine Gedanken waren zu verzweigt, zu abschweifend, nicht fokussiert genug. Er war zu unruhig.

Enttäuscht gab der Mönch auf und trat den Rückweg ins Kloster an, ohne eine Idee zu haben, was er als Nächstes tun würde. Auf dem Weg dorthin begegnete er seinem einstigen Lehrmeister, dem alten Mönch. Dieser erzählte ihm die Geschichte eines ehemals wohlhabenden, doch nun völlig verarmten Ehepaares, dessen Sohn vor vielen Jahren ins Kloster gegangen sei. Die beiden mussten schlechtes Karma haben, seufzte der alte Mann. Nachdem der Sohn fortgegangen war, hatten die Angestellten angefangen, Besitztümer aus dem Haus zu stehlen, und dann hatte die Familie auch noch viel Geld an verschiedene Gläubiger verliehen, die kurz darauf spurlos verschwanden. Unglückselige Dinge waren ihnen zugestoßen, und nun waren die beiden im fortgeschrittenen Alter und konnten nicht mehr wirklich arbeiten. Außerdem war ihr Sohn nicht da, um sich um sie zu kümmern.

Mit bösen Vorahnungen machte sich der junge Mönch auf die Suche nach diesem alten Ehepaar. Könnten dies seine Eltern sein? Auf dem Weg kam er an einem bekannten Kloster vorbei, von drinnen tönten die Worte einer Predigt auf die Straße. Er blieb stehen und zögerte. Mönchen war es nicht erlaubt, engen Kontakt zu ihren Familien zu halten. Schon gar nicht durften sie ihre Angehörigen versorgen. Der junge Mann stand vor einer schwierigen Entscheidung: Sollte er seine Mönchskutte ablegen, Mutter und Vater suchen oder seine Eltern aufgeben und im Kloster bleiben?

Im Gebet sprach er zum Buddha und stellte ihm diese Frage, und zu seiner Überraschung war ihm so, als antwortete der Buddha. Dieser riet ihm, als Mönch seine Eltern zu suchen und eine Möglichkeit zu finden, beides zu vereinen. Ebenso erleichtert wie nachdenklich setzte er seinen Weg fort.

Als er an den Ort kam, wo das Haus seiner Kindheit gestanden hatte, sah er nur eine Wiese voller Abfall, auf der einige Kühe grasten. In einiger Entfernung erspähte er zwei alte Menschen, die am Straßenrand saßen. Gerührt und beschämt trat der junge Mann näher, er hatte seine Mutter und seinen Vater sofort erkannt. Die beiden waren alt geworden, sie sahen elend aus und kauerten sich in der üblichen Geste der Ehrerbietung nieder, als der ihnen unbekannte Mönch näher kam.

Überwältigt stand der Sohn vor seinen Eltern, die vor ihm knieten. Er weinte Tränen der Rührung und brachte es nicht fertig, auch nur ein Wort zu sagen. Einige der Tränen lösten sich jedoch von seinen Wangen und fielen auf den entblößten Nacken seiner Mutter. Verwundert blickte sie hoch und erkannte ihren verloren geglaubten Sohn.

Nun weinten alle drei Tränen der Freude und nahmen sich innig in die Arme. Der Sohn brachte unzählige Entschuldigungen über die Lippen, warum er seine Eltern verlassen hatte, aber sie wollten nichts davon hören, es war vergeben und vergessen. Gemeinsam überlegten sie, was zu tun sei, und schließlich brachte der Mönch seine Eltern in eine Unterkunft in der Nähe des Klosters. In der nächsten Zeit teilte er sein Essen mit ihnen, das er auf den täglichen Almosengängen sammelte. Wieder hielt er Zwiesprache mit dem Buddha, ob diese Missachtung der geltenden Regeln und Normen gestattet war. Der Buddha beruhigte ihn und erlaubte ihm darüber hinaus, die eigentlich für die Mönche gedachten Kleiderspenden an seine bedürftigen Eltern weiterzugeben.

Misstrauisch beäugten die anderen Mönche den jungen Mann, der oft mit den Spenden und Almosen verschwand und immer wieder ohne sie zurückkehrte. Schließlich stellten sie ihn wütend zur Rede. In diesem Augenblick sprach der Buddha zu ihnen: Der Respekt vor den Eltern und die Hilfsbereitschaft gegenüber bedürftigen Menschen, das seien die obersten Tugenden, erklärte er. Es reiche nicht, ein andächtig lebender Buddhist zu sein, auch im Leben müsse man die Lehren leben. Zu Hause gelte das Gleiche wie in der Pagode.

So kam es, dass der Sohn seine Eltern bis an ihr Lebensende pflegte und schließlich reinen Herzens in den Wald zurückkehrte, wo sein Traum aus Kindheitstagen wahr wurde und er Erleuchtung erlangte.

Nachwort

နိဂုံး

Jan-Philipp Sendker

Seit meiner ersten Reise nach Burma im Mai 1995 bin ich rund zwei Dutzend Mal dort gewesen, zunächst als Journalist, später, um für meine Romane zu recherchieren und Freunde zu sehen. In den ersten Jahren änderte sich von Besuch zu Besuch so gut wie nichts. Der kurze Flug von Bangkok glich noch immer einer Zeitreise. Auf dem Flughafen wartete derselbe kleine Terminal. Die Straßen Yangons waren mit Schlaglöchern übersät, auf ihnen rollten noch immer dieselben verrosteten und verbeulten Autos, auf den Fahrbahnen spielten Kinder Fußball. Die alten Gebäude verfielen, Baustellen gab es so wenig wie neue Geschäfte, der Strom fiel nach wie vor täglich mehrfach aus.

Im Land herrschte weiterhin eine Militärjunta, es blieb wirtschaftlich und politisch ein Außenseiter, der Westen hielt an seinen Sanktionen fest, und auch Touristen machten einen großen Bogen um die ehemalige britische Kolonie. Der gewaltsam niedergeschlagene Aufstand der Mönche im Herbst 2007, der verheerende Wirbelsturm Nagris ein Jahr später und die Weigerung der Militärs, Hilfe aus dem Ausland anzunehmen, taten ihr Übriges, um Burma zu isolieren. Die Jahre vergingen, im Land herrschte ein lähmender Stillstand, es wirkte wie in der Zeit erstarrt. Während in anderen Teilen der Welt das Internet begann, das Leben mit zunehmender Geschwindigkeit zu verändern, gab es in Burma nur wenige Computer und noch weniger Mobiltelefone.

Im Herbst 2011 fanden zum ersten Mal seit Jahrzehnten wieder Parlamentswahlen statt. Sie waren allerdings weder fair noch frei und wurden deshalb von der Opposition boykottiert. Erwartungsgemäß gewann die Partei der Militärs, und der ehemalige General Thein Sein wurde zum Präsidenten gewählt. Als alles darauf hindeutete, dass sich im Land auch in Zukunft nichts ändern würde, geschah plötzlich etwas, womit niemand gerechnet hatte: Thein Sein begann vorsichtige Gespräche mit der unter Hausarrest stehenden Oppositionsführerin Aung San Suu Kyi zu führen. Ein zunächst zaghafter, dann an Tempo zunehmender wirtschaftlicher und politischer Reformprozess kam in Gang. Politische Gefangene kamen aus der Haft frei, die Zensur wurde gelockert, Oppositionsparteien wurden zugelassen. Im Gegenzug nahm der Westen nach und nach seine Sanktionen zurück, bis er sie fast ganz aufhob.

In jenen Jahren beobachtete ich auf jeder Reise subtile Veränderungen. Der Verkehr nahm ein wenig zu, neue private Fluggesellschaften entstanden, die ersten größeren Supermärkte eröffneten. Mir fiel die wachsende Zahl von Mobiltelefonbenutzern auf, der Preis für eine SIM-Karte sank von mehreren Tausend US-Dollar auf wenige Hundert. In Tea Shops hingen Fahnen der Oppositionspartei NLD, es gab Kellnerinnen, die T-Shirts mit dem Konterfei Aung San Suu Kyis trugen. Die Freude und der Stolz in ihren Gesichtern waren die ersten Anzeichen für einen tiefer gehenden politischen und gesellschaftlichen Umbruch.

Der politische Frühling führte im Herbst 2015 zu den ersten freien Wahlen seit fast dreißig Jahren. Die Opposition gewann in einem Erdrutschsieg und hat doch nur eingeschränkte Macht. Das Militär hatte sich laut Verfassung schon vorab 25 Prozent der Sitze im Parlament und drei der wichtigsten Ministerien gesichert.

Trotzdem wandelt sich das Land seitdem von Besuch zu Besuch in einem Tempo, wie ich es zuvor nur in China erlebt habe.

Burma im Frühjahr 2017: Bereits beim Landeanflug auf Yangon sind die Veränderungen nicht zu übersehen. In den Außenbezirken der Stadt breiten sich die ersten Botschafter der Globalisierung aus: Aus dem Boden gestampfte Fabrikhallen mit ihren roten, blauen oder grauen Metalldächern, daneben die langen Reihen der Wohnblöcke für die Arbeiterinnen und Arbeiter. Nicht weit entfernt entstehen die reichen Verwandten der Fabrikhallen: Am Reißbrett entworfene und ebenso monoton aussehende Neubausiedlungen mit Einfamilienvillen für die neuen Reichen des Landes. In der Ferne zeichnet sich zum ersten Mal so etwas wie eine Skyline von Yangon ab, vereinzelt ragen Hochhäuser in den Himmel. Auf dem Rollfeld stehen Flugzeuge aus Singapur und Dubai, es gibt einen mehrstöckigen Terminal mit Flugsteigen. Bei der Einreise zeige ich mein elektronisch beantragtes E-Visum vor.

Die Fahrt ins Zentrum dauert jetzt nicht mehr zwanzig Minuten, sondern über eineinhalb Stunden. Wir stehen im Stau. Die Luft ist schlecht, Smog liegt über der Stadt. An jeder Ecke eine Baustelle. Neue Hotels, Einkaufszentren, Autohäuser. Yangons Version des Rodeo Drive soll bald eröffnen,

Werbetafeln versprechen »Luxus und Eleganz« im Übermaß. In der Nähe entsteht eine große Mercedes-Vertretung.

Ich denke sehnsüchtig an die Zeit zurück, als McDonald's noch für einen Schotten gehalten wurde, nur eine Handvoll Autos auf den Straßen fuhren und ich nach zwanzig Minuten in meinem Hotel im Zentrum war. Aber wenn ich ehrlich bin, muss ich natürlich zugeben, dass ich es besonders schön fand, weil ich in einem der wenigen Autos saß, die damals unterwegs waren. Hätte ich mein Gepäck bei Temperaturen um die vierzig Grad vom Flughafen in die Stadt schleppen müssen oder einen der wenigen überfüllten und erratisch verkehrenden öffentlichen Busse nehmen müssen, hätte ich das vermutlich weit weniger romantisch gefunden.

Im Hotel hat sich, bis auf den Preis, in den vergangenen Jahren wenig verändert. Mal steigt er exorbitant, mal fällt er ganz plötzlich, die Gesetze des Marktes sind in Burma nicht immer leicht zu durchschauen.

Ich mache einen Spaziergang durch das alte Zentrum Yangons, es wirkt vertraut und fremd zugleich. Die Straßen sind voller Menschen, chaotisch und laut, es ist heiß, wie immer im Frühling. Auf den Gehwegen haben Gemüse- oder Buchhändler ihre Waren ausgebreitet, in Hauseingängen sitzen Bewohner und plaudern miteinander, die Seitengassen sind voller kleiner Restaurants, Garküchen und Tea Shops, die Gäste hocken wie eh und je auf den Straßen, trinken Kaffee oder Tee, reden, beobachten das Treiben um sich herum oder sind mit ihren Mobiltelefonen beschäftigt. Von den dreiundfünfzig Millionen Einwohnern des Landes besitzen angeblich fünfunddreißig Millionen ein Handy. An die zehn Millionen Burmesen sind auf Facebook. Jeder dritte Laden, so hat es den Anschein, ist heute ein Telefongeschäft. Ich kaufe mir eine SIM-Karte für umgerechnet fünf US-Dollar, kurz darauf kann ich, in einer Toreinfahrt sitzend und einen burmesischen Tee trinkend, meine E-Mails aus Deutschland empfangen.

Ich frage mich, ob ein so lange isoliertes Land, eine von Traditionen geprägte Gesellschaft, dem plötzlichen und ungehemmten Ansturm des Kapitalismus, den schönen Versprechungen des Materialismus erliegen kann, ohne sich dabei nicht von Grund auf zu verändern?

Am nächsten Tag besuche ich, wie auf jeder Reise, den »Bagan Book Shop« in der 37sten Straße. Mein Freund, der Besitzer, ist leider vor einigen Jahren gestorben, seitdem führt sein Sohn das Geschäft. Er sitzt mit zwei Freunden im Laden, einer spielt Gitarre, in der Mitte steht ein Fernseher, es läuft eine südkoreanische Seifenoper.

Bücher werden hier nicht mehr restauriert.

Er begrüßt mich freundlich, wir reden über einen alten Rangoon-Stadtführer, als plötzlich seine Tochter ins Geschäft kommt. Sie ist vierundzwanzig Jahre alt, und ich erkundige mich, ob sie einige der Bücher gelesen hat, die ihr Großvater für sie so mühevoll restauriert hat. »Nur ein paar«, sagt sie verlegen und erzählt, dass sie in der kommenden Woche für drei Jahre nach Papua-Neuguinea gehen wird, weil sie dort Arbeit in einem Supermarkt gefunden hat.

Ich staune. Auf mich wirkt es, als erlebe Yangon gerade einen Wirtschaftsboom, hier müsste es doch eigentlich genug Arbeit geben für junge Menschen. Sie seufzt. Das stimme zwar, aber die Jobs seien so schlecht bezahlt, dass sie lieber im Ausland arbeiten möchte. Außerdem habe ihr Großvater sich immer gewünscht, sie würde in die Welt hinausziehen und sie für sich entdecken. Das sei nun endlich möglich.

Plötzlich flackert die Glühlampe unter der Decke einige Male, dann erlischt das Licht, und der Fernseher verstummt. Stromausfall. Noch immer ein tägliches Ärgernis. Aber heute zündet niemand mehr Kerzen an. Es dauert nur einen kurzen Moment, dann kehrt der Strom zurück, und von draußen dröhnt ein dumpfes Motorengeräusch in den Laden. Es kommt von einem der Notstromgeneratoren, die nun überall auf den Straßen stehen.

Am Abend sitze ich in der 19ten Straße, esse gegrilltes Gemüse, beobachte die burmesischen Gäste um mich herum, wie sie entweder am Handy spielen oder gebannt das Spitzenspiel der englischen Premier League auf einem großen Flachbildschirm an der Wand verfolgen.

Ein Land im Wandel. Doch es gibt viele Bereiche, die davon noch völlig unberührt bleiben. Zum Beispiel die staatliche Eisenbahn. Am Hauptbahnhof in Yangon schreibt ein Mann die Fahrpläne nach wie vor mit der Hand und einem dicken schwarzen Filzstift auf eine große Tafel. Computer für die Fahrkarten gibt es nicht, die Tickets werden handschriftlich ausgestellt. Die knapp sechshundert Kilometer lange Reise von Yangon nach Kalaw dauert zweiundzwanzig Stunden und kostet umgerechnet nicht einmal zehn Euro. Die Fahrzeit ist länger als vor achtzig Jahren. Es gibt vermutlich nicht viele Bahnstrecken auf der Welt, auf denen die Züge in den vergangenen Jahrzehnten langsamer geworden sind.

Der »Nachtzug nach Mandalay« verlässt pünktlich um 17 Uhr den Hauptbahnhof. Wie auf meiner ersten Reise zweiundzwanzig Jahre zuvor rumpeln wir mit zwanzig, manchmal auch dreißig Kilometern pro Stunde, oft aber in Schrittgeschwindigkeit, über die Schienen. Warme Luft weht durch die offenen Fenster herein. Fliegende Händler laufen neben dem Zug, springen auf, gehen durch die Waggons und verkaufen Currys, Tee oder Suppen in Plastiktüten, Obst, Kekse, Wasser. Irgendwann springen sie einfach wieder ab.

Draußen ziehen Reisfelder vorbei, kleine Flüsse, Kinder, die auf Wasserbüffeln reiten. Hinter Palmen geht die Sonne unter.

Es ist die ideale Geschwindigkeit für die menschlichen Sinne. Ich höre die Stimmen spielender Kinder, nur der Geruch von brennenden Lagerfeuern ist weniger geworden, dafür gibt es nun viel mehr Straßenlaternen, und in der Dunkelheit brennen in den meisten Hütten Lampen. Die wirtschaftliche Entwicklung der vergangenen Jahre hat vielen Dörfern Strom beschert – und Müll. Das Land ist dabei, sich in eine Müllhalde zu verwandeln. Alles was früher in Blätter oder Stoff gewickelt wurde, kommt nun in Plastik, je mehr, desto besser, und es wird achtlos weggeworfen. Da es nur in ganz wenigen Städten eine Müllabfuhr gibt, wissen die Menschen nicht, wohin mit dem ganzen Plastik. Sie schmeißen es in Tümpel und Flüsse, auf Straßen, Feldwege oder ihren Hinterhof. Der Anblick der mit blauen, grünen oder weißen Plastiktüten und -flaschen übersäten Landschaft ist manchmal schwer zu ertragen.

In Kalaw angekommen, fragt mich ein Freund erstaunt, warum ich die unbequeme und quälend lange Bahnreise auf mich genommen habe. Der Flug hätte doch nur eine Stunde gedauert. Oder ich hätte einen der modernen klimatisierten Überlandbusse nehmen können, die heute die Städte im Land miteinander verbinden. In seinen Augen bin ich ein unverbesserlicher Nostalgiker auf der Suche nach der vergangenen Zeit. Ich widerspreche. Der Zug ist weder komfortabel noch effizient, das stimmt, aber die beste Möglichkeit, einer anderen, mir mehr vertrauten Seite des Landes zu begegnen.

Auch Kalaw verändert sich. Die Touristen haben den Ort für sich entdeckt, statt vier Hotels warten nun um die vierzig Herbergen auf Gäste, und weitere sind in Bau. Es gibt ein mexikanisches Restaurant namens Picasso und ein italienisches mitsamt Pizzaofen und Mozzarella auf der Karte. Manche Straßen sind neu geteert, seit Kurzem existiert eine städtische Müllabfuhr, der Verkehr nimmt zu, Mopeds haben die letzten Pferdekutschen verdrängt. Und die Landpreise sind explodiert. Die kleine Stadt liegt rund eintausendvierhundert Meter hoch und ist wegen ihres angenehmen Klimas auch bei Burmesen als Reiseziel äußerst beliebt. Ein tausend Quadratmeter großes Baugrundstück kann bis zu einer halben Million US-Dollar kosten, erzählt mir ein Freund. Ich frage dreimal nach. Eine halbe Million Dollar? In Kalaw? Er nickt. Alles Schwarzgeld. Irgendwie müssen die Militärs ihre illegal erworbenen Vermögen ja investieren.

Am Nachmittag gehe ich durch den kleinen Park im Zentrum, und wie früher sitzen dort Jugendliche unter den Pinien, spielen Gitarre und singen. Sie lachen, winken mir zu und laden mich ein mitzusingen.

Ein paar Tage später besuchen wir ein Kloster in der Nähe von Taunggyi. Ein Abt hat es vor über zehn Jahren gegründet und es zu einem der größten Klöster in Burma ausgebaut, finanziert ausschließlich durch private Spenden. Es beherbergt sechshundertfünfzig Novizen, die kleinsten jünger als zehn Jahre, und auf einem gesonderten Gelände wohnen um die eintausend Mädchen, die ebenfalls in die Klosterschule gehen dürfen. Die meisten der Kinder und Jugendlichen stammen aus den Dörfern der Pa-O, die in der Umgebung leben. An den Wänden im Büro des Abts hängen die Stundenpläne und Auszüge aus den Lehrplänen. Sie erzählen von einem ehrgeizigen Programm. Er möchte den Kindern vor allem das kritische, selbstständige Denken und Handeln beibringen. »Psychologie« steht dort als ein Schulfach neben »Umweltschutz« und »Kultur und Geschichte der Pa-O«.

»Spielen darin die Märchen der Pa-O eine Rolle?«, frage ich in der Hoffnung, vielleicht ein paar neue Geschichten zu hören.

»Märchen?« Der Abt runzelt zunächst die Stirn, dann grinst er. »Kaum. Wir haben ja schon Probleme, die Kinder von den Smartphones wegzubekommen. Sie sind im Kloster verboten, und trotzdem sehen wir ihren Einfluss. Die Schüler heute sind unkonzentrierter und leichter abzulenken als vor zehn Jahren. Für Märchen haben sie wenig Interesse, fürchte ich.«

Am Ende meiner Reise habe ich eine Art Lesung in Yangon. Meine beiden Burma-Romane sind im vergangenen Jahr auf Burmesisch erschienen und finden dort viele Leserinnen und Leser. Die Verlegerin hat eine Veranstaltung mit Presse und Publikum organisiert. Wir sitzen in einem Café mit Galerie in der Innenstadt, um die vierzig Interessierte sind gekommen, von mir abgesehen ist kaum jemand älter als dreißig. Ich bin unsicher, habe kein Gefühl dafür, wie lange ich sprechen soll, da ich nicht weiß, ob sich anschließend überhaupt jemand traut, eine Frage zu stellen. So schüchtern, wie das Publikum bei Lesungen oft ist. Meine Verlegerin sagt, ich solle es kurz und mir keine Sorgen machen.

Ich erzähle ein wenig über die Entstehungsgeschichten der Romane und erkundige mich dann, ob es Fragen dazu gebe. Sofort ragen mehrere Arme in die Höhe. Und das ist nur der Anfang. Über zwei Stunden diskutieren wir über die Bücher, über Burma und das Schreiben von Romanen. Die Neugierde und der Wissensdurst kennen kaum Grenzen.

Wir sprechen auch über die Verbrechen des Militärs, den Einsatz von jungen Männern als Minensucher, die im Roman *Herzenstimmen* eine wichtige Rolle spielen. Eine Leserin steht auf und möchte wissen, ob ich mir das ausgedacht habe oder ob es auf Tatsachen beruht. Für einen Moment stocke ich. Es ist noch nicht lange her, da hätte der Roman niemals in Burma erscheinen dürfen, und allein für diese Frage wäre die junge Frau für Jahre im Gefängnis verschwunden.

Sie wartet auf meine Antwort.

Ich hole tief Luft und erzähle ihr von den Interviews, die ich vor Jahren geführt habe mit Männern, die diese Torturen überlebt hatten. Diese Geschichten seien wahr, und die Grausamkeiten, die die Soldaten begangen haben, vermutlich noch viel schlimmer, als ich sie beschrieben habe. Und während ich das sage und in die jungen, offenen und wissbegierigen Gesichter vor mir schaue, denke ich, dass Probleme wie Verkehrsstaus und Plastikmüll lösbar und nicht so gravierend sind verglichen mit dem Triumph, der das Verschwinden der Angst in Menschen bedeutet.

In Yangon besuche ich kurz vor meiner Abreise Than Htun, einen Buch- und Antiquitätenhändler, der seit Jahrzehnten einen kleinen Laden auf dem Bogyoke Aung San Markt führt. Die Geschäfte laufen nicht schlecht, sagt er, dank der zunehmenden Touristen steige die Nachfrage nach altem burmesischen Kunsthandwerk, aber es sei schwierig, überhaupt noch an gute Ware zu kommen. Man müsse heute schon in weit abgelegene Dörfer fahren, und die Preise würden von Woche zu Woche steigen.

Für den Abend lädt er mich zum Essen nach Hause ein. Seine Frau Mimi kocht ein paar köstliche burmesische Gerichte, es gibt Currys und burmesischen Wein.

Ich berichte von meiner Reise und meinen Beobachtungen und bitte ihn um eine Empfehlung für Bücher über Burma und seine Kultur in Hinblick auf die Veränderungen der vergangenen Jahre. Ohne lange zu zögern, zieht er drei alte, angestaubte burmesische Märchenbücher aus dem Regal.

»Aber das sind ja alles Märchenbücher«, wende ich überrascht ein.

»Ich weiß«, erwidert er und lacht. »Das macht nichts. Märchen erzählen sehr viel über ein Land und seine Menschen, ihre Kultur, ihre Werte.«

»Und was ist mit all den Veränderungen, denen ich auf meiner Reise begegnet bin?«

Darüber gäbe es bisher keine guten Bücher, und der Wandel berühre noch lange nicht die alten Wurzeln der Kultur, Facebook hin oder her. »Jedes Land verändert sich, natürlich auch Burma«, sagt er. »Das hat es früher auch getan, nur langsamer. Es gab eine Zeit, da waren die Männer am ganzen Körper tätowiert und trugen lange Zöpfe. Beides tun sie heute nicht mehr. Worauf es ankommt, liegt viel tiefer. Und die Seele eines Volkes, wie sie in den Märchen beschrieben wird, ändert sich nicht so schnell.«

Inhaltsverzeichnis

jps: Jan-Philipp Sendker

jms: Jonathan Markus Sendker

lk: Lorie Karnath

DANKSAGUNG

ကျေးဇူးတင်လွှာ

Bei unseren Recherchen in Burma haben uns über die Jahre zahlreiche Menschen auf verschiedene Art und Weise geholfen, ihnen allen schulden wir großen Dank. Ohne sie gäbe es dieses Buch nicht.

Insbesondere danken wir Winston und Tommy in Kalaw.

Jonathan dankt seinem Reisekompagnon Janek für seine Freundschaft und seine Unterstützung bei der gemeinsamen Recherche. Ma Ei, Hans Leiendecker und Bert Morsbach auf dem Aythaya-Weingut haben Jonathan und Janek über Monate hinweg immer wieder sehr großherzig unterstützt.

Yeyint Kyaw, Tin Htun Aung und Nee Nee Myint erwiesen Lorie Karnath als Übersetzer unschätzbare Dienste.

Ursula Bischoff hat die Texte von Lorie ins Deutsche übersetzt.

Der ehemalige Rektor der Universität von Yangon, Maung Htin Aung, hat sich mit der Märchenkultur seines Landes intensiv beschäftigt und in den Vierziger- und Fünfzigerjahren des vergangenen Jahrhunderts Sammlungen mit burmesischen Märchen herausgegeben. Auch sie waren eine Quelle der Inspiration für uns.

Eine große Geschichte über Liebe und Vertrauen:

Die China-Trilogie von JAN-PHILIPP SENDKER

978-3-453-42146-2

978-3-453-42147-9

978-3-453-42148-6